日曜の夜ぐらいは……

シナリオブック

岡田惠和

ABCアーク

目次

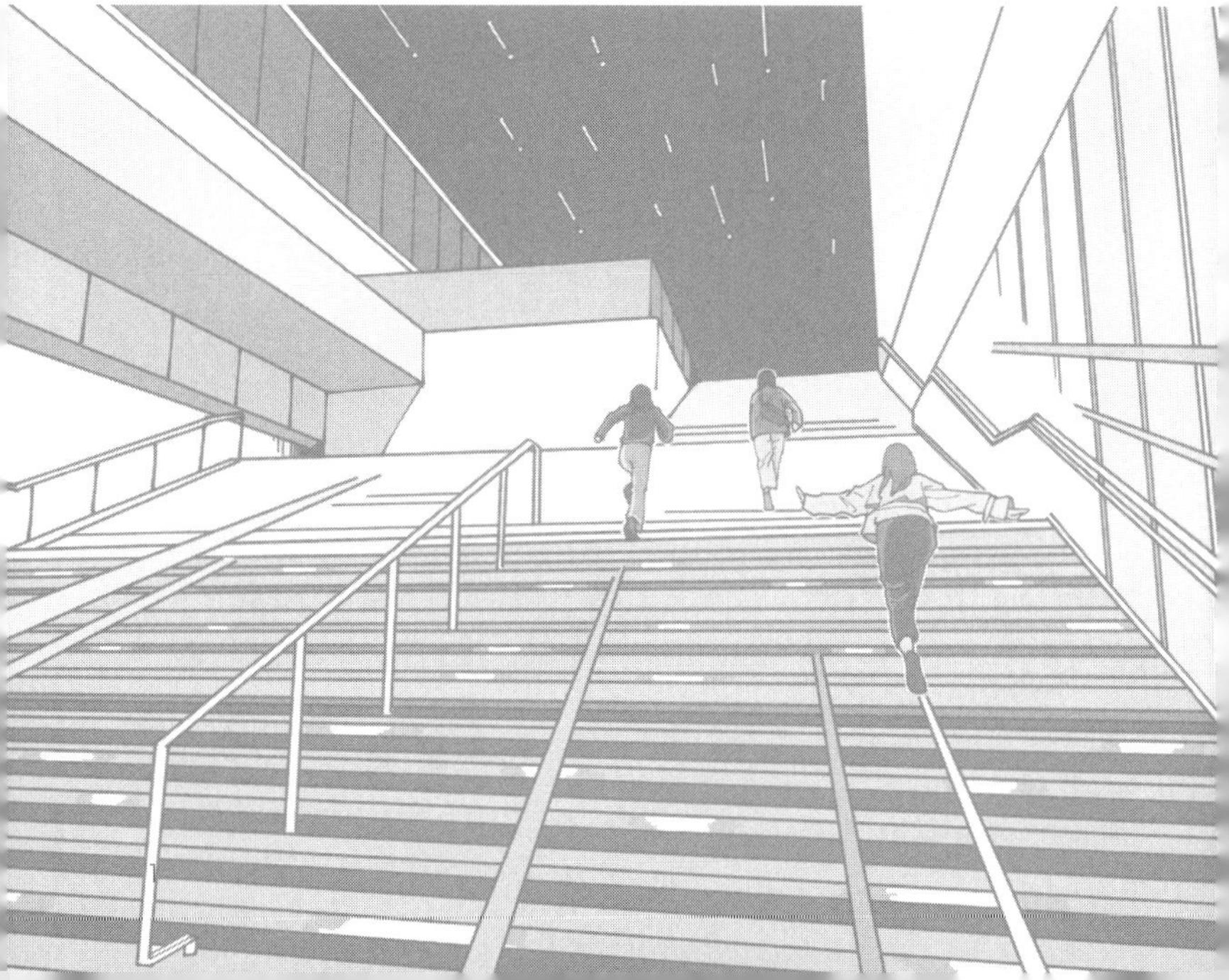

『日曜の夜ぐらいは…』人物相関図

おだいり様

岸田サチ

清野菜名

車椅子の母親との生活を支えるために高校を中退し、日々ファミレスで働きづめ。児童公園のパンダ像だけが心の友。気持ちがきつくなると、コンビニで一番高いアイスを食べる。

ケンタ

野田翔子

岸井ゆきの

厚木生まれの元ヤンキー。ある理由で家族と断絶したため、タクシー運転手をしながらの一人暮らし。話し好きだが、空気を読むのは苦手。夜勤明けの缶チューハイとラジオが楽しみ。

ラジオ番組のバスツアーで出会い、仲良し3人組に

東京の団地で二人暮らし

岸田邦子

和久井映見

サチの母親。不慮の事故で数年前から車椅子生活に。日々疲れているサチを気遣いながらも、愛と心配が勝って彼女をおしゃべり攻めにしてしまう。趣味は料理とラジオを聴くこと。

エレキコミック

翔子、若葉、邦子、みねが愛聴しているラジオ番組のパーソナリティ。

市川みね
岡山天音

名前のごとく、ばあちゃんみたいな性格の、穏やかかつ控えめな好青年。『エレキコミックのラジオ君』のベテランリスナー。サチ・翔子・若葉3人組結成の立役者であり、彼女たちを見守る存在。

バスツアーで、3人を同じ班にグルーピングする

わぶちゃん

樋口若葉
生見愛瑠

かつては裕福な暮らしをしていたが、現在は祖母と貧しい借家住まい。父を知らず、奔放な母からは捨てられた。周囲から疎まれやすく、職場はきらいだが、ちくわぶへの愛はある。

カフェという場に憧れて興味を持つ

住田賢太
川村壱馬(THE RAMPAGE)

カフェプロデューサー。サチの同級生の実家(酒屋)を素敵なカフェにリプロデュース。このカフェでのサチとの出会いが、のちのち彼女の心を動かすことに。

茨城の田舎で二人暮らし
ともに、ちくわぶ工場勤務

樋口富士子
宮本信子

不憫な孫をいたわる気持ちがありながらも、気丈に振る舞う逞しい祖母。かつて住んでいた家への思いを断ち切れず、ときどき双眼鏡で覗いている。趣味は運転。

ブックデザイン
bookwall

カバー・本文イラスト
ヨシフクホノカ

日曜の夜ぐらいは・・・

シナリオブック

第1話

1　そろそろ夜が明ける

2　東京都下にある古い団地・岸田家

東京の公団住宅の一室。

決して最近のはやりのリノベーションされた部屋なんかじゃなく、かなり雑然。狭い。

２ＤＫの２つを岸田《きしだ》サチと母の邦子《くにこ》がそれぞれ。

夜明け前に起きてきた、サチ。

髪の毛ぼさぼさで、朝食の支度をする。

頭掻いたり、鼻鳴らしたり。

自分の分ではなく母の食事だ。

眠くて頬を自分で叩いたりしながら欠伸しながら……朝食と昼食の準備、全然手は込んでないけど、ちゃんとして。

朝食用に食パンにナイフで切れ目を入れて切れ目で出来た升に、小さく切ったバターを載せてそのまま焼けばいいように。

と言った感じで、朝食と昼食の準備をする

声「サチおはよ」

サチ、声が聞こえて。

手を止めて奥の部屋へ。

＊＊＊＊

ベッドで起きようとしている、邦子の背後に回ったり足を持ったりしながら、サイドに置いてある、車椅子に座らせる。

邦子はちょっと乙女チック、サチは全然そういうの無し。

サチは無言で手伝う、でも、愛はある。


邦子「ありがと、大丈夫」

と、自力で車椅子で、キッチンへ……。

ベッドを直す、サチ。

＊＊＊＊

邦子も何もできないわけではないが、車椅子で動線も悪いし、何でもはできない。

それでも、サチをできるかぎり手伝う。

サチ「（機嫌が悪いわけじゃないけど、常に無口。手は速く動く）」
でも愛はある。

てきぱきと、準備をして……完成して。

サチ「(これで) 大丈夫?」

邦子「大丈夫、あとはできる…………あ、買い物メモ」

と、渡す。

サチ「(確認して) 了解」

と、ポケットに入れた。

邦子「お願いね、ほうれん草なかったら小松菜で」

サチ「うん」

と、鍵とスマホを持って……。

サチ「今日、朝、昼、夜も入る……途中で帰る」

邦子「うん……ごめんね」

サチ「(それには答えない、謝られるの嫌なので首を傾げるだけ)」

邦子に手をあげて。急ぎ気味に出かけていこうとするが、目に入った車椅子のゆるみをちょっと直して。

邦子「(その愛は感じている、かすかに微笑)」

3 同・外

かつては希望のニュータウンだった痕跡。

公園のつくりが可愛かったりするが、その可愛さがもう古くてよくわからない。

でも、人が住んでいる気配は溢れんばかりの生活感(高齢者多し)で伝わってくる。

まるで夢のあと……。

4階建て、エレベーターなし。

岸田家は1階だ。

邦子の声「いってらっしゃい、ごめんね! 気を付けてね! ごめんね!」

金属のドアが閉まる音がして音は途絶える。

サチ、返事はしない。

階段を駆け下りてくる、サチ。

色のついた小さなサングラス。

ジャージに毛の生えたような服。

階段脇の自転車置き場に置いてある、自分の自転車(あとはほとんど使われた形跡のない遺物みたいな自転車)の2つかけてある鍵をはずして、またがった。

ママチャリとまではいかないが、決して値の張る自転車ではない、もちろん非電動。でも、大切に乗っている感じ。

走り出す、サチ。表情はよく見えないが、決して笑顔ではない。

4　同・敷地内

慣れた道をかなりのスピードで走るサチ。

児童公園にある、はげかかって白熊みたいなパンダが笑顔で片手をあげている。

無表情に片手をあげて通り過ぎる、サチ。

(子供の頃からの慣例らしい)

団地を出る。

5　開発を途中であきらめたような森

舗装されていないような道を疾走する、サチの自転車。

まるでタイムを自分に課しているかのように全力で、道を熟知し、コブも利用してちょっとジャンプしたりして、駆け抜ける。

国道へ………。

きちんと一時停止と確認は行って。

6　国道

自転車が数台走っていて………。

結構な上り坂になっていて………。

サチ以外は皆、電動で楽々で………。

サチは漕ぐ。ガンガン漕いで……平然とした顔で、電動自転車をごぼう抜きしていく。

表情はわからないが、ちょっとドヤ顔。

抜ききって、小さく一瞬だけガッツポーズ手前の動き。

そしてさらに加速して、歩道に人が歩いてこないのを目視で確認して。

○メインタイトル
「日曜の夜ぐらいは…」

第1話

7　ファミレス「シンデレラムーン」・外

店舗の裏の従業員用駐輪場に高速で突っ込んで、ぎりぎりの急ブレーキで、自分お気にいりの場所に停める(他は絶対嫌らしい)。

ちょっとした達成感と同時に、小さな自分っていう軽い絶望感あって……首傾げて中へ。

8　同・内

着替えて、まずは清掃…………。

作業を行っている、サチ。

他には、おばちゃんたちばかり………。

あまり働かないで笑って喋っていて。

気にせず、一人働く（悪い感じではなく興味がない）。

＊＊＊＊＊

モーニングサービスと同時に開店して。

客がどんどん入ってきて……。

サチの仕事は、ウェイトレスではなく調理補助＆洗い場。

（ときにホールもやらされるが好きじゃない）

どんどん忙しくなっていって……。

黙々と、でも必要な会話はちゃんとして……働く。厨房の熱……。

9　古い団地・岸田家

サチが用意してくれた朝食セットを食べる支度をしている、邦子。

車椅子を器用に動かしていて。

ラジオが家の中では鳴っている。

邦子「…………（聴いていて、ちょっと笑顔になって）」

だが……フォークを落としてしまって。

邦子「（絶望）」

下を覗いて、取れそうな気がして、手を伸ばすが車椅子倒れそうで、諦めて他のフォークを使うことにする。

パンが焼けた。

10　茨城県の町

美しい田園地帯というよりは、なんだか世の中に捨てられてしまって諦めたような景色。

脈絡なく散乱している、家があってその中の借家。田舎なんだからもっと広い家にすればいいのにってくらい小さくて平屋。

かなり年季の入った軽自動車が適当に停まっている。

11　樋口家・居間

とても質素な家具。まるで贅沢をすることが許されないような空気。
畳の間で、朝食を並べている、樋口若葉《ひぐちわかば》。
窓から遠くを双眼鏡で覗いている、その祖母、富士子《ふじこ》。
バードウォッチングみたいだが。
（昔住んでいた豊かな家を見ている）

富士子「…………………」
若葉「（富士子を見ている）」
富士子「（視線を感じていて）なんだ？」
若葉「あ…………それ」
富士子「やめない」
若葉「そう…………」

質素な和風朝食、おかずは「ちくわぶ」。
普通に朝食にちくわぶを食べている、二人。
仏壇に写真。
幼い若葉と富士子。
その間に若葉の母・まどかがいるが、顔にバツが書かれていて。

若葉「（ちらりと母の✕写真を見て）」
富士子「（顔を見て）あんた似てきたね母親に」
若葉「それ嫌な意味だよね」
富士子「当たり前だ、気をつけろ」
若葉「何をだよ」
富士子「男と金だ」
若葉「（溜め息、母の✕写真を見る）」
富士子「ほらさっさと食べて行くよ」
若葉「行きたくない………」
富士子「2代目のバカ社長の告白断るからだ」
若葉「ありえないから、あんなのと付き合うとか」
富士子「結婚すりゃバカ社長夫人なのにな、田舎の小金持ちになれるのに」
若葉「はぁ？　今、男と金に気をつけろって」
富士子「気をつけろっていうのは、それに負けるな勝てっていう意味だ。まぁでも生理的に無理だっていうのは、わかる」
若葉「うん」
富士子「結婚して、なんとか慰謝料もらって別れるっていうのはどうだ？　ここから抜け出せるだろ、そうすれば」
若葉「孫を売るのかよ」

と、二人で食器を片付け。

12 田舎道

殺伐とした田舎道を走る軽自動車。

運転しているのは、富士子だ。

助手席で、ぼんやりしている、若葉。

なんだかアメリカのスモールタウンを描いた映画みたいな乾いた二人。

車からカーラジオ。地方ネタ。

富士子の運転、結構荒くて。

富士子「(舌打ち) どけ下手くそが」
若葉「(ばあちゃんの毒舌は結構好き)」

13 ちくわぶ工場

若葉も富士子も働いている。

白い作業服に帽子……。

そこは、「ちくわぶ」工場である。

その工程。小麦粉等をブレンドする。こねる。のばす。ゆでる。

そして成型。

冷やして保存。

富士子と若葉、扱う工程は違う。

若葉は、なんとなく他の工員に疎まれていて……。

子供の頃から、友達はいないし、避けられているので慣れているし、今はそれにプラスして社長をフったこともあって。

うんざりしている若葉。

連携作業もどこかうまくいかなくて。

若葉「…………」

奥にいる、バカ社長・野々村《ののむら》の指示のようで。

若葉「……(溜め息)」

そして、救い求めるように、富士子を見る。

富士子「(目で……やるしかないんだから頑張れ)」
若葉「(頷いた)」

遠巻きに若葉の方を見ている工員たちの前に富士子。

富士子「(にっこりと笑顔で)」

富士子にちょっとびびって、目線はずしてそれぞれ皆仕事に戻る。

黙々と働く、若葉。

富士子「…………(溜め息)」

14　東京都内の道・走るタクシー

運転している女性、野田翔子《のだしょうこ》の表示。
写真が怖い。
かすかにカーラジオ。
真面目風の客に話しかけていて……。

翔子「厚木ってとこで生まれたんですけど、知ってます？　厚木」
客「あのさ」
翔子「(笑顔)」
客「あ、いいんで、そういうの、会話とかいらないんで」
翔子「あ………すみません」

＊＊＊＊＊

客は乗っていなくて………。

翔子「(時計見て)終わりか？　あがりかもう？　………暇……」

すると、なんだかヤンキーの香りがする、男客二人が手をあげていて。

翔子「お、仲間の匂い」

と、停車する。

＊＊＊＊＊

ご機嫌で運転している、翔子。

翔子「マジで？　矢沢ライブ行ったんすか？　いいっすね！　うらやましいわぁ、私なんかその日、武道館の横通っただけで、なんか胸が熱くなりましたよ」

とかなんとか。

翔子「おにいさんたち、名前なんていうんですか？」
男1「健一」
男2「健吾」
翔子「マジで？　うわ、惜しい！」
男1「惜しいんだ？」
翔子「はい、ケンタ募集中なんですよねえ」
男2「マジか………たしかに惜しいな俺たち」

＊＊＊＊＊

翔子「(ルームミラーちょくちょく見ながら、笑って)で、こないだ久しぶりに深夜に八王子までってのがあって峠越えなんですよ、これが、なんか走ってるうちにこう、ヤンキーの血が騒いじゃって、峠かぁみたいなね？　で、お客さんに、すみませんちょっとドリフトかましていいですか？って」

男1「え？」

翔子「いやいや、言いそうになったっつう話ですよ、実際そんなことしたらクビですから、だははは」

男2「運転手さんそこでいいです」

翔子「え？　あ、はい、すみません」

テンション急降下。

翔子「…………」

お金払って降りていく、客。

翔子「……（溜め息）」

15　タクシー会社

タクシーが帰社してくる……。

出ていく車もいて……。

16　同・内

精算して…………。

車の清掃をして…………名札はずして……。

その間も一人で。

男性運転手は何やら集まって、話しているが

翔子は一人で……。

帰っていく…………。

翔子「お疲れ様でしたぁ」

「おぉ」とか皆、手は振ってくれる。

翔子「（頭さげて）」

そんな避けられているわけじゃないけど、なんとなく仲間にはなれない。

もう男たちは会話に戻っている……。

翔子「…………」

思い切り、欠伸…………。

翔子「…………」

溜め息。

17　コンビニ・内

缶チューハイと、ジャンクなつまみ買って。

セルフレジしか空いていなくて。

翔子「…………」

お金を払って……。

18　小さなマンション・翔子の部屋

見た目も実際も小さなマンションの一室。
かなりの狭小部屋。三角形で……。
住みにくく寝るだけの部屋になっていて。
ほとんど何も置いていなくて。
翔子、そこに帰ってきて……。
座るところは一か所しかなくて、座って。
缶開けてぐびぐびぐびっと飲んで……。
つまみの袋あけてちょっと食べた。

翔子「…………」
眠くなってきて。

翔子「…………」
ごろごろしてしまう。
スマホ見るけど、特に何もなくて……。
まぶしくて黒いカーテンを閉めた。

翔子「つまんねぇ人生……つまんないよ…………」
寝てしまった。飲みかけの缶チューハイ。
学校の近くらしく、子供たちの仲良さそうな
声が聞こえてくる。

翔子「いいな（もう寝言）つまんねぇ」

19　ファミレス「シンデレラムーン」・外

ランチ終わって休憩中で……。
外で、まかない弁当食べている、サチ。
一人で……縁石に腰かけて。

サチ「…………」
無機質にきっちり食べる。
スマホで邦子に「大丈夫？」とラインする。
スタンプなし。
ものすごいスタンプだらけの「大丈夫」が返ってくる。
そこへ、本部の社員、ちょいださい制服スーツの男・田所《たどころ》が巡回で訪れて……。

田所「よぉ」

サチ「（ほんのちょっと頭動かして挨拶、食べ続ける、話したくない）」

田所「あのさ、言いにくいんだけどさ」
と、なんとなく男の目で、サチを見ている。

サチ「シフトですか？　シフトですよね、皆、働きたいのになんで私ばっかり、シフトたくさん入れ

るんだと問題になってると」
田所「あ、うん、まぁね」
サチ「しょうがないじゃないですか、言えばいいじゃないですか？　脅されてるんだって、私に。研修のときにしたパワハラセクハラ発言を動画で撮られて……これ本部に送っていいですか？って脅されてるんだって、だから仕方ないんだって」
田所「言えるかそんなこと」
サチ「じゃなんとかよろしく」
田所「いや、あのさ、こんな言い方変かもしれないけど、脅すのってさ普通、金よこせとか、楽にしろとかじゃないの？　たくさんシフト入れろって脅し、聞いたことないよ」
サチ「あろうとなかろうと、それが私の希望なんで、よろしくお願いします。あ、どうしてもお金で払いたいっていうんなら考えても」
田所「いくらだよ」
サチ「3000万とか？」
田所「(笑って)」
サチ「どうします？」
田所「払えるわけないだろ」
サチ「だったらシフト入れろなんとかしろ、じゃないと本部と奥さんに動画送る、話終わり、休憩中なんで……休憩はきちんと取りましょうって言ってませんでしたっけ？」
田所「(溜め息)」
サチ「…………（食べながら、もう話終わりだろ。消えろと目で）」

20　ラジオスタジオ

「エレキコミック」のラジオ番組生放送が始まる。
やついと今立《いまだち》………マイクの前に。

21　樋口家・居間

双眼鏡を覗いている、富士子。
富士子「………車変えやがったか（舌打ち）」
若葉の部屋の方を見る。
かすかにラジオの声……。
そして、若葉の笑い声。

22　同・若葉の部屋

ラジオ聴いていて………。
なんだか正座して聴いていて。
笑う気満々で。

若葉「（わかりやすく、ブブぶぶぶっっっ！と吹き出す）」

23　同・居間

富士子「（苦笑）」
さらに手を叩いて笑う声が聞こえてくる。

富士子「（なんだかあまりに笑い声が無防備で腰がくだけてくる）」
でも、×の娘の写真、目に入って。

富士子「…………」
手叩いて笑っているらしい若葉の声。

24　小さなマンション・翔子の部屋

ずっと寝ていた感じでボサボサな翔子。
冷蔵庫の中のコンビニスイーツとか食べている。

翔子「…………」
ラジオ……流れていて。

翔子「（なんかネタに反応）マジかよ、バカだねえ」
と、手を叩いて笑いながらスイーツ食べて幸せ。

翔子「くっだらねえ！」
と、満喫中。

翔子「（食べながら吹き出しそうになって阿鼻叫喚）」
そんな自分がおかしくてさらにウケる。

翔子「ティッシュティッシュ」
ジタバタジタバタする。

ラジオの声「というわけで恒例の、リスナー限定バスツアーについてなんだけど」

翔子「？　…………」

25　ファミレス「シンデレラムーン」・内

働いている、サチ。
今度はホールで………。
店は大混雑。
ギリギリちゃんと笑顔で仕事はしていて……。
でも、あまり優れた笑顔ではないが頑張ってる、サチ。

サチ「いらっしゃいませ。ほっと一息 癒しの森のレストラン シンデレラムーンへようこそ」

ファミレスの名前、ちょっと何度も言うのが恥ずかしい感じで。

26 古い団地・岸田家

ラジオを聴いているのは、邦子で。
手を胸で組んで、うっとり楽しそう。

邦子「…………」

ラジオの声「次は、東京都、ラジオネーム、団地っこさん」

邦子「！！！！！！！」

大衝撃……。
どうしようどうしようと大うろたえパニック。

ラジオの声「37歳、あれこの人、前38じゃなかったっけ？」

ラジオの声「ま、ありますよね、歳が減ることもね」

邦子「（でへへへへ、やれやれすみません）」

27 スーパー・内（夜）

邦子指示のメモどおりに買い物をしている、サチ。

サチ「…………」

余計なものは一切買わない、目にも入らない、鉄の消費行動。

28 道

信号で停まる、サチ。
何気に横を見て。

サチ「（違和感）…………あ」

新装開店の古民家改装のカフェができていて。

サチ「………（驚いた）嘘」

サチ「…………」

そこはかつての同級生の家の商店だった。
見とれてしまって……。
キラキラ輝いている、カフェ。

サチ「（微笑）へぇ」

するとお店のドアが開いて……。
お店の人、住田賢太《すみたけんた》が顔を出して。

賢太「こんばんは」

サチ「え？　あ、いや、ちょっとびっくりして、ここ同級生の家だったんで、酒屋さんで、え？　いつのまに？」

賢太「そうだったんですか？………え？　変わりました？　その頃と、どうですか？」

サチ「(ちょっといい男だし、フレンドリーでちょっと戸惑い)あ、はい、全然、違って、びっくり、あ、でもなんか面影っていうか、あ、結構残ってる………懐かしい」

賢太「良かった、そんな風に思っていただけたら嬉しいです」

サチ「え？　あ(急に話なんかしている自分に驚いて)」

頭さげて……足早に走り去る、サチ。

29 古い団地・岸田家

帰ってきた、サチ。

ぐったり疲れていて………。

サチ「ただいま」

邦子「お帰り！」

待ってましたとばかりに、一気にまくしたてる邦子。

邦子「お疲れ様、ありがとう。あのねちょっと相談があるんだけど、っていうかその前に、えっと、私、結構ねラジオを聴くの好きで、でね、投稿したりしてるんだけどね、団地っこっていう名前でね。可愛いでしょ？　あ、それでね、そのラジオ番組でね」

サチ「うん………」

ただでさえ言葉少ないのにさらに生返事。

どんどんサチが動くのでその度に、話中断して、車椅子を動かして追い付いて、そこから話すと。

また、サチが移動する。また追って。

邦子「私の出したハガキがね読まれて(笑って)２回目。すごいでしょ？　なんて書いたかっていうとね、知りたい？　知りたいでしょ？」

もう、サチいなくて。

必死で追う、邦子。

邦子「あぁ、もう意地悪！」

サチ「(溜め息)いや、意地悪ってさちょっと待って」

邦子「なんで話聞いてくれないの？」

サチ「なんでってやることやってるだけだけど」

邦子「話したいじゃない、いろいろ、今日一日あったこととか、ずっとこの家の中に一人でいるんだよ」

サチ「て言われてもさ、こっちは外で疲れてるわけで」
邦子「聞くぐらいいいじゃん、そんな疲れないでしょ」
サチ「どうでもいい話ちゃんと聞くのは疲れます」
邦子「ひっどい、優しくない」
サチ「いやいやいやいやいやいやいや」
邦子「そっちだって話せばいいし、聞くし私」
サチ「いや別に話すことなんかないし、話したくもないし、どんなにつまんない一日だったか、どんな不愉快なことがあったか思い出したくないし、そういうことをあえて話さないという優しさもあるわけで」
邦子「は？　何この、倦怠期の夫婦みたいな会話」
サチ「…………たしかに」
邦子「でも、そうだね、そうだよね、そうだ、私が悪い、ごめんごめん本当私が悪い、ごめんね」
サチ「…………」
邦子「そんなことない、お母さんは悪くないって言わないんだ？」
サチ「めんどくせ」
邦子「面倒くさいわよ、しょうがないじゃん」
サチ「…………」
邦子「ごめん、本当にごめん、今は本当に悪いと思ってごめんって言ってる」
サチ「さっきのは違うのかよ」
邦子「（むくれた）あ、そう来る？」
サチ「（何か反論しようとするがやめた）ごめん」
邦子「（首を振る）」
サチ「煮詰まってる？　煮詰まってるね、お互い」
邦子「煮詰まってるね」
サチ「行きますか」

30　同・敷地内

車椅子の邦子、サチが押して出てくる。
段差とかあって、道に出るのはそれなりに大変で。
サチ「大丈夫？」
邦子「うん、ありがと」
サチ「おう、じゃ行くよ」
邦子「よろしく！」
と、少し乱暴に速く車椅子を押して…………。
二人まるでタンデムでバイク乗って風切ってるみたいに道を走る。

31　道

映画「最強のふたり」みたいな、サチと邦子。
先の方に見えるコンビニに向かう。

32　コンビニ・内

サチと邦子、アイスの大きな売り場を覗いて。
サチ「これかな」
邦子「すみません、一番高いアイス今どれかしら」
店員が見つけてくれて。
サチ「おぉ」
邦子「おぉ高そう」

33　同・前

邦子は車椅子。
サチは横でしゃがんで…………。
二人して高いアイスを食べる。
邦子「う〜〜ン、贅沢」
サチ「高いからうまいとは限らないけどね」
邦子「いいの」
サチ「うん、そうだね、高いの食べるのが大事だね」
邦子「うん」
サチ「…………」
邦子「大丈夫だよね？　私たち。ね、まだね」
サチ「うん、そだね、大丈夫」
邦子「うん………あ、ラジオのことなんだけど」
サチ「そんなに話したいの？」
邦子「そうじゃなくて」
サチ「あ、ごめん」
と、スマホ鳴って………。
サチ「…………」
田所からで。
「シフトはなんとかするけど、お願いだから
たまに休んでくれ」
サチ「（溜め息）あ、ごめん、何？」
邦子「お願いがあるのラジオのことで」
サチ「？」

34　新宿西口・道（日替わり）

観光バスの出発場所にバスが1台、停まって
いて「エレキコミックのラジオ君 リスナー

御一行様」。
そこへ、どんよりそれでも荷物持って……歩いてくる、サチ。
サチ「…………意味わかんない、本当マジで」
と、言いつつも首を傾げながら……バスへ。

35　観光バス・車内

車内、男女であふれていて……。
サチ「(固まった)」
まるで世話役のような、リーダー格の穏やかな男・市川《いちかわ》みね。
みね「えっと岸田さんですか？　岸田邦子さん」
サチ「あ、はい、いや、あの、岸田サチ、代理で。えっと娘です」
みね「あ、はいはい、席あそこです、９Ｂ」
と、教えてくれて……。
サチ「どうも、あ、代理で、母の……代理」
みね「はい？」
サチ「あ、いえ」
と、バスの奥の方の指定された席に座る。
サチ「…………」

横には、翔子と若葉がいて。
みね「この３人が同じ班で泊まるのも同じ部屋なんで」
(二人ともバスツアー初参加)
サチ「…………」
翔子「お、翔子。よろしくぅ」
と、ハイタッチを求める、翔子。
サチ「あ、いや、代理なんで、そういぅ」
翔子「はい！(とさらに要求)」
サチ「え(仕方なく、両手をあげる)」
翔子「はいぃぃぃぃ」
と、ハイタッチして、そのまま頭突きをお見舞い。
翔子「いぇぃ」
サチ「(呪い)…………(首を傾げる)」
若葉は、二人の会話に一言一言、何度も激しく笑顔で頷いていて。
サチ「(なんだこいつ)」
若葉「私も先ほど、洗礼を受けさせていただきました」
と、自分のおでこをぺたぺたさせる。
翔子「元ヤン？　私にはわかる、そうでしょ？」
サチ「質問ですか？　違います」
翔子「え〜そうかな？」

サチ「そうかなって意味わかんない違うし、勘弁してくれないかな代理なんで私、帰ろうかな」
翔子に引き留められて。
翔子「わかるわかる、照れなくていいのよ、私に任せて、優しくする、なんかやらしい？　だははは」
と、サチをバシバシ叩く。
サチ「（すでにうんざり）」
翔子「（若葉に）いいよ交代」
若葉「ありがとうございます、ただいまご紹介にあずかりました、若葉と申します。いやいやいやいやや、来ちゃった来ちゃった、ついにです、ね。ついに、なんかすみません、ずっとばあちゃんとしか喋ってないもんで、なんかこう、嬉しさも相まって、会話の回路が壊れてるっていうか、誤作動しまくってる感じがあって、でも、そんな自分を楽しんでいるような感じも悪くないぞこの野郎みたいな。すみません誤作動誤作動。ご理解を、愛してるよ」
サチ「…………………はぁ」
ハグを求める、若葉。
サチ「え？　あ………あ、大丈夫私、代理なんで」
若葉「私もです。人間なんて皆、誰かの代理です」
翔子「だよね、深いね！」
サチ「（考えて）…………ごめん、意味わかんない」
翔子「私も」
若葉「私もだ！」
サチ「（なんだこいつら）」
若葉「いいからおいで、おいでなさい」
サチ「え？　…………………」
仕方なく、溜め息ついてハグに応じる。
サチ「…………………」
離れたら、翔子が。
翔子「もう一回！」
若葉「おいで！」
サチ「（心の中で何かが凍って閉じた）」
みね「あ、すみません皆さん、番組リスナー代表、みねです。苗字でなくて名前です、市川みねです。ひらがなです、ばあちゃんみたいな名前です、性格もばあちゃんみたいです、よろしくお願いします、あ、皆さんなんでも聞いてください、わかんないことあったら。ベテランなんで、このツアーに参加するためにラジオ聴いてるようなものなので、みね君って呼んでください。やってみましょう。はい、みね君！」

反応したのは若葉だけで……。

微妙～～な空気に。

みね「はい！　ありがとうございます。帰りには皆に、本当にみねく～～ん！って別れを惜しんでもらうように頑張ります」

笑って拍手している翔子と若葉。

サチ「(完全思考停止)」

そこへ、ドア開いて。

エレキコミック二人が乗ってきて……。

車内一気に盛り上がる。

サチも代理だけど、顔は知っているので「おとくらいは思うが平静を装う。

「どうも！」「おはようございます！」みたいな感じで二人の挨拶あって。

そしてバスは動き出す。

＊＊＊＊＊

どんどん、やついい、今立が、リスナーたちに、ツアーの間の呼び名を与えていて一人一人盛り上がる。盛り上げる。

サチ一人だけ冷めていて……。

若葉は、いちいち、大きく拍手して。

若葉「おぉあなたでしたか！　神よ！」

などといちいち感動。

翔子は、つけられていくあだ名にいちいち大ウケ、大笑いして、サチをばんばん叩く。

翔子「なんだろうね、私たち、ね」

サチ「(痛さ以外、ほぼ無反応)」

36　回想・コンビニ・前（夜）

サチ「は？　何それ？　なんで私が行くの？」

邦子「だって車椅子じゃ難しいでしょ。ていうかほら、ラジオの投稿って、ちょっと自分じゃない人になれるわけでしょ？　だから私も団地っこっていう自分に似てるけど違うキャラクターで参加としてたから、今更リアルな自分で参加したいとは思わないんだ、わかるかな？」

サチ「わかるけど、じゃなんで申し込んだの？」

邦子「(その通りだけど認めたくない) だって募集してたからついっていうか」

サチ「あのさ、親に言うことじゃないかもしれないけど」

邦子「じゃ言わないで」

サチ「バカなの？」
邦子「（予想よりすごいの来た）（何度も反論しようと体が揺れるが出てこない）」
サチ「…………………」
邦子、何か思いついた顔。
邦子「あのね、あなたが行った方がいいの。たまにはね、私から離れて、思いっきり笑ったり笑ったり、笑ったりしてらっしゃい、旅行なんてずいぶん行ってないでしょ？　ね、そのため（ドヤ顔）」
サチ「（じっと見る）」
邦子「（目をそらす）ん？」
サチ「後付けだよね、今、思いついたよね、それ」
邦子「（知らん顔）さぁ、どうかなぁ」
サチ「…………………」

37　観光バス・車内

サチ「…………………」
あだ名付けが若葉の番になっていて。
若葉「はい、ちくわぶ工場で働いておりまして、仕事は嫌いですが、ちくわぶは大好きなので、わぶちゃんでお願いします」
翔子「わぶちゃん！」
若葉「はい！　ありがとうございます！　わぶちゃんです！」
サチ「？？？？（なんだそれ異次元なんですけど）」

＊＊＊＊＊

翔子「ケンタでお願いしま〜す、理由は内緒（笑って）ね」
あだ名が決定になって。
と、翔子、サチをまた叩く。
サチ「知らないし（首を傾げる）」
皆が自分を見ていて。
サチ「え？　あ、いや、私は大丈夫です。あだ名とか、なくて……代理なんで、本当に、代理なんで」
やつい「じゃ、おだいり様で」
サチ「嫌です。いらないって言ってんじゃないですか」
翔子「恥ずかしがらなくたっていいって、旅行の間だけなんだから」
若葉「そうですよ、おだいり様」
サチ「うるさいな、嫌だって言ってんの、何がおだいり様だ。呼んでも返事しないから」

みね　「あの、おだいり様」

サチ　「はい？　あ……………」
　　　　皆で拍手して………。

みね　「（笑顔）」

サチ　「（てめぇ覚えてろ）」

38　サービスエリア

　　　　バスはトイレ休憩。
　　　　バラバラと降りて…………。
　　　　バスを降りた、サチ。

サチ　「（溜め息）…………」
　　　　両脇に腕が絡んで。

サチ　「え？」
　　　　翔子と、若葉で……。

若葉　「トイレ一緒に行きましょう。ね」

サチ　「いや、行くけど、一人で」

若葉　「一緒に！」

サチ　「はい？」

翔子　「いいね、そういう女子を主にシメてたけど、
　　　　ちょっと羨ましかったんだよねえ。女子トイレ」

サチ　「？」

　　　　3人で仲良くトイレに………。

39　同・トイレ・前

　　　　隣はおみやげ売り場の建物になっていて。

若葉　「じゃここで集合で」

翔子　「はいよ」

若葉　「おだいり様？」

翔子　「おだいり様？」

サチ　「わかりました」
　　　　沈黙………。
　　　　待っている、二人。

サチ　「わかったよ、ケンタ、わかったよ、わぶちゃん」
　　　　翔子、若葉、拍手する。

サチ　「（首を傾げてもう投げやり）」
　　　　トイレへ………。

＊＊＊＊

　　　　戻ってきた、サチ。

サチ　「…………」
　　　　自分が一番かよという気持ち。

でも約束したので待つ。

サチ「…………」

首を傾げて、トイレの方を覗きたいけど、我慢したりして。

サチ「…………なんだよ、約束したのに」

と、むくれ顔。

サチ「…………」

時計見たりして……。

サチ「…………わ！」

目の前に、そのＳＡ限定の食べ物が差し出される。

サチ「え」

翔子「限定限定、ここでしか売ってないって」

若葉「はい」

サチ「え？　あ、う？」

サチが口開いて………くわえさせられて。

サチ「…………」

若葉「やだ、おだいり様可愛い！」

サチ「…………」

40　おやき体験会場

おやき作り体験などを皆でやっていて……。

サチ、翔子、若葉………一緒で………。

サチ、なんでこんなことっていう顔しているけど実際はちょっと楽しい。

みね、少し離れて。

翔子「こういうの面倒くさくて苦手なんだよねえ」

サチ「だろうね」

翔子「ん？　ん？　あ、わぶちゃん上手だね………私のもやって」

若葉「ダメですよ、ケンタ。そういう人生送ってきたんですか？」

翔子「誰も替わってくれる人なんかいないっつうの」

サチ「そりゃそうだ」

翔子「だからおやきぐらいさ」

若葉「ダメです」

翔子「おだいりさまぁ（と甘えて）」

サチ「絶対いや」

と、なんだか笑ってしまって。

じゃれあってる、みたいになって。

その瞬間をみねが写真に撮って……。

サチ「え」

みね「ありがとうございます、送りますね……えっと」

41　撮られた写真

3人の写真。
サチは真ん中で、笑っていて………。
3人とも笑っていて。

42　おやき体験会場

みねから送られた写真を見る、サチ。

サチ「………………」
笑っている楽しそうな顔を不思議そうに見ている、サチ。

サチ「………………」
みね「？」
翔子「？」
若葉「？」
サチ「笑ってる」
みね「………………」
サチ「こんなの久しぶりに見た………………」
若葉「………………」
翔子「………………」
サチ「可愛い」
翔子「ん？」
若葉「（微笑）はい」
みね「………………」
サチ「ダメなんだけどな、こういうの………楽しいのダメなんだけどな」
と、言って………寂しそうに微笑。

若葉「………………」
翔子「なんでダメなの？」
若葉「………………」
サチ「だって楽しいと、楽しいことあると………………きついから………きついの耐えられなくなるから………普通の人は知らないけど………私は、きついだけの方が、楽なんだよ、何も考えなければいいんだし、だからダメなんだよ、こういうの」
若葉「………………」
翔子「………………」
サチ「一緒にいて楽しい友達とかできたら………………きついんだよ………ダメなんだよ楽しいのは………余計きつくなるんだよね」
みね「………………」
若葉「………………」

翔子「…………………」

なんか二人とももらい泣きしそうになって。

サチ「すみません、訳わからないこと言って、ごめんなさい」

首を振る、翔子、若葉。

おやきが出来上がって………。

それぞれ自分のつくったものを受けとっていく。

おやきの人、サチたちのところにも来て。

3人で覗いて。

サチ「(なんか嬉しくて)あ、この上手なの私です……で、で、このへったくそでぐちゃぐちゃなのは、はい、ケンタ……で、この小さくまとまってる感じのがわぶちゃん」

翔子「ん?」

若葉「は?」

みね「(楽しそうで)」

サチ「(微笑で)」

＊＊＊＊＊

3人でおやき食べる。

「う〜〜〜〜〜〜ん」となる、サチと翔子、若葉。

美味しくて楽しくて笑って………。

サチ「あ〜楽しいいし、もういいや、壊れてやる、覚悟しろ」

翔子「ん?(食べていて聞いてなかった)」

若葉「あ(なんかこぼれた)」

サチ「(笑って)」

43　観光バス・車内

なんかはじけてしまった、サチ。

ゲーム大会などにも、ガチ参加して………。

はじけている、サチ。

そんなサチを見るとなんだか嬉しい、翔子と若葉。

3人チームでなんか勝ち抜けして。

雄たけびを3人であげて……。

楽しそうに見ている、みね。

やつい、今立とハイタッチしたり。

44　観光ホテル・外

バスが停まっていて。

45　同・宴会場

皆、丹前着て集合して……。
舞台上には、エレキコミックの二人。
「乾杯！」から宴会スタートして……。
大サービスのお笑いあって……。
サチ、翔子、若葉、大爆笑。
サチが翔子の肩をバシバシ叩く。
痛がる、翔子。
若葉とハイタッチしたり、ハグしたり。
もうグチャグチャ、ただひたすら笑って。

46　古い団地・岸田家

一人で食事を終えた、邦子。
邦子「…………」
スマホを見る。
サチに送ったライン。
「こっちは大丈夫だからね、楽しんで」みたいなのが3通くらい、未読で……。
邦子「楽しんでるってことだね」
と、微笑。
できる範囲での家事、頑張ってやっていて。
邦子「(家の中を見る)」

47　回想・同・4階

車椅子でない、邦子と高校生の、サチ。
ごくごく普通の朝の口喧嘩……。
邦子「何度も起こしたからね私は、何そのなんで起こさないんだよみたいな顔」
サチ「うるさいな、してないよそんな顔」
邦子「起きない自分が悪いんでしょ？　起こさないからねもう」
サチ「はいはいはいはいはい毎朝ありがとうございます。今後ともよろしくお願いいたします！」
邦子「どういたしまして！　こちらこそよろしくお願いいたします！　おいしいでしょ？　そのジャム」
サチ「おいしい」
邦子「いくらだと思う？」
サチ「あ、時間ないごめん面倒くさい」

邦子「あ、そうか」

48　古い団地・岸田家

邦子「…………」

　思い出すと切ない。

49　樋口家

　誰もいない。

50　小高い場所

　ちょっと豊かな家が見える、家から少し離れた場所にいる富士子。座っていて、缶ビールを飲んでいる。

富士子「…………」

　豊かな家を見ている。

　頭の中に、幸せだった頃の、笑い声が聞こえてくる。

　若葉を呼ぶ自分の声なんかも聞こえていて……。

富士子の声「若葉おいでおいで、そうそうそうそう、すごいすごい」

富士子の声「はい、お誕生日おめでとう！　若葉！　さ、ケーキ食べよう、ね、可愛いね、その服、よく似合うね」

富士子「…………」

　ただただ、見つめていて。

　罪もない幸せそうな明かり。

富士子「…………」

　手に持っていた、缶ビール飲み干した。

富士子「…………」

　ただ見つめていて……。

富士子「……」

　立ち上がり離れていく。

　歩いた先に、豊かな家のスタンド型の表札があって。

　可愛い形の板に、苗字が書いてあって。

富士子「…………」

　ちょっと誰もいないのを確認して。

　軽く蹴った。

　傾く、表札。

　去って行こうとして……立ち止まり。

　戻ってきて、直す。

富士子「…………」
　　自分の小ささに溜め息。

51　観光ホテル・宴会場（夜）

　　皆、それぞれ酒飲んでいる者やゲームしている者など、いろいろいて……。
みね「…………」
　　皆を見守っていて……。
　　巡回してたりする、みね。
みね「…………？」
　　3人を見つけて。
みね「（微笑……話は聞こえないけど、ずっと見ている）」

52　同・どこか

　　サチ、翔子、若葉の3人。
　　ぐだぐだ飲んでいる感じで………。
若葉「あれですよね、こういうときの流れって………順番に自分語りとかしますよね、しますか、実はね私みたいな」
翔子「するね、しようか、ね」
　　と、嬉しそう（話したいようだ）。
サチ「やめよ、パス」
翔子「え」
サチ「なんか暗くなっちゃうし、引くしきっと」
翔子「え？　そんなことさぁ」
若葉「わかります、私も、やめときます。どんよりした話しかないんで、せっかく楽しいのに」
サチ「うん」
若葉「はい」
翔子「そうか」
　　と、残念そう。
サチ「え？　何？　話したいの？」
若葉「聞いてほしいんですか？　だったら」
サチ「ね」
翔子「いやいや、この流れで実はさ、とか重い話できないでしょう？　いや、私もさ、自分語りはじめたら、しょぼいっていうか、寂しいっていうか、あと、痛い？　バカ？　そんなんばっかりだからさやめとく、きついよね、皆、いろいろ」
若葉「すごいきついときってどうしてます？　なんかいい方法あります？」
翔子「一人カラオケ」

若葉「あぁ」
翔子「何その、月並みだなみたいな顔」
若葉「わかりました？」
翔子「わかるわ」
サチ「うち、母と二人でね………きついとき？　煮詰まったとき？　コンビニ行く」
翔子「やけ買い？」
若葉「やけ食いですか？」
サチ「アイス食べるの。一番高いのを食べるって決めてる……とにかく一番高いの。一番高いの食べる。そもたかが知れてるしね、一番高いの食べる。そうすると……ちょっとまだやれるかもって思う」
若葉「へぇ」
翔子「へぇ」
サチ「へへ」
翔子「いや、ちょっと待って話終わってしまいそうなんだけどさ、いや自分語りはしないけどさ。でもさ、せっかく、ふったのにさ、誰も掘らないよね、なんで？」
サチ「あ？（なんのことだ？）」
若葉「ケンタ！」
翔子「そう！　普通なんで？って思うでしょ？　そこにネタを感じるでしょ？　放置かよ、言わせろよ、ていうか聞けよ」
若葉「なんでケンタなんですか？（ちゃんと要求に応える）」
翔子「え？　知りたい？」
サチ「（なんか楽しい）」
翔子「むちゃ前後はぶくけどね、ね、17歳のとき、私ヤンキーに憧れてて、厚木ってとこの生まれなんだけど、そこは昔からヤンキーの聖地だったのよ。ね、かのキョンキョン様が生まれたところだからね。私、同じ中学、ふふん、そこんとこよろしく。でね、町一番格好いい不良と付き合うことになっちゃって」
サチ「なんで？」
翔子「なんでって私がかわいかったからに決まってんじゃないの」
若葉「その町一番がケンタ」
翔子「そう、で、私。初めてだったし、やだもう（サチ叩く）なんていうの、もう夢中さ。舞い上がっちゃってさぁ………彫ったの」
サチ「ほった？（意味がわかっていない）」
若葉「タトゥーですか？」

翔子「そう」

サチ「マジで？」

翔子「マジよ。ここ（股間のあたり）ケンタってね……はははは、でも、彫り終えたその日に、別れた。どん引きされた」

サチ「うわ」

若葉「ということは？」

翔子「つまり、それがあるもんだからさ、他の名前の男と付き合えないわけ、ケンタ一択なの、私の人生」

若葉「え〜〜それって、新しいケンタをゲットしたら、君のために彫ったんだ、って見せるってことですか」

翔子「そうよ、それしかないじゃんだって」

サチ「（ツボに入った、笑うしかない）」

若葉「いやぁそれはそれでリスクが」

翔子「リスクのない人生なんてね、ないわよ、人生なんてね、すべてが過去との戦いなのよ」

サチ「（笑う）え？　消すっていう選択はないの？」

翔子「無理、消すのは入れるより痛いんだよ、もうあれは無理」

サチ「そうなんだ？」

翔子「（咳払い周囲確認）………見る？」

サチ「え？　いいの？」

翔子「いいよ特別」

若葉「見ます」

翔子「うん」

と、3人ごそごそ集まって固まって………。

浴衣をそっと開いて………二人、中深くを覗いて。

翔子「無茶苦茶恥かしんだけどこれ、見えた？」

見ている、サチと若葉。

「おぉ」

53　暗闇に浮かび上がる「KENTA」

54　観光ホテル・どこか

覗いていたのから戻って、笑い転げる、サチと若葉。

二人とも床をどんどん叩くくらい、笑って。

若葉「あ〜お腹痛いです」

サチ「バカだねぇえ」

若葉「なんかエロかった、どきどきした」

サチ「(笑って) だよね」
翔子「楽しんでいただけました？」
サチ「はい、もう一回」
若葉「あ、私も！」
翔子「ダメ！」
若葉「お金払いますんで」
翔子「そういうことじゃないんだよ (とっつこんだあとで自分でもおかしくなって) なんだそれ、いくらなら払うわけ？」
3人で笑い転げて……。
なんだか涙出てくる。

55 観光地 (日替わり)

観光中の3人。
宝くじ売り場を発見。
翔子「ね、ね、買わない？ 宝くじ、ね、一枚ずつ」
サチ「え、あ、いいけど………」
若葉「いいですね、当たったらどうします？」
翔子「山分けでしょう？」
サチ「へぇ」
若葉「山分けですね」
サチ「(翔子見て) 裏切りそう」
若葉「たしかに」
翔子「どこが？」

＊＊＊＊

宝くじ一人一枚、計3枚あって。
適当に持って。
声「エ・レ・キ・コ・ミ・ツ・ク」
と、順番に回して、止まったところで持ち主が決まる。
声「おぉぉぉ」

56 観光バス・車内

帰りのバスの中。
皆で歌など歌っていて (尻とり歌合戦)。
3人、おどけて歌ったりしているが、別れの近さに……切なくなって。
一人一人……だんだんと歌うのやめてしまって。
………でも周囲の歌は続く。
3人「…………」

窓の外は東京。

57　新宿駅・道

皆、別れを惜しんでいて………。

皆、「みね君!」とハグする。

みね「(笑顔で)どうかお元気で、ありがとう」

サチたち、3人組になって。

3人「みね!」

みね「呼び捨て………あ、どうか、お元気で」

翔子「お前もな」

若葉「(笑って)」

みね「はい、ありがとうございます」

笑って………。

みね「あ、あの、なんか僕、3人のこと」

サチ「ん?」

集合がかかって………。

みね「あ」

58　同・解散場所

エレキコミックの最後の挨拶などあって

皆、聞いている中。

若葉「あ、ライン教えてもらっていいですか」

翔子「うん」

サチ「やめよう、それは」

若葉「え?」

翔子「?」

サチ「最初はあれだけど、だんだん来なくなったりするの、マジでダメだから私、お願い………だってそれは仕方ないし、それぞれの場所で生きてるわけで……だから、楽しかったから………このままで……ね」

若葉「(少しショックで)」

翔子「………………そうか………」

「解散!」の声。

サチ「ありがとう。元気で」

3人も強く抱き合った………。

そして、バラバラの方向に離れていく。

まったく振り返らない、サチ。

気持ちが残って、何度も振り返ってしまう、翔子。

とてもわかりやすく落ち込んでいる、若葉。

59　サチの日常（日替わり）

通常営業で続く。
邦子との暮らし、そして仕事、まったくいつもと変わらない表情。

60　若葉の日常

通常営業で続く。
富士子との暮らし、車移動、工場。
いつも明るいわけじゃないのに、
さらにどんよりしていて、
ちょっと富士子が気にしていて。

61　翔子の日常

通常営業で続く。
女子３人の客を乗せて走る………。
楽しそうで、微笑ましいけど、うらやましくて切なくなる……。

62　田舎道

走る、軽自動車。
例によって悪態ついている、富士子。

富士子「あぁもう、ちんたら走ってんじゃないよもう、耕運機か！　お前は」
若葉「ばあちゃん、アイス食べよ」
富士子「？」

63　田舎のコンビニ・内

アイスを買う、若葉と富士子。

若葉「だから高いのを買うの、好きなのじゃなくて、一番高いアイス買うの。そうすればやっていけるから」
富士子「ほぉ………(なんかちょっと楽しくなってくる)これか」
若葉「これのが高い」
富士子「あ（ちょっとくやしくて探す）」

64　都会のコンビニ・内

翔子がアイスのボックスをひっくり返す勢い

で高いアイス探していて。
中東系外国人店員も一緒になって探して。

翔子「これだ！　ね！」
店員たちから称えられる。

でも……一瞬躊躇するも写真消去して。
空を見上げて……。
仕事に戻っていく。

65　田舎のコンビニ・外

軽自動車に寄りかかって、二人で高いアイスを食べる、富士子と若葉、ちょっと笑顔で。
3人の写真を見る、若葉。

66　道

休憩中のタクシー内で、アイスを食べる、翔子。
3人の写真を見て……。
微笑んだ。

67　ファミレス「シンデレラムーン」・外

休憩中のサチ。3人の写真、笑顔の自分……。
サチ「(見ていて、じっと見ていて)」
かすかに、口元微笑む。

第2話

1　1話ダイジェストからラストへ

楽しかった3人、サチ、翔子、若葉。
でも断つようにして、別れるサチ。
どんどん歩いていって……。
でも、その表情はどんどん子供みたいに泣きそうになって。
立ち止まり、振り返る。
だが、二人はもう見えない……。

サチ「…………」

2　高速バス乗り場

一人高速バス乗り場にいる、若葉。

若葉「…………」

若葉はとても落ち込んでしまって……。
楽しくてはしゃいだ分、サチに関係を断たれたのが、きつくて悲しくて、切なくて。

若葉「…………」

3　電車・中

電車の中の翔子。

翔子「…………」

なんだかとても脱力感強くて……。
★自分の話に笑ってくれた、サチと若葉の顔★

翔子「(思い出し笑い)」

バッグの中の、妙なおみやげなんか見て……。

翔子「(なんだこれ)」

と、また苦笑するが……。
なんか一人の寂しさが押し寄せてくる。

翔子「…………」

○メインタイトル
「日曜の夜ぐらいは…」
第2話

4　実景（日替わり・数週間が経過）

5　道

自転車で、サチが走る。
疲れているのか、信号で停止して、空を見上げたりして……ふぅと息を吐いたり。

ふと横を見ると、こないだ見た素敵なカフェで。仲良く楽しそうな男女がいて。
と思いきや、サチが見ているのは、女子会風の客。
女の子3人なんだかきっとそんなに面白くないことでも楽しそうに笑っている感じ。

サチ　「…………」
翔子と若葉と自分の楽しかった時間がフラッシュして。

サチ　「(溜め息)」
店のドアが開いて……賢太が顔を出して。

賢太　「先日はどうも、よろしかったらいかがですか？」

サチ　「え？　あ」
店の中見て。
★イメージ、サチ、翔子、若葉の3人でカフェ★

賢太　「？」

サチ　「私、そういうあれじゃないんで、カフェとか行く人じゃないんで」

賢太　「そういう方にいらしていただきたいんですけどね、あ、無理にとは言わないですけど、一日の終わりにちょっと美味しい飲み物飲んで、素敵な空間で一息ついたりできたら、なんかやっていけるかなみたいな。そんな風に」

サチ　「あ、お店で呼んでますよ」
と、指さして……。

賢太　「いつでもお待ちしています」
と、店の中へ……。

サチ　「(答えない)」
店の中を見るが、振り払うように、前を見て。
そして、信号青になって走り始めようとする。
が、いきなりわりとギリギリを速いスピードで車が通過して。

サチ　「！！！(あぶね！)」
結構あぶなくて避けて。
ガードレールにぶつかって、自転車降りるしかなくて。

サチ　「(ぶつけた足が痛い)」
でも車は全然意に介さず行ってしまって……。
気が付いてもいないようで……。

サチ　「(むかついている)」
怒りの持って行き場がない。
一人でうろうろ歩いてしまう。

サチ　「………むかつく。なんなんだいったい。あぁもう、だから嫌なんだよ、こういうとき、私は言葉にしないでずっと乗り越えてきたのに喋りたい！　このなんかまるで、うまくいかない現実と自分の関係と一緒だね、僕らは無力だねみたいな感じ腹立つわ！って喋りたくなってんじゃん！　だから友達とか出会うの嫌なんだよ………

(溜め息)」

と、誰にともなく吐いて。

サチ「うわ、ていうかひとり言言ってるし私(混乱)」

横を通過した車の中の人たちが、なんか笑いながら、サチを見ていて……。

サチ「(見て、また腹が立つけど、どうにもならない)」

ちょっと、しょんぼりしてしまう、サチ。

それでも、自転車立て直して………ゆっくりと漕ぎ始める。

サチ「(子供みたいにちょっとむくれた顔)高いアイス食べる」

6　ラジオスタジオ

エレキコミックの番組が始まろうとしている。

スタートするテーマミュージック。

7　古い団地・岸田家

何か家庭作業をしながらラジオを聴いている、邦子。待ち構えていた感あり。

邦子「(ご機嫌)今日はバスツアーの話、するかな、して」

8　樋口家・居間〜若葉の部屋

富士子「…………………」

隣の部屋で、ラジオの音が聞こえて……。

ちょっと心配そうに、隙間から覗く。

＊＊＊＊＊

若葉、ラジオの前に正座して聴いていて……。

若葉「(すでに意味不明だけど泣いていて)」

ティッシュが手放せない状態になっていて。

＊＊＊＊＊

富士子「(若葉の情緒不安定な感じがちょっと理解できないので心配ではあるし興味もある)」

＊＊＊＊＊

テーマ曲がかかったら、「おぉぉぉぉ！」みたいな表情になって両手を掲げて。

「こんばんは」の声に。

若葉「こんばんは！」

と、答えるけど。

涙をぬぐったりして。

＊＊＊＊＊

富士子「(どん引きだけど心配。でもちょっと面白い)」

9　走るタクシー

10　同・車内

運転している翔子。

ラジオが流れていて…………。

翔子「…………(楽しくて)」

客が乗っているんだけど、つい笑顔になってしまうが、笑わないように注意しつつ。

客「運転手さん、そのラジオ」

翔子「あ、はい、面白い(ですよね？)」

客「消してくれる？　なんかうるさい」

翔子「あ(ガッカリ)………はい、ですよね」

と、消す。

翔子「(しょんぼり)」

沈黙のまま…………時間が流れる。

翔子「…………」

11　古い団地・敷地内

自転車で帰ってきた、サチ。

何軒かの家の灯りが見える。

サチ「…………」

公園のパンダに。

サチ「(一応見られると恥ずかしいので周囲を確認しつつ)ただいま(と手をあげて挨拶)」

手をあげているパンダの顔は笑って見えなくもない。

サチ「…………」

12　同・岸田家・サチの部屋

帰ってきた、サチ。

サチ「………ただいま………アイス………あ」

家の中からラジオが聞こえてきて………。

邦子「お帰りぃ！」

サチ「（あ、今やってるのか）」

と、笑った顔のまま振り返って言う。

サチ「（なんかうわっと思う、本当はラジオ聴きたい気もするけど）」

邦子「ラジオ、ラジオ、一緒に聴こ、ね、おいで」

サチ「いい」

と、自分の部屋へ………。

邦子「え〜〜〜〜〜（ピュアに残念そう）」

その声を遮断するように戸を閉める。

サチ「（ちょっと悪いなとは思う）………………」

邦子の声「バス旅行の話するかもしれないよぉ」

サチ「（あ、そういうこともあるのかとは思うが）別に」

*****

上着を脱いだり、バッグを放り投げたりしながら。

邦子の声「別にって何？　別にって、どういう意味？」

サチ「（うるさいな、追及が一つ多いんだよなと母を思うが）別に、聴かなくていい！」

と、言って………何もそこまでキレることもなかったかなとか反省。

乱暴に置いたスマホが目に入って………。

邦子を気にしつつ、そっと、ラジオにして………。

イヤホンをして……。

ベッドに横になって、邦子に背を向ける形で聴く。

サチ「…………」

知っている声が聞こえてきて。

サチ「（なんかたまらない気持ちになる）」

13　ドトールみたいな店

一人カウンターに座って、イヤホンでラジオ聴きながら、食事している、みね。

みね「（微笑）」

なんだか、ひっそりとしているみね。

ラジオの声「お、番組リスナー代表のみね君から来ました。こないだのバスツアーのリポートね」
みね「（なんか誇らしいけど、周りには気づかれないようにしているけどやっぱり笑顔になってしまう）」
ラジオの声「（もろもろ行程など説明、行った場所とか）」

14 古い団地・岸田家

聴いている、邦子。
聴いている、サチ。
ラジオの声「印象的だったのが、今回初参加の女子３人が一つのグループになったんですが、いつもツアー中につけるあだ名でいうと、ケンタさん、わぶちゃん、そしておだいり様……あぁいたおだいり様。なんかお母さんの代理で来たとか言ってて、何言っても私代理なんで代理なんでって言うからおだいり様、いたいた」
邦子「………（サチのことだとわかって）」
車椅子を漕いで、サチの部屋、見える方へ……。
サチ「…………」
イヤホンして背中向けて聴いている、サチ。
邦子「（声をかけない……可愛いなと思う）」
サチ「…………」

15 樋口家・若葉の部屋～居間

若葉「…………」
なんかもう感動していて……。
富士子「……わぶちゃん……」
若葉のことなんだとわかる。
富士子「わぶちゃん…………」

16 道

翔子のタクシー。

乗客が降りて……。

翔子「ありがとうございました、またよろしくお願いいたしま～す」

ドアが閉まって。

すかさず、秒速でラジオをつける。

ラジオの声「私、みねは感動してしまいました。なんていうのでしょうか？　人と人と人が出会ってしまった瞬間を見たんです。ケンタさん、わぶちゃん。おだいり様の３人は、あっという間に仲良

　くなって」
翔子「え！　わ！　わ！　わ！　それ私！　私です！」
　と、世界に向かって言う。
　自分たちの話で嬉しくて……。

17　ラジオの声を聴いている、サチ、翔子、若葉の表情

ラジオの声「ずっと私代理なんで代理なんで、そういうのいいんでとか言ってたおだいり様は、その日の夜には、もっともはじけていて、ぶっちぎっておりました。これは男女だったら、これをきっかけに、結婚とかしそうなくらいの……なんというか出会ってしまった瞬間を見たというかそんな思いがいたしました。３人を同じグループにした、私のおかげです」
サチ「（唇かんでいて）」
若葉「（やたら涙ふいていて）」
翔子「（運転しながら幸せそうで、客が手をあげないことを祈りつつ走る）」
　遠くの方に客がいた気がして右折する。
ラジオの声「ただ、最後まで、おだいり様はエレキコミックには何の興味も持ってないようでした。あくまでも、代理でした。なんだよ！」
若葉「（頷いて）」
翔子「だよねえ」
サチ「……（なんだか切なくて）」
ラジオの声「あと（違う人の話になって）」
若葉「……………」
翔子「……………」
サチ「……………」

18　古い団地・岸田家

　サチの背中を見ている、邦子。
邦子「………（なんだか心配そうで）」
サチ「……………」

19　朝（日替わり）

20　古い団地・岸田家

　出かける準備をしている、サチ。
　邦子も手伝っていて。

邦子「良かったね、旅行いってね、私のおかげ？　ね」
サチ「何が？」
邦子「友達出来たんでしょ？　仲良くなったんでしょ？
　　連絡先交換した？　また会ったりするの？」
サチ「してない、しない」
邦子「え？　なんで？」
サチ「必要ないから………行ってきます」
邦子「あ、うん、ごめんね」
サチ「…………」
　　出かけていく、サチ。
　　ドアが閉まって………。
邦子「(忘れ物に気づく) あ」
　　車椅子で玄関の方へ。
邦子「サチ！」
　　でも聞こえなそうで………。

21　同・敷地内

　　自転車に乗って少し走ったところで。
邦子の声「サチ！　忘れもの！」
サチ「！」
　　急ブレーキで自転車放り出して………。
サチ「来ないで！！！」
　　と、悲痛な大きな叫び声をあげて、家へ走る。
　　投げ出された自転車。
　　パンダ、見ていて。

22　同・同

　　団地に向かって走る、サチ。
　　そのせっぱつまった顔。

23　過去・敷地内〜階段

　　高校生のサチ。
　　自転車で学校へ………。
　　その歳特有のなんか意味なく機嫌悪い感じで。
　　４階の窓が開いて、まだ車椅子生活でない、
　　邦子が顔を出して。
邦子「サチ！　忘れ物！　お弁当！」
　　声が聞こえて立ち止まるけど、面倒臭そうに
　　振り向かないでいる。
サチ「いい」
邦子「よくないでしょ！　待ってなさい！　持ってい

サチ「(面倒臭いなって顔で動かない) うざ、声でかいし、そういうとこが嫌で出てってたんじゃないの？　お父さんは」

階段を駆け下りてくる、邦子の声。

邦子の声「待ってなさいね！」

サチ「いいって言ってんのに」

と、溜め息、舌打ち。

邦子の叫び声。

サチ「は？ (まだ危機感なくて)」

邦子、階段を転げ落ちてしまって………。

叫び声が続いて。

そのまま下に落ちてくる、邦子………。

サチ「…………」

凍り付いてしまって……一瞬動けなくて……。

サチ「！」

自転車投げ出して邦子の元へ走る。

サチ「(その表情)」

24　古い団地・1階

急いで戻ってきた、サチ。

玄関のドア開いていて………。

玄関に、邦子いて。

邦子「(驚いた顔で) もう1階なんだから大丈夫だよ。階段落ちたりしない (と笑顔で)」

サチ「………… (怒ったような涙目で) わかってるよそんなの」

邦子「………ごめん」

サチ「(首を振って)」

忘れ物を受け取って………。

サチ「ありがと…………」

それしか言わず……駆け下りていく。

邦子「あ。気を付けて…………」

サチはもう見えなくなっていて………。

邦子「ごめんサチ」

25　同・敷地内

倒れていた自転車を起こして………。

パンダが見ていて……。

サチを慰めているようで。

サチ「………… (頷いて、でもこみあげてきそう)」

自転車で走りはじめる………。

26　道

自転車を強く漕ぐ。
ちょっと泣きそうだけど、唇かんで耐える。
前に進んでいく、サチ。

27　過去・病院

初めて車椅子に乗った、邦子。

邦子「おぉ、かっこいい！　ね、新車だね新車、長い付き合いになるけど、よろしくねははは、マイカーか……」

サチ「(何も言えなくて)」

部屋を出て。

邦子「(サチが心配で)」

廊下で……崩れ落ちるように泣く、サチ。
激しい後悔と絶望で……感情がどうしようもなく。

28　道

自転車で走る、サチ。

サチ「……(まっすぐ前を見て)……………」

29　過去・ファミレス「シンデレラムーン」・内(夜)

昔、出て行った父・中野博嗣《なかのひろつぐ》と会っている、サチ。

博嗣「そうか」
サチ「……………」
博嗣「何もしてやれなくてごめんな、こっちも生活あって」
サチ「(軽蔑)」
博嗣「きついだろ、車椅子で団地は。エレベーターないし、な(他人事)」
サチ「1階に移らせてもらった。前、森下さん住んでた部屋」
博嗣「へぇ、そうなんだ」
サチ「(溜め息)」
博嗣「高校はどう？」
サチ「やめた」
博嗣「そうか、そうなんだ」

サチ「別に助けなんかいらない、全部私がやる。私のせいだし」

博嗣「そうか（する気もないらしい）」

サチ「（そこは違う言葉が欲しかったのかもしれない）」

伝票見て、1円単位まで自分の分置いて……。

サチ「じゃ」

と、帰っていく。

レジ前に「パート募集・都合のいい時間に働けます」の張り紙。

じっと見て。

サチ「……すみません、これまだ大丈夫ですか？」

と、レジの社員に言う。

30　道

サチの自転車が疾走する。

ファミレスが見えてくる。父親と会っていた店だ。

サチ「…………」

31　ファミレス「シンデレラムーン」・外

走ってきたサチの自転車。

ノンストップで裏の駐輪場へ……。

サチ「（もう気持ちは切り替えている、いつものクールに）」

32　同・内

着替えたサチ。

いつものように仕事が始まる。

33　古い団地・岸田家

朝の、サチとのことが気になっていて……。

邦子「…………」

溜め息。

邦子「おだいり様か……かわいい……友達になればいいのにね……」

妙に派手な音楽先行して……。

34　宝くじ・抽選会場

ジャンボ宝くじの抽選が行われている。

1等の番号が一桁一桁決まっていく。

そのたびにどよめき……。

その夢のある華やかさ……。

35　地方の観光地・宝くじ売り場

サチたち3人が買った売り場。

「この売り場から出ました!」の紙を貼るおばさん。

おばさん「(嬉しそうで)」

次に金額を書いた紙が貼られる。
●●万円!（金額はオフで）。

36　小さなマンション・翔子の部屋

もそもそ唸りながら起きてくる、翔子。

外はもうすっかり昼すぎとか……。

翔子「………ぅぅぅぅ………」

起きてすぐ溜め息。

スマホを見ても何もない。

翔子「…………あ」

と、バキッと目が覚めて……。

財布の中から、1枚の宝くじを出して。

翔子「(拝む)」

誰もいないのに、ちょっと秘密っぽくメモを出す。

当選した場合の使い道などが書かれていて……。

翔子「(くくく、読むだけで幸せ)」

そして、スマホから宝くじのサイトへ……。

開いて。

翔子「(歓喜の表情が一瞬で能面に) 1秒でわかるしはずれって……かすりもしないし」

と、投げ出して……。

でも、もう1回確認する……。

翔子「………」

ふぅと溜め息。

二度寝の体勢へ……。

翔子「(でも寝られない) つまんねぇ…………」

37　ちくわぶ工場

働いている、若葉。

そして富士子。

黙々と働く二人。

いつにも増して、一人っきりで誰とも口をきかず……暗い表情で働いている若葉を心配そうに見ている、富士子。

富士子「…………………」

黙々と働く、若葉。

若葉「…………………」

野々村社長、じっと若葉を見ていて、なんだか粘り気のある切ない視線が歪んでる。

富士子「（うわっと思う）」

若葉、一切社長の方を見ることもなく………。

従業員「もー、きをつけてよー」

野々村「おい、どんくさいなお前は、もっとこうスマートにできねぇのかよー」

と、ほぼ因縁………。

皆が注目して………。

富士子「…………………」

若葉「（まったく納得していない）すみません」

野々村「まったくよ、本当ろくなもんじゃねえな、勘弁してくれよ」

と、去っていく。

富士子「…………………」

若葉「…………………」

38　田舎道

走る軽自動車。無言の若葉と富士子。

若葉「…………………」

バッグの中で、何かを見る（宝くじ）。

富士子「なんだ？」

若葉「お守り」

富士子「………コンビニ行くか？」

若葉「なんか買うものあるの？」

富士子「いや高いアイス食べるかと思ってさ」

若葉「あれは、ものすごい嫌なことあったり、煮詰まったりしたときに行くんだよ、そんなにしょっちゅう行ってたら意味ないの」

富士子「…………………？」

若葉「今日は別に特別じゃない。普通にくそみたいな一日だっただけ、いつもと同じ、ずっと同じ」

富士子「へぇ………お前も大変だな」

若葉「どうも」

富士子「でも、旅行いって帰ってきてから………なんか………じと〜〜っとしてないか？」

若葉「まぁね、人生でさ初めて友達出来たのかと思ったんだけどさ」

富士子「ん？　けど？」
若葉　「違ったみたいっていうか、多分、私がなんかよくなかったんだと思う、距離感とかわかんないから、だと思う」
富士子「ふ〜ん」
若葉　「友達とかわかんないからさ。このあたりじゃ、私はずっと、あの女の娘で、一緒に遊んだりしちゃいけない子だったしさ、子供のころから男たちはなんか嫌な視線だし、あいつもさ、あのバカ社長もさ、自分で言ってきて私に断られたくせにさ、今頃、逆のこと言ってんだよ、絶対、ね。私に誘惑されたとか」
富士子「（頷く）言ってるな」
若葉　「あぁ腹立つっていうか、ばあちゃんもさ」
富士子「ん？」
若葉　「本当に私の父親誰か知らないの？」
富士子「産んだ人間がわからないっていうんだから、私がわかるわけない。知りたいのか？」
若葉　「（首を振る）いいことないでしょ、ただ……この辺りのどっかにいるかもと思うと……きもい」
富士子「…………………」
若葉　「なんかないの？」
富士子「なんかって」
若葉　「年寄りらしい、深いさ、アドバイスみたいな、いい言葉とか」
富士子「あるかそんなもん」
若葉　「（ふっと笑って）ねえ、ばあちゃん」
富士子「ん？」
若葉　「やっぱアイス食べようか」
富士子「（苦笑）はいよ」
　と、ハードボイルドに急に、方向転換……。
　激しい音をたてて……。
　でも軽なので……まるでルパン三世の車みたいにひしゃげそうになりながら……。

39　田舎のコンビニ・内

　若葉と富士子、ちょっと楽しそうに高いアイスを探している。

40　ファミレス「シンデレラムーン」・内

　暇な時間帯……。
　客が入ってくると音がして……。

サチ「いらっしゃいませ。ほっと一息 癒しの森のレストラン シンデレラムーンへようこそ」

と、後半本当に嫌であまり感情こもっていない感じで………。

サチ「あ……」

入ってきたのは、みねで………。

みね「あ！」

と、ものすごい嬉しそうな顔になって……。

サチ「いらっしゃいませ、こちらへどうぞ」

と、無茶事務的。

みね「(嬉しくて) あ、はい、ははは、すごいな、驚いた………会社この辺りで。家もなんですけど運命ですかね、これ」

サチ「(みねを見る) 違うと思います」

みね「……あ……ごめんなさい、言葉を間違えたっていうか、そういうあれじゃなくて……ですね」

サチ「どうぞ」

みね「あ、はい………… (座って) あれですね、すごい偶然ですよね」

サチ「偶然なんですか？」

みね「ん？ ん？ ……あ、それって……偶然を装って現れたっていうか、ストーカー的な………という意味の、偶然なんですか？ ですか？」

サチ「はい」

みね「はいって (驚いて) え？ あ、いや、そんなことあるわけないじゃないですか」

サチ「でも、なんか事務局側っていうか、私の？ 母の？ 連絡先とか知ってるわけじゃないですか、ですよね」

みね「いやいや、あれはですね、あちらの事務局のアカウントっていうかタブレットであって、僕は」

サチ「そちらメニューになっておりますので」

みね「え？ いや、ちょっとなんか違うな、違う違う」

サチ「じゃもうあれですよね、もう来ることはないですよね？ 最初で最後ですね、偶然なら」

みね「えっと………言ってることがちょっと」

サチ「だって偶然入った店に、私が働いていて、明らかに嫌がってるわけだから来ないでしょ、二度と」

みね「え………あ……そんなに………」

サチ「(そんなに嫌なわけじゃないので少し落ち込む)」

みね、サチの表情を見て……。

みね「すみませんでした。驚かしちゃって」

サチ「え」

みね「(微笑) 本当にごめんなさい、今日だけすみません、あのチーズインハンバーグをください」
サチ「あ、はい、かしこまりました」
みね「3人組では会ってます？」
サチ「…………いえ」
みね「なんだそうか好きだったんだけどな3人組」
サチ「……………」
みね「あ、またあるんですよ、バスツアー、なんか間隔短いんだけど、連休前に行きたいみたいで、来てくださいよ、また」
サチ「(首を振って)ごゆっくりどうぞ」
みね「…………(微笑)ありがとうございます」
頭をさげて戻っていく、サチ。
サチ「…………」
みねがいい奴で自分に対して落ち込んでしまう、サチ。
サチ「…………」

＊＊＊＊＊

そんなサチと、みねの感じを嫌な視線で見ている田所。
田所「…………」

41 同・レジ前

料金を払って……帰っていく、みね。
みね「…………」
サチの姿はなくて…………。
みね「…………ごちそうさまでした」
と、帰っていく。
すれ違いに、片付けに来た、サチ。
サチ「…………」
みねがいた席。
接客のアンケート用紙が置いてあって……。
サチ「？」
と、手に取った…………。
接客態度のところ……とても良かったに○がしてあって……。
「とても丁寧で温かい接客で、楽しく食事ができました、ありがとうございました」
と書いてあって。
サチ「…………」
なんか泣けてきてしまって。
サチ「なんだよ、ふざけんなよ」
と、アンケート用紙を持って外へ走る。

42　同・表

走ってきた、サチ。
だが、もうみねの姿はなくて……。

サチ「……………」
みねがいい奴すぎて、自分の置き場がない。

サチ「……………」

43　同・外

休憩中のサチ。
ひどくむなしくて……空を見て。
そこへ田所。

サチ「……………」
田所「ちょっといい？」
サチ「いやだ」
でも、隣に座っていて……。
サチ「……………」
田所「誰？　さっきの」
サチ「(見るだけ) 別に」
田所「彼氏とか？　なんか私語は困るんだよね、仕事中」
サチ「……………(ちらりとにらむだけ) 違います」
田所「いやなんかさ、ちょっと納得できないっていうか」
サチ「は？」
田所「いや、今さ、噂になってるわけじゃない？　君が俺に優遇されて、シフトに多く入ってて……なんかあるんじゃないかって、でしょ？」
サチ「はぁ」
田所「ま、いいんだけどさ、俺は、仕方ないっていうか、脅されてるわけだし？　君に」
サチ「(肩をすくめて)」
田所「でもさ、なんていうか、実際には何もないわけじゃない？　俺たち……それってどうなんだろうか」
サチ「(本格的に何言ってるかわからない) はい？」
田所「いや、だからさ、どうせ噂になってるんだからさ、実際なんにもないんじゃ俺、言われ損っていうかさ、だから、関係しない？って話」
サチ「……………」
心の底から宇宙人でも見るように、ただただ、田所の顔を見るしかできない、サチ。
サチ「……………」

驚きがだんだん怒りとかやりきれなさとか、哀れみみたいな感情にすらなっていき……。

田所「(見つめられて、まんざらでもないあほな感情で) えっと……黙ってるのは……OK?」

サチ「……………」

黙って首を振って……離れていく。

サチ「……終わってる………」

田所「え? あれ? どっち? 了解?」

サチ「……………」

空を見上げた……。

サチ「……………」

なんだか、叫びたいくらいやりきれない。

サチ「(うんざりだもう) ……………」

44 道

走るタクシー。翔子が運転していて……。

前の方で手をあげる、ビジネスマン。

翔子「(笑顔)」

そして、ウィンカーを出して……。

近づいて行きながら前を見て……。

翔子「あ (うわ)」

と、うわ最悪だと思いつつ、もう停めるしかなく。

翔子「……………」

車停まって……ドアを開けて。

翔子「……………」

普通に乗り込んでくる、金持ちそうなスーツの男・翔子の兄、敬一郎《けいいちろう》。

敬一郎「すみません、銀座までお願いします、道は下道で」

と、座る。

丁寧だがろくに顔も見ない。

翔子「あ……はい……」

と、走り出して。

翔子「あ、えっと」

敬一郎「?」

と、スマホから顔をあげて……。

敬一郎「(うわ最悪だという顔で) なんだお前」

翔子「久しぶり、お兄 (ちゃん)」

敬一郎「俺に妹なんていない」

翔子「……………」

敬一郎「何やってんの? お前……うわ、最悪」

翔子「何って、ご覧の通り運転手っていうか、そんな職業差別はよくないんじゃないかと」

敬一郎「知るかそんなこと………っていうか、とっくに犯罪者とかなって死んだり刑務所行ったりしてるかと思ってたわ」

翔子「いや、そこまで酷くはないっていうか」

敬一郎「家じゃ、お前の存在はなかったことになってるから。………母さんなんか本当に頭の中、そうなってるみたいだな、上書きしたんだろうな、この間、パーティで初対面の人に、子供は息子が二人ですのって言ってたし」

翔子「………（さすがにひどいなとは思う）」

敬一郎「止めてくれ………止めろ」

翔子「え？　いや、乗ったんだし」

敬一郎「お前なんかに大事な命預けられるか、止めろ」

翔子「………」

脇に寄せて停めて………。

ドアを開けて。

金を払おうとする、敬一郎に。

翔子「あ、お金は」

敬一郎「黙れ………」

しっかりお金を置いて。

無言で降りていってしまう、敬一郎。

翔子「………」

その場に停めたまま………。

翔子「………」

やり場のない気持ちに………。

翔子「（呆然としていて）」

45　都会のコンビニ・内

無言で、高いアイスを探している、翔子。

翔子「………」

一番高いものを探す。

46　同・駐車場

停まっているタクシー。

47　同・タクシー車内

ぐずぐず泣いて目を擦りながら、アイスを食べる翔子。

食べ終えて、翔子。

翔子「………」

一つ息を吐いて……頷いて車を出そうとする。

そのとき、ノックの音がして……。

翔子「？」

ノックしていたのは、みね。

みね「すみません、大丈夫ですか？　いいですか？」

翔子「あ、はい、どうぞ」

と、頑張って仕事モードになって開ける。

みね「あ、すみません、近くて悪いんですけど豊洲まで」

と、乗って………。

翔子「いいえ、ありがとうございます」

と、車スタートする。

みね「(翔子だと気づいて) わ！　ケンタさん！」

翔子「え？」

みね「いや、これって………え？　いやいや、え〜〜、これ何？」

翔子「あ (やっと思い出す)」

みね「運命ですか？　これ」

翔子「はぁ、そうかも」

みね「え？ (サチと反応違うので)」

翔子「ん？」

みね「いやいや、あれかなこれ、神様は僕にキューピットをやれと言ってるのか、この流れは、明日、わぶちゃんさんに会うのか」

翔子「(何をごちゃごちゃ言ってんだか)」

みね「あ、いや (翔子が泣いていたのに気づいてしまって) あ」

翔子「ん？」

みね「大丈夫ですか？　………なんか僕にできることありますか？」

翔子「(なんか笑ってしまって) え？」

みね「あ、いや、すみません」

翔子「(首を振る……なんか普通の優しさ嬉しくて) えっと」

みね「はい」

翔子「名前なんだっけ？」

みね「あ、みね………ですけど」

翔子「みね君か、そうか」

みね「あ、はい」

翔子「ケンタ？」

みね「？？」

翔子「みね、ケンタ？」

みね「あ、いや、あの、みねは苗字じゃないんで、市川みねって言います」

翔子「ばあちゃん？」

みね「いや、だから、話聞いてました？　バスで」

翔子「聞いてない」
みね「あ………そうですか、ま、とにかく、けんたではないです。ていうか、ケンタって」
翔子「ケンタにすれば？　みねけんた、どう？」
みね「どうって、いや、とくに名前を変えるつもりはないですけど」
翔子「なんで？」
みね「なんでって、普通、考えて生きてないでしょ？名前変えたいなんて」
翔子「そうかな」
みね「いや………そう言われると、いろいろかもしれないけど」
翔子「でしょ？」
みね「でしょって………あ、あの、もう着くんですけど」
翔子「着くね」
みね「あ、もうちょっと乗っててもいいですか？」
翔子「？」
みね「いや、もう少し話したいって、なんか思って」
翔子「(優しい奴だなと思って) いいね」
と、車線変えて。
翔子「どこ行く？　成田くらい行っとく？」
みね「いやいや、成田から飛び立つ用事ないし、遠すぎるし、高いし、そこまでじゃ」
翔子「行くか、湾岸ミッドナイト！」
みね「いやいや怖いし！　ミッドナイトじゃないし。昼だし……っていうか、前見えてるんですか？そんな小さくて」
翔子「うるせえな、分厚いクッション敷いてるわ、余計なお世話だわ」
と、笑って……。
みね「(も翔子が笑って嬉しそうで)」
翔子「(みねの優しさを感じていて)」
翔子、アクセルを踏んで……。

48　道

走っていくタクシー。
なんだか車も上機嫌に見える。
みねの声「え！　本気で行くつもりですかぁ！」
翔子の笑い声。

49　樋口家・庭

富士子「元自分の家を双眼鏡で見ている、富士子。

富士子「……………家族でしゃぶしゃぶか」

と、溜め息。

富士子「…………」

そして、家の中へ戻ってくる。

50　同・若葉の部屋

入ってきた、富士子。

若葉は風呂中…………。

若葉の机の上に大事そうにパウチされて置いてある、宝くじ。

富士子「?」

富士子「(へぇ、こんなもん買うんだ?)」

と、手に取って………。

抽選日を見る、もう終わってる。

富士子「…………」

51　同・居間(夜)

夕食の支度している、富士子。

そこへ若葉来て。

若葉「ばあちゃん」

富士子「ん?」

若葉「これ触った?(宝くじ)」

富士子「あ?(一瞬ごまかそうと思うけど、難しくて)あぁ」

若葉「まさか当たったかどうか調べたりしてないよね」

富士子「(図星を不意打ちされた)ぇ」

若葉「え? 調べたの? ばあちゃん」

富士子「え? いや、え? いやいや」

若葉「最悪」

富士子「??」

若葉「てことははずれたってことだよね」

富士子「え?(言いたくない)」

若葉「だってそうじゃん」

富士子「当たったかどうか見ないわけ?」

若葉「そうだよ、お守りなんだよ、これは。調べたらはずれってわかっちゃうじゃん、意味ないんだよ、それじゃ」

富士子「…………意味がわからない」

若葉「なんで? 何がわかんないの? この宝くじがさ、調べないけども、ひょっとしたら当たってるかもしれないと思ってたらさ、なんかいろいろ我慢できるでしょ？　本当に本当につらいことがあったときにさ、とっておくんだよ、調べるのは、最後の手段としてさ、わかる？　っていうのは調べないってことなんだよ」

富士子「さっぱりわからん」

若葉「私だってよくわかんないよ、調べたらはずれってことがわかるだけじゃん。だから嫌なの、知りたくないの」

富士子「面倒くせえ女だなぁ」

若葉「悪かったね」

富士子「当たってたらどうすんだ、ずっと持ってて」

若葉「本当にどうしようもなくなったときにさ、当たってたら嬉しいじゃん。とっとくんだよ」

富士子「期限あるだろうが」

若葉「え？　嘘、マジで？」

富士子「(呆れて) そういうとこは子供か」

若葉「ていうか、はずれたわけ？」

富士子「あぁ、大はずれだ」

若葉「ほら、だから言ったでしょうが、ていうか見る？人の宝くじ」

富士子「(肩をすくめる)」

若葉「(むくれ顔、そして、本気でがっかりして) だから調べたくなかったんだよ、わかってるよ、夢みたいなことなんて起きないのは」

富士子「…………なんで買ったんだ？」

若葉「だって」

52　回想・宝くじ売り場

3人で買って……盛り上がって………。

53　樋口家・居間

食事を前にした、富士子と若葉。

富士子「しゃぶしゃぶ」

若葉「ん？」

富士子「食べに行こう、行くぞ」

若葉「は？　これは」

富士子「いい、ほら、できただろ、しゃぶしゃぶ屋のなんとか……行くぞ、早く」

若葉「え？　え？　うそ………え？　本当に行くの？」

富士子「行く！」

若葉「え〜〜（と慌てて、でもちくわぶ1個を口に入れる)」

54　道

タクシーに戻ってきた翔子。
コンビニで買ってきたものを覗いて…………。
溜め息。

翔子「しかし、私の子供は息子二人って……すごいな」
と、切ない怒り…………。

翔子「…………」
首を傾げて……やりきれない。

55　古い団地・岸田家

邦子が、一人黙々と…………。
料理をつくっており…………。
ケーキも焼いて…………。
そして部屋の中を片付けて…………。
飾りつけたりする。
できる範囲と、手の届く場所だけで……。
それでも楽しそうで……。
そのモンタージュ。

チン！とレンジが音をたてて…………。
上手に車椅子を回転させて……。
レンジを開けて。

邦子「(いいね顔)」
部屋を見渡して…………。

邦子「…………」
移動して。
飾りを直して…………。

邦子「(満足)」

56　同・敷地内

パンダと向き合っている、サチ。

サチ「…………」
笑顔で手をあげている、パンダ。

サチ「何で笑ってんの？」

パンダ「…………」

サチ「わかってます、笑顔でね」
と、不愛想な顔から……頑張って笑顔になって。

サチ「(笑顔)」

パンダ「(その調子と言っているように見える)」

サチ「(頷いて)」

片手あげて、パンダに応えて……….。

サチ「…………………」

家に向かう。

57　同・岸田家

サチ「ただいま………わ（と驚いたふり）」

お誕生会風になっていて………。

邦子「お帰り、おめでとう、お誕生日」

と、クラッカーを鳴らしたりして……….。

邦子「いい音！　片付けるの大変、はは」

サチ「うん、ありがとう」

邦子「はい」

と、パーティハットなんか被せる。

サチ「うん」

と、言われるがままな感じで……。

邦子「さ、乾杯しよ、飲もう、食べよう」

サチ「うん」

と、ご馳走並んでいて………。

サチ「すごいね」

邦子「でしょ？　ちょっとしたもんでしょ？　ね」

サチ「うん、ちょっとしたもんだ」

邦子「ちょっとしたもんって何？」

サチ「わかんない」

二人「乾杯！」

サチ「いただきます」

邦子「めしあがれ」

と、二人で食べて……….。

サチ「（笑顔）」

邦子「ありがとう」

サチ「ん？」

邦子「付き合ってくれて」

サチ「……………うん」

邦子「うん、楽しい、楽しかった」

サチ「うん」

邦子「（笑顔）」

サチ「美味しい」

邦子「だよね」

サチ「うん」

邦子「……………うん」

＊＊＊＊

自作ケーキに蝋燭……….。

吹き消す、サチ。

拍手する、邦子。

ケーキ食べたりして………。

サチ「うん！」
邦子「うん、ね」
サチ「ね」
邦子「サチが小さいとき、まだ団地に子供たちたくさんいたから、よくやったね、お誕生会」
サチ「うん、毎月1回あったね」
邦子「あったね」
サチ「あった」
邦子「でも、12月はサチだけだったでしょ？　だからうちだった」
サチ「そうだね」
邦子「楽しかったな」
サチ「うん」
邦子「皆、どうしてるかね」
サチ「さぁ、わかんない」
邦子「うん」
サチ「うん…………（苦笑）」
邦子「ん？」
サチ「大変だこれ片付けるの」
邦子「（笑って）ね」
サチ「うん………ありがと」
邦子「（静かに首を振る）」

58　夜の空

59　古い団地・岸田家～サチの部屋

邦子とサチ、二人で片付けていて………。

飾りも丁寧に片付け………。

クラッカーあとも片付け………。

そして、食器も洗う。

邦子はほとんど、なんでもできるけど、届かないところもあったりとか………。

二人で協力して………。

テレビがついていて………。

夜遅くのニュース……後半の小さなネタで「宝くじに当選したのに、受け取りに来ない人が多く、何億円も当たったのに、誰も受け取っていない」と、いうようなニュースが流れていて。

邦子「あら、大変」

サチ「ん？（そこで初めて見て）」

邦子「大丈夫かな私、って買ってないって、ははは、買わなきゃ当たらないね」

サチ「（苦笑）」

そして、気にも留めずに、片付け作業に戻ろうとする。

サチ「…………」

かすかに何かにひっかかって……。

水が出しっぱなし……手が止まる。

邦子「ちょっと、サチ。お水、もったいない」

サチ「わ！」

と、ちょっと飛び跳ねるように驚いた。

邦子「…………」

サチ「え」

と、何かを思い出しそうになって、思い出せなくて。

邦子「ちょっとお水」

サチ「（頭を抱える）」

邦子「どうしたの？（水止めて）」

サチ「いや……え～～」

邦子「？？　サチ？」

と、自分の部屋へ向かう。

＊＊＊＊＊

自分の部屋で思い出しながら、うろうろしている、サチ。

サチ「え～～～」

遅れて心配でやってきた、邦子。

邦子「どうしたの？」

なんか服を探し出すが……なくて。

サチ「洗濯した？」

邦子「何を？」

何を着ていたかを思い出す、サチ。

サチ「…………！」

押し入れクローゼットから、着ていた上着を出して……。

ポケットに手を入れて……。

邦子「？」

サチ「…………」

ゆっくり取り出した、宝くじ。

サチ「！」

邦子「え」

サチ「…………」

一枚の宝くじ。

60　新宿・バス発着所〜車内（日替わり）

エレキコミックバスツアーのバスが停まっていてみねが、仕切っていて………。
バスの中、ちょっとはずれて一人いる、若葉。

若葉「…………」
そこへやってくる、翔子。

翔子「…………」
みねに手で「よ」と合図して。

みね「ども」
翔子、若葉を見て………。

翔子「(笑顔)」
若葉「あ〜(と泣きそう笑顔)」
と、二人で抱き合って喜ぶが
3人でない寂しさがあって………。
そこへエレキコミックも乗り込んできて。

みね「はい、おはようございます、参加者全員揃ったので出発します」
乗客たち「は〜い」
若葉「…………」

翔子「…………」
バス走り出す。だが、急ブレーキ。

みね「？」

61　道

必死で駆けてきた、サチ。
バスの正面に立ちふさがって止める。

サチ「(肩で息をして)」
降りてくる、みね。

みね「あ、どうしたんですか？」
サチ「お願いします。申し込み締め切ってて、でも、どうしても乗りたいんです、いや、乗ります、乗らねばならない、もし満員で席がないなら、あなたが降りてください」
みね「なんだそれ」
サチ「お願いします！」
と、頭をさげる。

62　観光バス・車内

何が起きたのかわからなくて………。

特に若葉と翔子からは見えない。
ドアから突然乗り込んでくる、サチ。

若葉「あ！」
翔子「あ〜〜！」
サチ「あ〜〜！」

と、前にいたエレキコミックを素通りして。

エレキコミック「素通り？」

サチ、バス内を走って、若葉と翔子のもとへ
文字通り飛び込んだ！
抱き合って再会を喜んで…………。
バスは発車する。
もう壊れそうな笑顔のサチ。

若葉「え？　え？　え？　どうしたんですか？　なんですかその壊れそうな笑顔は」
翔子「本当だよ、何？　何？」
サチ「あのね。えっと」

周囲を気にして…………。

サチ「言えない…………どっかで3人になったら言う、うん、ね……待ってて」
若葉「あ、はい」
翔子「了解、はは」
サチ「うん、あ、運転手さん、急ぎ目でお願いします！」

みね「（苦笑）」

もう壊れそうに、二人にくっつく、サチ。
もう訳もわからずイチャイチャ状態になっていて……。
なんかネタ的に喋っている、エレキ二人。

やつい「ちょっと聞いてる？　そこ、おだいり様」
サチ「あ、すみません聞いてないです、それどこじゃなくて」
やつい「あ、そうなの？」
今立「それどこじゃないならしょうがないな」

なんだかわからないけど、翔子、若葉、笑ってしまって。

63　サービスエリア

休憩に入って…………。
トイレどころじゃなくて…………。
ひと気のないところで、サチを中心に車座になって…………。
聞こえないように。

サチ「あのさ、買ったじゃない？　3人で一枚ずつ」
若葉「え？　あ、宝くじですか？」

翔子「あぁ、買ったねぇ。私はずれた」
若葉「私もはずれました」
サチ「私当たった」
翔子「へぇ」
若葉「へぇ」
サチ「(笑顔)」
翔子「…………………え?」
若葉「当たったって…………え? 宝くじ」
サチ「うん」
と、指で1を出す。
翔子「1万円?」
若葉「あぁ(そういうことかと微笑ましく)」
サチ「ううん、一等、3000万円」
若葉「へ?」
翔子「嘘…………………」
サチ「嘘じゃない、ほら、これがそう」
と、大事そうに持っていた宝くじを見せる。
じっと見てしまう、二人。
若葉「はぁ………………」
翔子「これが…………………」
サチ「うん」
翔子「すごいね。やったね、大金持ちじゃん」

若葉「そうですよ、おめでとうございます」
翔子「だよね、おめでとう、すごいすごい」
サチ「ありがとう。二人も、おめでとう」
翔子「ん?」
若葉「?」
サチ「だって約束したでしょ? 誰かが当たったら山分けするって? だから来たんだよ」
翔子「え? あ、いやいやいやいや、言ったけど………」
若葉「(驚いて感動で言葉も出ない)」
翔子「え? 本気で言ってるの?」
若葉「…………」
サチ「約束したじゃんだって」
若葉「……………」
翔子「いや、でもさ………え〜〜〜いやいやいや、え〜」
若葉「(感動していて、お金が手に入るということより、あの約束を本気で守ろうとしてることに)」
サチ「3人で幸せになろ………帰ったら一緒に銀行いこう……ね」
顔を見合わせる、翔子と若葉。
若葉「(なんだか感動で崩壊)」
翔子「マジかよ、そんなこと………あんの?」
サチ「ね」

頷く、翔子。

翔子「うん」

頷く、若葉。

若葉「………はい」

頷く、サチ。

サチ「うん」

みね「そろそろ出発しま〜〜す」

笑顔になる、３人。

サチ「よし行こう」

と、手をつないだ………。

サチを真ん中に、翔子と若葉と……。

横並び、手をつないで。

64　同

走る、３人の何がなんだかわからないくらいの笑顔で。

第3話

1　宝くじ

2　古い団地・岸田家

スマホで検索した宝くじの当選番号。

サチ　「…………」
　照らし合わせている。

邦子　「え？　いつ買ったの？　なんで一枚だけ？　ねぇ、サチ、当たってる？」
　サチ、集中できないので、手で制して。

サチ　「(お願いだから黙って)」

邦子　「(意に介さず)どう？　どう？　どう？　どう？　当たり？　当たり？」

サチ　「(手を止めて、目で抗議)」

邦子　「ごめん (両手で拝み謝って、その手で祈る)」

サチ　「(冷静に………数字を一つ一つ確認していく)」
　サチ、声には出さないけど、数字を言いながら……。

邦子　「(固唾をのんで)」
　組から順番に………。

サチ　「(数字が合っていく………同じで…………首を傾げる。自分が間違っていると思うくらい自己肯定感なし)」

邦子　「首傾げるってどういうこと？」

サチ　「(溜め息をついて、もう一度間違いを探す感じで確認)」

邦子　「？？　…………」

サチ　「なんか合ってるみたい、一等」

邦子　「え？　え？　え？　え？　一等？　え？　え？　一等？　いくら？」

サチ　「(首を傾げて) 3000…万……円」

邦子　「！！！　(絶句)」

サチ　「いや、そんなわけないよね、うん、ないない……ちょっとお母さん見て」

邦子　「え？　私？　見るの？　え？」

サチ　「うん、頼む」
　と、宝くじとスマホを渡す。

邦子　「はい」
　と、受け取って……照合する。
　口で復唱しながら……だんだん泣けてきて。

邦子　「(泣いた) 当たってる」

サチ　「マジで？　…………じゃそうなんだ？」

邦子　「え〜〜〜すごい！！！(興奮して) え〜〜うわ、今、足治ってピン！って立つかと思っちゃった私、ははは」

サチ「…………」

邦子「3000万かぁ、すごいね、良かったね、おめでとう、サチ！　…………あれ？」

サチ「…………」

邦子「どうしたの？　サチ。嬉しくないの？」

サチ「…………なんか」

邦子「なんか？」

サチ「怖い、いやだ」

邦子「怖い？　いやだ？」

サチ「不幸になる気がする」

邦子「え？　なんで？」

サチ「絶対そうだ、ろくなことにならないよ絶対。今日が不幸の始まりだ」

邦子「いやいやいや、あのね、わかるよ、怖いっていうのは、すごいお金だからね。よく聞くしね、宝くじとか当たって、家族とか崩壊したりとかさ、それにね、悪い人が集まってきて騙されたりとか。あと何？　働くのとかバカバカしくなって、あっという間に使ってしまって？　足りなくなって借金人生になるとか？　そういうさ、でも、それって」

サチ「全部起きるんだよ、それが、そうに決まってる」

邦子「全部って」

サチ「で、あとで思うんだ、宝くじなんか買わなきゃよかったって」

邦子「どんだけ後ろ向き？」

サチ「だってそういうさ、そういう…………そういうさ、なんていうか、こうなればいいのにとか、こうならないかなとか、そういう夢見るみたいなことはさ、私は…………私はさ」

邦子「サチ」

サチ、震えていて……。

邦子「…………」

サチ「…………私はそういうのはさ」

邦子「サチ（立ち上がって、抱きしめに行きたいけどできない）、お願い来て」

サチ、子供のように頷いて、邦子の元へ（そこは言うことを聞く）。

と、来たサチを抱きしめる……。

邦子「ありがと」

サチ「…………」

邦子「ごめんね（なんか泣けて）サチ、ずっと頑張ってくれてたんだからさ、だから神様がご褒美くれたんだよ、そうなんだよきっと」

サチ「（首を傾げる、全然響いていない）」

邦子「あ、ダメ？　…………（と、娘のネガティブさが、悲しくなってくる）」

サチ「…………ちょっと」

邦子「ん？」

サチ「頭、整理してくる」

3　同・外

階段を下りてきた、サチ。

サチ「…………」

パンダのところへ歩いていく………。

4　同・敷地内

パンダの前に座って………。

見つめ合って、心の中で会話している、サチ。

サチ「……」

パンダ「………」

なんとか落ち着こうとしていて。

サチ「…………」

パンダ「…………」

サチ「…………（あ）！！！」

急に何かを思い出した……。

サチ「…………」

＊＊＊＊

宝くじを買ったときのこと。

3人で、当たったら山分けの約束を交わした

そのときの、翔子と若葉の笑った顔。

サチも笑っていて。

＊＊＊＊

サチ「あ〜〜〜（笑って）そうじゃん！　一人じゃないじゃん」

パンダ「……」

サチ「（なんだか心が軽くなったような表情）うん」

と、パンダを見る。

パンダ「………」

サチ、表情がワククワクしていて。

二人に伝えたい！

サチ「…………！」
と、スマホを出すが。
サチ「……あぁ知らないんだ………なんだよもう」
★連絡先交換を断ったサチ★
サチ「あぁ」
と、悶絶して頭を抱えた。
サチ「(どうしたらいいんだという顔でパンダを見る)」
パンダ「(なんか答えたように見えなくもない)」
サチ「………それだ！」
と、パンダに心で礼を示して、家へ……。
パンダ「…………………」

〇メインタイトル
「日曜の夜ぐらいは…」
第3話

5　バス旅行先の観光地（現在・夜）

6　ホテル・一室

サチ、翔子、若葉。パジャマの3人。
ツインの部屋に3人で寝るようでエキストラベッドなど入れてぎゅーぎゅうな中、床に座って、買ってきたビールなど飲んでいて。
3人楽しそうで……。
若葉「パンダ様！！！　感謝です！」
翔子「パンダありがとう！　いつか会いに行くよ！」
サチ「(笑って)」
翔子「ていうか、これ持ってくるの怖くなかった？」
サチ「吐きそうなくらい怖いよ、写真でもいいかなと思ったけど、あんまりピンとこないでしょ？　やっぱり本物じゃないと」
若葉「ありがとうございます」
翔子「ありがとう………嬉しいよー」
サチ「もういいってそれは、っていうかやめよう。なんか私が二人にあげるわけじゃないから。3人で買ったものを約束どおり3人で分けるだけの話で、ありがとうはもう終わりで、ありがとう禁止で、ね、禁止だよ」
若葉「はい！」
翔子「わかった、ありがとう！」
サチ「…………………」
若葉「…………………」
翔子「わざとわざと、わざとだよ」

サチ「あ、うん（つまんね）」
若葉「そういうとこありますよね、ケンタさん」
翔子「え？　そういうとこってつまんないってこと？」
若葉「はい」
翔子「はいって」
若葉「ていうか、今みたいなときに、誰もがすぐに思い浮かぶけど、やめとこうって思うことを迷わず口にする」
翔子「あぁ（褒められたのかどうか考えている）」
サチ「（若葉が面白くて笑う）」
若葉「（サチが笑うとなんか嬉しくて）何に使うんですか？　お金」
サチ「え？　私？　いや、全然決めてない。でもなんかなんていうのかな、もちろんものすごい額なんだけど、ね、そんだけ稼ぐのも、まして貯めるのも、どんだけ大変かって額なんだけど」
若葉「はい」
翔子「けど？」
サチ「なんていうか、それで一生遊んで暮らせるってわけでもなくない？　豪邸が買えるわけでもないし、だから気を付けないといけないと思う。仕事なんか辞めてやるっていう風にはなれないかな、でも、すごい額だけどね」
若葉「はい、わかります」
翔子「そうかぁ仕事辞めちゃダメかぁ」
若葉「え？　考えてたんですか？」
翔子「そういうわけじゃないけど」
サチ「思うよね、そりゃ」
翔子「だよね」
若葉「たしかに、明日仕事行って、嫌なことあったら、辞めてやるわ、くそ共、皆死んでしまえとか言いたいもんなぁ」
サチ「そこまで？」
若葉「（翔子を見て）」
翔子「ん？」
若葉「いやなんかいま、目に浮かんでしまって。ケンタさんが、大金もってホストクラブ行って、今日からお前らは皆、ケンタだとか言って盛り上がっている様が」
サチ「（想像して笑って）」
翔子「やだなんかそれいいね、私、しそう」
若葉「一瞬でなくなりますよ１０００万」
翔子「マジか、やばいやばい、ありがとう。言われなかったらやってたかも」

若葉「え～」

サチ「わぶちゃんは？」

若葉「あ～私、全然、全然どうしていいかわからなくて、結果、全然使わないってことになりそうです。そういう人です。あ、でもばあちゃんにはなんか買うかも」

サチ「（笑顔）へぇ」

翔子「なんか私だけバカっぽいんだけど」

サチ「そんなこと（ないとは言わない）」

翔子「あ、でもさ、なんでさ、そんなすぐにはやった！ってなれなかったの？　私だったら、きっと、当たってるってなったら、ぎゃ～～～って喜んじゃうと思うけど」

若葉「（だろうなと思う。微笑してサチを見る）」

サチ「なんかね、警戒しちゃうんだ、いい話とか……楽しいこととかね、そんなのがあるから、現実がきついわけで、ないほうが、考えないほうが楽っていうかね、期待とかするからガッカリするし……自分の人生にそんないいことが起きるはずがないって……思っちゃうんだよね」

翔子「………（具体的にはわからないけど、感じて共感はして）へぇ」

若葉「（共感しまくりで感動してしまっていて）」

サチ「（苦笑）母も言ってたけど、どんだけ後ろ向きなんだって話だよね」

若葉「違うと思います」

翔子「？」

サチ「ん？」

若葉「おだいり様は、後ろ向きなわけじゃないです。現実から逃げてないですから。背を向けてないので。ちゃんと、前向きです。ちゃんとしっかり前を見てるから、慎重になったり拒絶したりしてしまうわけで、むしろ……それこそが前向きです、前向きだから進まないという選択はあると私は思うのです」

翔子「（ほぉという顔で若葉見て）」

サチ「…………そうか」

若葉「はい」

サチ「そうなのか私前向きだ。ありがとう」

若葉「いえ、そんな、どういたしまして」

翔子「今、私もまったく同じこと言おうとしてた、今、うん」

若葉「え」

サチ「え」

翔子「ん？」
若葉「あぁ」
サチ「あぁ」
翔子「え？　何？　その疑惑顔、あ、そうですか、じゃ、そういうことにしときますか、みたいな顔、え？　私、そういうポジション？　そういうキャラ？」
若葉「ですかね」
翔子「え？　そうなの？　ボケとかバカキャラ？　みたいな………そうなの？」
若葉「あ、すみません」
翔子「いやいや嬉しい、なんか、嬉しぃ………自分の居場所みたいなの、ポジション？　立ち位置？　嬉しぃ」
若葉「はぁ」
サチ「羨ましい」
翔子「私が？」
若葉「？」
サチ「なんかそういう面白いこと言ったりとか、面白いかどうかは別として？」
翔子「ん？」
サチ「なくて、私……なんか心が固いっていうか、冷めてるっていうか………うん不機嫌？　………ないんだよね、キャラとかそういうの、無」
翔子「無？」
若葉「いませんよキャラクターのない人なんて」
サチ「え？」
若葉「いません」

顔を見合わせる、サチと翔子。

サチ・翔子「若いのにねえ、なんだか」
若葉「すみません………それなりに辛酸をなめてきたので………なんか重心が重くて、はは」
サチ「(なんか楽しくて、飲んで) なんか3人とも冴えない人ではあるんだよね、だから気が合ったのかなぁ」
翔子「かもね」
若葉「でも、宝くじ当たって約束どおり山分けしようとしてるおだいり様は、充分、面白いです、ぶっとんでます」
サチ「そう？　私、面白い？」
若葉「はい、イカれてます」
翔子「だよね」
サチ「へぇ、あ、でもね、あ、そうじゃん！　3人で約束したじゃん！って思い出したときね、なんか嬉しかったんだよね、わ！って思った、幸せな気持ちになった。３人一緒なら幸せに自分もなれる気がした」

翔子「ありがとう……本当、ありがとう……あ、ごめん禁止だった。でもさ、たしかにさ、自分にそんなこと起きるなんてあまり思えないのはわかる。だから驚いてるよ今、ま、私が当てたわけじゃないんだけど……でも、そんな風にしてもらって……やっぱりありがとうだよ」

若葉「(頷いて) そうですよね、私は、お金のこともちろん嬉しいけど、思い出してくれたことが一番、嬉しいです。嬉しくて嬉しくてどうする？って感じで、どうしましょ、ありがとうございます」

サチ「うん、だからありがとう禁止って言ってんじゃん。罰金とるからね、今度から、一回1万」

翔子「いやいや高いわ、無口になるわ」

若葉「罰金制が敷かれる前に、すみません」

サチ「？」

若葉「ありがとうございます！」

と、サチに抱きついた。

翔子「(も抱きついて) ありがとう！」

サチ「だから！　もう！」

と、３人で泣き笑い。

翔子「もう一回乾杯、もう一回、あ、お酒ない」

7　同・自販機コーナー

やってきた３人。

誰もいなくて……。

声を潜めつつ……。

サチ「いつかさ、あの宝くじ売り場の、おばさんにお礼したいよね、あの人のおかげだもんね」

若葉「たしかにそうですね」

翔子「え？　それならさ、買わない？って言った私じゃない？　私」

サチ「おぉ……そうかも偉い！」

と、サチと若葉が拝む。

するとそこへ、下りてきた、みね。

みね「(仲良さそうな３人を見て、嬉しそうで)」

サチ「あ」

若葉「あ」

翔子「あ」

みね「？」

★３人を同じチームにしたのは、みね★

3人「ありがとう、みね君」

　　3人で拝む……。

みね「え？（わかんないけど）あ、はい……（やっぱりわかんない）え？」

翔子「飲み物買うの？　奢る奢る、ね」

若葉「ですね、はい」

サチ「だね」

翔子「もうね、なんでも好きなもの押していいよ、奢る。どれでもいい、お礼がしたいんだ君に、どうしても。どれにする？　どれ？　どれでもいいよ」

みね「いや、どれでもって、そんな、なんかたいしたものないじゃないですか、なんかわかんないけど、お礼をすごく安くあげようとしてません？　ちょうどよかったこれで済ましとこうみたいな」

翔子「なんだよ面倒くせえ奴だな」

みね「別の機会に、とっといてもいいですか？　奢ってもらうの、お礼？　そうします」

　　と、自分の金で何か買う。

翔子「え〜」

サチ「（なんか笑ってしまって）」

みね「キープですよ、キープですからね奢り、なんでも好きなもの」

翔子「調子乗んなよ、みね」

みね「え（怖い）」

サチ「あ、こないだはどうもすみませんでした」

みね「いえ、そんな」

若葉「こないだ？」

サチ「あ、私が働いてる店に………偶然？」

若葉「え（怪しい）」

みね「いやいや怪しくないですよ」

翔子「私のタクシーにも偶然」

若葉「え〜〜（怪しい）」

サチ「そうなの？」

みね「いやいやおかしいおかしい、怪しくないから」

若葉「（ちょっと不信感）」

翔子「え？　わぶちゃんとこ行かなかった？」

若葉「来たんですか？」

みね「いやいや本当おかしい違いますから、なんでそういう話になってるんですか、違うでしょ」

翔子「そうだっけ？」

　　サチ、翔子とみねの感じがちょっと羨ましい。

　　若葉、若干男性には引き気味なところあって。

　　そこへ、エレキコミックの二人、自販機に……。

若葉「あ、一番の功労者さまなのでは」

サチ「あ」
翔子「ちょっとどいて」
と、どかされる、みね。
みね「あ（首位陥落）」
二人に向かって拝む、3人……。
若葉「お二人のおかげです、ありがとうございます、あ、お飲み物ですか？　どうか私たちに買わせていただきたく、なんでも好きなものを」
やつい「え？　マジで？　いいの？　え？　ロング缶でもいい？」
今立「ロング缶はダメだろ」
サチ「大丈夫です！」
今立「いいの？　マジで？」
やつい「やったなおい、頑張ってきてよかったな」
とか喜んで………。
ロング缶2つでご機嫌に去っていく………。
いなくなって。
3人、みねを見た。
みね「え」
翔子「普通ああだろ………何がキープだよ」
みね「え………あ………」
サチ「（なんか笑ってしまって）」
サチの笑い顔が、若葉、なんだか嬉しくて……。

8　新宿駅・解散場所（日替わり）

解散したあとの、3人………。
車座になっていて。
離れた場所にいる、みね。
みね「（なんだか3人が好きで微笑）」
でも寂しそうな顔で離れていく。
みね「…………」
車座の3人。
サチ「確認ね、12日の10時に、東京駅前の広場で待ち合わせ……関東中央銀行の本店に行きます」
若葉「はい」
翔子「はい」
サチ「そこで通帳作るから、印鑑と身分証明になるもの………忘れずに」
若葉「はい」
翔子「はい」
サチ「そこで当選金の受け取りの申し込み書に記入することになる。で、受け取る日はその日に確認しよう。また3人で行こう」

頷く、若葉と翔子（緊張感）。

サチ「くれぐれも、私たちは共同購入したんだからね、だから3人で受け取るの。ね、じゃないと大変なんだ。調べてよかったけど、私が受け取って、二人にお金を分けようとしたら、贈与税で半分くらいもっていかれちゃう、ね。だから一緒に買ったの、ね」

翔子「おぉ、こわっ、わかった」

若葉「油断も隙もないですね、了解です」

サチ「うん、じゃ………12日に」

若葉「はい」

翔子「はい」

若葉「連絡………してもいいですか？　お二人」

サチ「うん」

翔子「もちろん」

若葉「では」

と、肩を寄せ合って連絡先交換………3人。しばらくして、試合前の円陣を解くかのように解散する、3人。それぞれの方向へ別れて歩く。

＊＊＊＊＊

サチ「……………」

もうライン入って。

サチ「？」

翔子から「もう寂しいんですけど」

サチ「はや……………」

＊＊＊＊＊

若葉「（見て………苦笑）」

＊＊＊＊＊

翔子「（返事を待ってるけど、既読だけど来ない）なんだよ、だよねとか、わかりますとかさ」

サチ「だよね」と若葉「わかります」が同時に来る。

翔子「おぉ（嬉しい）」

9　バス停（夜）

バスを待っている、若葉。地方のバス。

客は若葉と……離れておばちゃん二人。

若葉「…………」

スマホ見て。

翔子からやたらラインが来ていて………。

若葉「(笑ってしまう)」

だが、見られているのに気づいて………。

若葉「(表情が硬くなって)」

ひそひそよりは大きめの声で話してる、おばちゃんたち。

その口に合わせ、

若葉「男としてんだよ、携帯。何あのデレデレした顔、絶対男だよあれ。あの女の娘だしねえ、ろくなもんじゃない。ねえ、ウチの息子も、誘われたらしいのよ、逃げたらしいけど、ひどい目にあうから。あらぁウチの息子もよ、やぁねえ、本当気を付けないと、ねえ、だはははははは」

ピッタリ口調と合っていたようで。

若葉「(ふっと笑ってしまう)」

が、悲しくなってくる。

10 樋口家・居間

帰ってくる、若葉。

若葉「ただいま」

また双眼鏡で……昔の家を見ている、富士子。

富士子「おかえり」

若葉「うん」

富士子「…………」

若葉、富士子に言うのかどうか決めていなくて。

若葉「あのさ、ばあちゃん」

富士子「うん？　どうした」

若葉「あの家買い戻すとしたらいくらかかる？」

富士子「まぁ、7000万ってとこか」

若葉「はぁ……高いんだねぇ」

富士子「まぁな。なんだ？　買ってくれるのか？」

若葉「(笑って……その瞬間言わないことに決めた、まだ)おみやげ買ってきた……食べる？」

富士子「めずらしいな」

若葉「うん、なんとなく買いたくなった、ばあちゃん好きかなと思って」

富士子「へぇ、みやげは高いだけだから買わないって言ってたくせに」

若葉「……(微笑)なんとなくね、買いたくなった」

ちょっと違和感を持つ富士子。
富士子「(でも、そこには触れず) どれ」
と、みやげを見る。
富士子「いくらだ、これ」
若葉「(苦笑) 2000円」
富士子「はぁ、やだやだ」
若葉「ん?」
富士子「高いと思ってしまう、自分がいやだ………若い頃は物の値段なんてよく知らないお姫様だったのにねぇ……娘が悪魔になってしまってこのざまだ………はい、いただきます」
と、食べる。
×がしてある、まどかの写真。
富士子「…………やっぱり高いな」
若葉「マジで? …………そうか、高いか」
と、二人苦笑。
富士子「…………」
富士子、若葉になんとなく違和感あって。
富士子「(だが何も言わない)」

11 都内・高級スーパー(日替わり)

ご機嫌鼻歌で、大きなカートにどんどん入れていく、翔子。
翔子「高っ! いいね!」
と、手にとってカートに放り込む………。
ご機嫌で……カートいっぱいに………。
翔子「…………」
いきなり立ち止まって………。
翔子「…………」
いっぱいのカートを見て。
翔子「…………」
首を振る。
翔子「ダメダメダメ……今からこんなことしてたら……ダメダメダメ」
と、今来た道を………一つ一つ戻しながら進んでいく………。
別れを惜しみながら………。
翔子「ごめんよ、いつか会おうね」
と、高い肉などを返す。
翔子「…………」
自分を戒めつつ。

＊＊＊＊＊

結局何一つ買わずに店を出る、翔子。

翔子「…………」

溜め息………。

翔子「…………」

とぼとぼと帰る、翔子。

一度は戻ってくるけど…………やっぱり帰る、翔子……。

12 自転車屋（日替わり・夜）

セルフでパンクを直している、サチ。

サチ「…………」

ちらりと新車が目に入る。格好いい………。

サチ「…………」

自分の自転車、改めて古くて………。

店主「お？　いっちゃう？　これ、少し安くするよ」

サチ「え（迷うけど）…………（笑顔で首を振る）」

そしてパンク修理……。

13 古い団地・岸田家

いつもと同じように、キッチンで二人で……
仕事していて。

邦子「…………」

サチ「あのさ、さっきから、なんか言いたいことがあるなら言えば」

邦子「だって怒るし」

サチ「じゃ言わないで」

邦子「言う」

サチ「こないだ、言ってた、一回だけ言わせてっていうのの繰り返しじゃないよね」

邦子「え？」

サチ「(溜め息) だったら話しても無駄」

14 回想・同

バス旅行に出かけて行こうとする、サチに。
サチ、なんだか楽しそうで……。

邦子「あのさ、サチ」

サチ「ん？　何？」

邦子「いや、こんな風に言うと、私がなんかすごくせこいっていうか、小さい人みたいに思われるかもしれないけど」

サチ「大丈夫、別に大きな人だとは思ってないし」

邦子「あ、そ。一回だけ、一回だけ言わせて、もう絶対二度と言わないから」

サチ「言うと思うけど、何度も、何？」

邦子「本当に、分けちゃうの？　当選金、だってさ、だって、なんていうか、当たったら山分けねみたいな口約束だよ、あのテレビのさ、土曜だか日曜だかの昼間やってるほら、法律相談みたいなお笑いみたいな……ああいうのでもさ、払う義務はないって弁護士先生言うと思うんだよね、いやだって3000万と1000万じゃ全然ちがうよ、私じゃなくてね、サチのことを考えたらさ。全然さ」

サチ「わかってるよそんなの、自分でもそう思わないわけじゃないし、だし、なんか偽善ぽいっていうかなのかもしれない、あとで後悔するのかもしれないけど……そうしたいの。思ったことをして後悔するならいくらでも後悔したいの、何もしないでする後悔よりいいの、考えるだけで幸せな気持ちになるの、お願い。バカなのかもしれないけど……そうしたいの、行ってきます……あ。車椅子さ……最新のにしようね、じゃ」

と、出かけて行ってしまう。

15　古い団地・岸田家

邦子「もう一回だけね、憎まれ役なのはわかってるけどあなたのためにね、幸せになってほしいからさ。お母さん、あなたに」

サチ「ありがと………もう言わないで」

むくれ顔の邦子。

その頬をパフっと潰す、サチ。

サチ「可愛い」

邦子「うん」

サチ「うんじゃない」

邦子「うん」

サチ「（笑って）」

邦子「（微笑）もう言いません、なんかサチ楽しそうだしね」

サチ「そう？（それは自分でもわかる気がする）」

16　東京駅前（日替わり）

緊張した顔でサチが来る。

翔子と若葉いて……頬が緩んで。
「あ〜〜〜」と同じ声出して合流して。
翔子「長かったね今日まで、ね」
若葉「はい、長かったです」
サチ「だよねえ……行こう、大丈夫？　準備」
翔子「大丈夫100回くらい確認した」
若葉「私もです」
サチ「私も……よし行くよ」
と、3人で……気合い入れて……。

17　関東中央銀行・本店

18　同・個室

3人……極度の緊張感……。
顔を見合わせて、頷き合う3人……。
すると、銀行員・田口《たぐち》がものすごく普通な感じで入ってきて……。
田口「お待たせいたしました。この度は、おめでとうございます」
頭をさげる、3人。
田口「それではさっそくご説明させていただきますね」

言葉なく、頷くだけの3人。
何度も顔を見合わせてお互いを励まし合う。
テーブルの下で手をつないだりして。
サチ「…………」
翔子「…………」
若葉「…………」
渡された、パンフレットのような冊子。
「高額当選者の方へ」

19　喫茶店

3人がいて……。
翔子「なんか疲れたね？」
サチ「うん……でも意外と、なんか軽かったね、応対っていうか」
若葉「ですよね、とくに重々しい感じはなかったし」
サチ「だよね、別に、3人でっていうのも、あ、そうですかはいはいみたいな感じで、ね」
若葉「私もそこもうちょっとひっかかるのかと思いました」
サチ「だよね、そう思うよね」
若葉「はい」

翔子　「そうなんだ………そうか、なるほど、ごめん
　　　私だけ何も考えてないみたいで」
若葉　「(微笑) 大丈夫です」
サチ　「(微笑)」
翔子　「いや、でもさ、このなんていうの？　生煮え？」
若葉　「生殺し？」
翔子　「あ、それ………この、なんていうかあるんだ
　　　けどまだないみたいなのがまた1週間続くんだ
　　　よね」
若葉　「そうですね」
サチ　「ね………なんか何も手につかないよね」
若葉　「そうなんですよ、私迷ってて、ばあちゃんにま
　　　だ言ってなくて。別にばあちゃんにとられると
　　　かそういうことじゃないんですけど、なんかわ
　　　かんないけど言ってなくて」
翔子　「へぇ、ま。私は言う人いないけど、もともと」
サチ　「そうなんだ？」
翔子　「うん」
　　　なんか疲れている3人。
声　　「あ」
　　　3人「?」と見ると………みねで………。
　　　3人固まって………。

みね　「え〜〜〜 (と笑って) 嘘みたいですね、ははは、
　　　今、営業の帰りで。はは」
サチ　「………………」
翔子　「………………」
若葉　「………………」
みね　「あれ？　なんかまずかったですか？」
サチ　「いや、別に」
みね　「でも、嬉しいな、3人がこうやって仲良くして
　　　るなんて………なんか嬉しいです」
若葉　「はぁ」
翔子　「あ、そうか、奢る？　奢る？　キープだもんね」
サチ　「あ、そうか」
翔子　「(メニューを開いて) バタートーストとかにす
　　　る？」
みね　「いや、それ一番安いやつじゃないですか、って
　　　いうか食事もしたし珈琲も飲んじゃったんで、
　　　まだキープでお願いします」
翔子　「はぁ？」
　　　妙な沈黙………。
みね　「あの、すみません、ちょっとだけいいですか？
　　　変な奴だなと思ってるかもしれないけど、僕は、
　　　あの女の人っていうか女性が好きで、女好きと

かの好きじゃなくて、女性が好きで、わかりますかね。なんていうか、フェミニストみたいな感じで。フェミ男？　違う？　………女の人といる方が好きだったりとか、とにかく女の人が幸せでいてほしいと思っているような人で……わかってもらえますかね、女の人が辛い目にあってたりとか、本当嫌で………なんていうか………嫌で、あ、母と二人母子家庭だったんですけど……体悪くして、早くに亡くなってしまって母……もっとしてあげたかったっていうのもあるし、優しく？　母がずっと男社会に対して怒ってたのをずっと聞いてたのもあって、なんですけど、だから………本当に3人が笑ってるの嬉しくて………もっと役に立ちたいっていうか。一緒にいたいなって思ったり………えっと………あれ？」

ポカンとしてしまっている、3人。

サチ「…………」

若葉「…………」

翔子「…………」

みね「あ、なんかダメだったですか？　きもいとかですかね、やっぱり」

顔を見合わせて、何となく、サチが発言することに………了承する、サチ。

サチ「あ、あの………みねさん、みね君」

みね「はい」

若葉「…………」

翔子「…………」

サチ「いや、全然いやとかじゃなくて、なるほどって思ったりもするし、みね君のその感じはそういうことか、って思ったりとか、ね」

若葉「はい」

翔子「うん」

みね「はぁ………良かった」

サチ「ただね。みね君」

みね「はい」

サチ「大変申し訳ないんだけど、今、私たち3人、ちょっといっぱいいっぱいなことがあって、ちょっと精神的に余裕がないっていうか、せっかくのみね君のいい話も、ちゃんと受け止める余裕が本当なくて」

みね「………はぁ」

みね、二人を見ると………。

頷く、翔子と若葉。

みね「…………」
サチ「だから………お話を聞くのも、キープしといてもらっていいかな、ちょっと余裕が生まれるまで……ね」
みね「はぁ、あ、これもキープで？」
サチ「はい」
みね「あ………わかりました、はい、えっと、奢りと会話のキープということで」
サチ「はい」
みね「了解です……はは」
変な空気……。
みね「あ、じゃ失礼しますな感じが望ましいですよね」
サチ「できれば」
みね「わかりました…………あ、じゃ、また」
サチ「また」
若葉「また」
翔子「また」
みね「ありがとうございます、失礼します」
と、店を出ていった……。
みね「(なんか面白くて笑ってしまう)」
3人も………なんだか。
脱力笑い………で顔を見合わせて………。
3人同時に溜め息をついた………。
で、また笑って………。
翔子「なんかおだいり様、喋るようになったね、しかもちょっと面白い」
若葉「はい！　ですよね、すごい」
サチ「え………あ………そうか、そういえばそうだね」
と、笑顔になって。
でも、すぐに緊張感に包まれて……。
サチ「…………」
翔子「…………」
若葉「…………」
3人顔を見合わせて、頑張ろうと、何度も頷き合う。

20 ファミレス「シンデレラムーン」・内（日替わり）

働く、サチ。
ちょっと疲れているけど、自分を鼓舞して頑張る。
離れて見ている田所。
翔子のライン「あと7日！（泣き顔）」

21　ちくわぶ工場

黙々と、働く、若葉。
きつい仕事をするが誰も助けてくれない。
じとっと見ている、社長の野々村。
翔子のライン「あとじゃない、まだ7日もある！　耐えられん」

22　道（夜）

タクシー運転中の翔子。
感じ悪い客……怖い。
翔子「…………」
怯えていて……。
翔子のライン「長いよ～！　まだ7日！」

23　古い団地・岸田家（日替わり）

サチと邦子の日常。

24　ファミレス「シンデレラムーン」・内（夜）

サチ、ファミレスでの変わらず日常続いていて……自分のシフト表を見る、サチ。
サチ「…………」
若葉のライン「まだ5日」
翔子のライン「もう無理」
サチのライン「あと5日」

25　樋口家・居間（日替わり）

若葉の日常。
富士子と一緒に御飯食べて……。

26　田舎道

富士子と若葉、車で移動して……。
若葉、富士子にかすかに罪悪感がある。
何かを感じているがいつもと変わらない、富士子。
富士子「邪魔だ、どけ！」
若葉「（こういうのは好き）」

27　ちくわぶ工場

若葉、変わらず嫌な空気の中、働いて……。
翔子のライン「あと3日だよ！」
若葉のライン「きゃ〜あと3日！」

28　タクシー会社・表（日替わり）

翔子、会社の人になんか文句言われて……。
謝っている。
翔子のライン「あと50時間！」

29　小さなマンション・翔子の部屋（日替わり・夜）

眠りにつく、翔子。「明日だ！」とラインする……。
サチ「来た！」若葉「来ました！」と返信きて。
翔子「…………（微笑）」

30　古い団地・敷地内（日替わり）

緊張した表情で、パンダと会話している、サチ。
サチ「…………」
気合い入れた。

31　通帳の印字

10、000、000……数字。

32　関東中央銀行・本店

受け取った通帳を見ている、サチ、翔子、若葉。
サチ「…………」
翔子「…………」
若葉「…………」
世界が止まったみたいに…………。
じっと見ている、3人。
田口が話しているけど…………。
全然耳に入ってこない…………。
サチ「…………」
若葉「…………」
翔子「…………」
それぞれの思いがあって…………。

通帳を見ている、3人……。
まるで同時に頬を涙が流れていく……………。

サチ「……………」
若葉「……………」
翔子「……………」
で、3人、顔を見合わせて……。
泣いてしまっている自分と、
泣いている二人を見て………。
なんだか泣き笑いで……。

サチ「……………」
若葉「……………」
翔子「……………」
3人で抱き合って………。
あきれて苦笑の田口たち……。
「うぅうぅ」と3人、泣き笑い。

33 解散場所

3人、円陣を組んでいて……。
3人とも鼻ぐずぐずな感じで……「うぅうぅう」

サチ「絶対に、絶対に、幸せになろうね不幸になっちゃダメだよ、絶対だよ」

若葉「はい……」
翔子「うん（一番号泣）」
若葉「（翔子の号泣ぶりがひどくて、笑ってしまって）」
サチ「（も笑って）」
翔子「なんで笑うの？」
と、言いつつ自分でも笑って……。
でも、今度は若葉とサチが泣けてしまって……。
それぞれハグしあって……。
でも動けなくて……。

翔子「私、大丈夫かな……どうなっちゃうんだろ……なんか怖い」
若葉「私も……怖いです……怖い」
サチ「うん……うん……怖い……頑張ろう……お金に負けないように、ね」
翔子「うん……うん」
若葉「はい（と何度も頷いた）」
サチ「うん……うん……なんでこんなに泣いてるの私たち、もう」
と、また3人で固まって……。

サチ「いい？　解散するよ」
若葉「はい」
翔子「うん」

サチ「幸せに」
若葉「幸せに」
翔子「幸せに」
3人「解散！」
と、散った。

34 晴れた空（日替わり）

35 MASUYA Coffee

自転車を停めて中へ……入る、サチ。
賢太「いらっしゃいませ、あ、どうも」
サチ「(笑顔) いいですか？　入っても」
賢太「もちろんです、嬉しいです、どうぞ、お好きな席に」
サチ「あ、はい」
と、迷う……。
外から見えるような……素敵な席があって。
賢太「こちらがおすすめですけど」
サチ「あ……へへ、いいんですか、まいったな」
と、座る。外から見ていた席で……。
サチ「……」
賢太「こちらがメニューになります」
サチ「はい」
と、受け取って開いて……。
サチ「(反射的に高いと思ってしまうが、声には出さず) へぇ……すごい」
指でなぞっていって……。
なんか下の高い方まで下がっていって……。
迷って……上まで戻って……。
でも中より下くらいの、ちょっとゴージャスなメニューを……。
サチ「あ、すみません」
賢太「はい」
サチ「シチリアブレンド水出しコーヒーホイップクリームアップルシナモン(長い) お願いします」
賢太「はい、かしこまりました、お待ちください」
サチ「はい」
と、わくわく……。
女の店員「けんたさん」
賢太「はい」
サチ「え？　ケンタ？」
賢太「え？　あ……はい、そうですけど、ケンタ」
サチ「え？　あ、すみませんごめんなさい……聞かなかったことにします」
賢太「ん?」
サチ「(笑ってしまって)」

36 サチの通帳

残高。
全然減っていない……かすかにだけ減った額。
998万………。

37 樋口家・居間(日替わり)

何にも変わらない生活の、若葉。
富士子と若葉の御飯。

若葉「(唐突に)あぁ、わかった」
富士子「何が」
若葉「ちょっと話さかのぼるけどさ、ばあちゃん、私、今、1000万持ってんだ。こないだの宝くじ、一緒に買った友達が3000万当たって、3人で山分けした。ほら(と通帳)」
富士子「(見てぽかん)………へぇ………あぁそれでか」
若葉「それでって?」
富士子「なんかぼけっとした顔してると思った、最近。てっきり、ここを出ていきたいのかなと思った」
若葉「えぇ? で、どうするつもりだったの? ばあちゃん」
富士子「しょうがないだろ、出ていきたいなら」
若葉「しょうがなくないし」
富士子「(その言葉はちょっと嬉しい)で? 何がわかったんだ?」
若葉「あ、そうそう。なんかさ口にしない方がいい気がして……別にばあちゃんにとられるとかじゃなくて」
富士子「ん?」
若葉「子供のころからそうなんだよ、私が、お年玉貯金してこんだけ貯まったってばあちゃんに話しすると、必ずあの人は帰って来るんだ。夏休みのバイトで貯めて、ばあちゃんとUSJ行こうとしたときもそうだった。大学行きたいと思って、学費とか入学金、バイト掛け持ちで貯めたときもそう………私が嬉しくてばあちゃんに話すと、あの人は来る。そして全部持っていってしまう」
富士子「…………………」

若葉「…………………」

二人して玄関の方を見てしまう。

38　若葉の通帳

残高。

手つかず、１０００万。

39　小さなマンション・翔子の部屋（日替わり・夜）

ちょっとだけ、買い物した袋の山あって……。

翔子「…………」

溜め息……。

翔子「…………」

見て……。

翔子「つまんないもの買っちゃったなぁ」

40　翔子の通帳

残高。

９８１万くらい……。

41　小さなマンション・翔子の部屋

翔子「（溜め息）………売ろう」

と、メルカリに出品……。

42　タクシー会社・内（日替わり）

疲れた顔で戻ってきた、翔子。

初老の同僚が……泣いていて。

翔子「どうしたんですか？」

男「あぁ、翔子ちゃんか……やっちまった、免停だ……失業だよ……終わりだもう俺は……気をつけろよ。翔子ちゃん、な、仕事なくなると大変だぞ」

翔子「……あ……はい」

なんだかひどく切なくなってくる……。

翔子「…………」

スマホ鳴って……。

翔子「（見る）……あ、売れた」

そして、またスマホが鳴る……。

翔子「？？？　ん？（何かが来た）」

43 翔子の通帳

残高。
少し戻った………。

44 古い団地・岸田家（日替わり）

新しい車椅子届いて…………。

邦子「ありがとうサチ」
サチ「うん、格好いいね、行こうか、外」
邦子「うん」

45 道

サチと邦子。
新しい車椅子で、まるでドライブ………。

サチ「いぇぃ！」
邦子「いぇぃ！」

と、疾走感………。

46 サチの通帳

残高。
ちょっと減って………。

47 道

そんな二人を離れた場所で見ていた……サチの父親、邦子の元夫・博嗣。

博嗣「…………」

楽しそうな、サチと邦子。

48 カフェ（日替わり）

翔子が座っている目の前には、同級生の平野《ひらの》綾香《あやか》。

綾香「ありがとう野田さん、来てくれて、本当久しぶりだよね」
翔子「うん、懐かしい。連絡ありがとう嬉しかった」
綾香「うん、あ、ねえ、美顔器とか使ってる？」
翔子「美顔器？　ううん、全然そんなのやったことないし」
綾香「え〜嘘、絶対おすすめのあるんだけど、どうかな」

と、出してくる。

翔子「(半ばわかっていた感じで）へぇそうなんだ、うん、いいね、買えるの？」

綾香「うん！　使ってみる？　良かった、嬉しい、あれだよね。野田さん昔から可愛かったもんね、あの、サッカー部の島田先輩と付き合ってたでしょ？　もててたよね」

翔子「(笑顔）それは、もう一人の野田さんかな、野田知世さん、私は野田翔子、ヤンキーだった方」

綾香「え（絶句)」

翔子「(笑顔）いくらなの？」

49　道

翔子……なんだか、酷く傷ついて歩いていて……。

でっかい美顔器持っていて。

翔子「…………………」

溜め息………おまけにつまずいて。

翔子「！」

持っていた美顔器守ろうとして踏みつぶしてしまう、ぐしゃっという嫌な音。

翔子「……………」

そのまま座り込んで………。

翔子「………つまんねえな私って…………なんかつまんないよ」

なんだか絶望的に悲しくて動けない。

50　翔子の通帳

残高。

少し減っていて…………。

51　樋口家・表

仕事から車で帰ってきた、富士子と若葉。

若葉「…………」

富士子「…………」

車を停めて、中へ………。

52　同・居間

入ってきた、若葉と富士子。

家の中、荒らされていて…………。
富士子「(開けた瞬間に嫌な予感)…………」
まどか「(あ)」
若葉の母・まどかがいた…………。
追い詰められた顔で、座っていて。
なんとも言えない美しさと可愛さのある顔立ちで……。
まどか「お帰りなさいませ、お勤めごくろうさまです」
若葉「…………」
富士子「…………」
若葉を見て。
富士子「(目で絶対渡すなと)」
若葉「…………」
まどか「ねぇ、お金。いるの、出して」
富士子「あるか、そんなもの、家見りゃどんな暮らしかわかるだろ」
まどか「知るか！　なくても出せ！」
富士子「(溜め息)」
若葉「…………」
まどか「じゃないと死んじゃうよ、私……死んじゃうんだよ？　いいの？　ねえ」
若葉「…………」
富士子「だったら死になさい、あんたは」
まどか「はぁ？　ふざけんな」
若葉「…………」
富士子「(若葉を見て)」
バッグを開けて、若葉。
若葉、通帳を持っていて……。
富士子「若葉！　やめなさい！」
まどか「！」
と、飛びつくように奪う。
富士子「(絶望して)」
若葉「…………」

53　ファミレス「シンデレラムーン」・裏

博嗣と会っている、休憩中のサチ。
サチ「何？　どうしたの？」
博嗣「いや、こないだ二人を見てな、お前と邦子と……新しい車椅子で……な」
サチ「？　それが何？」
博嗣「なんかあれだなと思って、景気いいっぽいなと思ってな、うん、だって、な」
サチ「(首を傾げて)は？」

博嗣　「（笑顔）」

それが急に泣き崩れて…………。

サチ　「え？　何？」

いきなり土下座する、博嗣。

サチ　「…………」

博嗣　「頼む、助けてくれ、頼む！　この通りだ！」

サチ　「…………」

なんだか体の力が抜けていくようで、

立ったままのサチ。

サチ　「…………」

第4話

1　ファミレス「シンデレラムーン」・裏

博嗣「頼む、助けてくれ、頼む！　この通りだ！」

サチ「…………」

なんだか体の力が抜けていくようで。

立ったままのサチ。

サチ「ちょっとやめてそれ」

博嗣「そう？　じゃお言葉に甘えて」

と、意外とあっさりやめる。

サチ「（やめてとは言ったが、なんかすでに相当腹立つ）」

博嗣「悪いね、頼むわ、よろしく助けて、な」

サチ「なんで私があなたを助けなきゃいけないんですか？」

博嗣「なんだかんだ言っても娘だし、父親が困ってるから？」

サチ「はぁ、どの口が言ってんの？」

博嗣「ん？　ちょっと意味がわかんない」

サチ「お母さんが歩けなくなったとき。あなたはどうしたんですか？　何もしてくれませんでしたよね、今までに一度でもなんかしてくれたことありますか？」

博嗣「なかったから、金……あればしてたけどなかったから……ないんだからどうしようもないだろ？」

サチ「（イライラしてくる、そのときの絶望を思い出す）」

博嗣「それに、助けはいらないって、サチが言ったし」

サチ「（無性にイライラする、たしかに言ったけど）一度だけ私、助けを求めたことありますよね。病院から退院してすぐのとき、覚えてます？」

博嗣「うん、サチが泣いて電話してきてさ、うちの冷蔵庫じゃダメだ、車椅子のお母さんが前に来ると開けられない、その空間が家にはない、観音開きじゃなきゃダメなんだってどうしたらいいのって、そんときのこと？」

サチ「そうです」

2　回想・古い団地・岸田家

車椅子で病院から帰ってきて……初めての日。

冷蔵庫の前にいる、邦子。

邦子「これ、開けられないや、私」

サチ「え?」
　　邦子、冷蔵庫の前で……苦笑しながら……
　　ちょっと途方に暮れていて……。
サチ「(意味がわかって) あ……」
サチ「(もう半泣きで)」

3 ファミレス「シンデレラムーン」・裏

サチ「(思い出して、腹立ってくる) そんときだって」
博嗣「一緒に俺、泣いたじゃん。そうかぁって泣いたじゃん。金がないから何もしてやれなかったけど、一緒に泣いたじゃん。大事なのは気持ちだろ? 一緒に泣いてくれる人がいるってとても素敵なことだろ」
サチ「(こいつマジで言ってるのか、怖いな)」
博嗣「だろ? 覚えてるだろ? サチも泣いて、一緒に泣いて……ありがとうって言ったじゃん」
サチ「そんなんでお礼言うくらい、追い詰められてたってことです、なのにあなたは何もしてくれなかった、1円もです、ただの1円も。涙より金です、必要なのは」
博嗣「まぁそういう考え方もあるけど、俺はそうは思わないけどね、大事なのは気持ち、涙だよ、サチ」
サチ「じゃ私も一緒に泣いてあげる」
博嗣「いやそれは金がなければね。泣くしかできないわけで、あるなら助けるべきでしょ。っていうかなんかさ、いいことあったんだろ?」
サチ「え? (動揺しそう) ないけど?」
博嗣「いやいやご機嫌だったじゃん? え? 何? 宝くじでも当たった?」
サチ「は? (渾身の芝居) 当たるわけないでしょそんなの」
博嗣「当たるわけないことはないと思うよ、誰に当たるかは平等なわけで買えば当たることはあるよ」
サチ「あ、そうですね。残念ながら違います」
博嗣「……そろそろ終わりにしようか、忙しいだろうし」
サチ「そうですね」
博嗣「えっと、で? いくらなら? 助けられる?」
サチ「ゼロ」
博嗣「いやいや、やめようよ、そういうの。困ってるんだよ、千円でもいいんだよ? 嫌だけど本当に千円じゃ」

サチ「お断りします！」
　と、店の中へ戻っていく……。

＊＊＊＊＊

　出てくる、サチ。
　博嗣まだいて、まるで戻ってくると思っていたみたいで、ちょっとカチンとくるけど。
サチ「…………」
　と、無言で3万円を渡す……。
博嗣「あ、３（軽く不服そうで）」
サチ「は？（すでに後悔）じゃ」
　と、戻っていく……。
　無性に腹立って……。
　壁を叩いた……かなり痛い。

4　サチの通帳

　残高マイナス3万。

5　コンビニ・内

　翔子いて、高いアイスを探している。
　中東系外国人店員、皆で探してくれて……。
「これ？」「これか！」「これだ！」「それアイスじゃない！」「じゃなんだ！」
　店員たち、大激論になってしまって……。
翔子「え？　あ、いやいやいやいや、ははは、ちょっとあの、やめようね、ね」
　喧嘩の仲裁に入って突き飛ばされて。
翔子「わ！」
　翔子、店の商品にドカンと当たって。
翔子「え〜〜……あ」
　店の商品をふっとばして壊してしまう。
　場が凍る……。
翔子「……え……」
　なんとなく翔子が悪い感じの空気……。

6　同・前

　能面のように無表情の翔子……。
　買い取ったので、商品を大量に持っていて。
翔子「…………」

左手に壊れた美顔器と右手に大量のカップ麺、ともに大荷物。

翔子「………（なんでこんな無駄なお金）………」

外国人店員が追うように出てきて。

翔子「？」

拝むように謝る、外国人店員。

翔子「（力なく、でも笑ってみせて）大丈夫………お金持ちだし、私……ははは、じゃね」

と、重いけど荷物持った手を振って……。

翔子「…………」

歩いていく。コンビニの袋が切れて、中身が下へ。

翔子「（ジーザス！って感じの顔）しょぼい……私」

7　翔子の通帳

残高マイナス★万。

コンビニで大量に買わされて……減っていて。

8　樋口家・居間

若葉と富士子。

家の中にいた、まどか。

富士子「だったら死になさい、あんたは」

まどか「はぁ？　ふざけんな」

若葉「…………」

富士子「（若葉を見て）」

バッグを開けて、若葉。

富士子「若葉！　やめなさい！」

若葉、通帳を持っていて……。

まどか「！」

と、飛びつくように奪う。

富士子「（絶望して）」

若葉「…………」

通帳を渡した、若葉。

奪うように通帳をゲットした、まどか。

若葉「（落ち着いていて）」

富士子「返しなさい、あんたの娘の大切なお金だ、返しなさい！　ダメだそれは！　返せ！」

まどか「は？　何言ってんの？」

富士子「返しなさい！」

と、掴み合いに。

若葉「（どうしていいか）」

富士子、跳ね返されて、ふっとんで……転んで。

富士子「わかった。私がこの手で殺す」

台所に走り、包丁を取ろうかと探すが。

若葉「ばあちゃん！」

富士子「え」

包丁なくて………。

まどか「あ、包丁なら隠しといた、ははは、家の中のどこかにあるからあとで探して………宝探し、お楽しみぃ」

富士子「…………悪魔だ…………」

へたりこんでしまう、富士子。

まどか「(通帳見て) ふ～～ん」

富士子「(まどかの反応が微妙で………？となって……若葉を見る)」

若葉「…………」

まどか「92万ねえ (かなり収穫ある手ごたえ)」

富士子「(！………92万？)」

と、驚くけど、その驚きがまどかにわからないように注意して………若葉を見る、どういうこと？

若葉「(頷く)」

富士子「(わからない……1000万じゃないの？ どういうこと？？？？？？？)」

まどか「ま、よしとするか」

若葉「どうも」

富士子「何がよしとするだ、ふざけるんじゃない。その額を貯めるのに、この子がどんだけ (どっかで1000万と思ってたときより弱くて)、返しなさい」

富士子、溜め息漏れて。

まどか「あ、なんか溜め息とかついて、なんでこうなっちまったかみたいな空気になってるけど、全部親のせいだから、子供の悪いところは全部親のせい」

富士子「(呆然)」

若葉「(ちょっとすげえなと思って)」

まどか「あ、その代わり、子供のいいところは全部親のおかげ、私の場合、見た目とか？ あと、何しても憎めない感じとか？ 男が尽くしたくなる感じとか？ ありがとう」

富士子「(嬉しくない) …………」

若葉「(ほんのかすかに納得してしまって)」

まどか、若葉の前に立ち。

若葉「…………」

顔をじっと見て……。

髪型をちょっといじったりして……。

まどか「ふふん」

と、謎の笑みを残して………あっという間に去っていく。

まどか「じゃまた」

若葉「(緊張してしまっていて)」

富士子「あ、ちょっと！　待ちなさい！　お金！」

まどか、もういない。

へたりこんでしまう、若葉。

若葉「…………」

富士子「あんた用意してたの？　別の通帳………あの子が来たときのために？」

若葉「うん……だって取られたくなかったから絶対……宝くじのお金。リアリティあったでしょ？　実際私の全財産だったし………納得感あったでしょ？　だからご機嫌で帰ったし」

富士子「いい根性してるねえ、あんた」

若葉「親のせい？　親のおかげ？」

富士子「………知らん」

若葉「92万」

富士子「………」

若葉「92万………(泣けてきて)………私、私、どんだけ……92………ばあちゃん………」

富士子「(いたたまれなくなってくる)」

9　若葉の通帳

残高………変わりなし。

10　小さなマンション・翔子の部屋（夜）

やたらとラインしている、翔子。

なんだか自分にうんざりして、サチと若葉に……救いを求めるような顔……。

壊れた美顔器と大量のカップ麺。

11　樋口家・居間

こちらもやたらとラインしている、若葉。

泣きそうになっていて……。

背後では、包丁を探しているらしい、富士子。

12　ファミレス「シンデレラムーン」・更衣室

仕事を終えてやたらとラインしている、サチ。

会いたくて仕方なく、こうやってライン出来る仲間がいて幸せだなと笑顔もあって……。

翔子「会おう」、若葉「会いましょう」、サチ「うん会おう」。

翔子「いつ？」、若葉「いつ？」、サチ「いつ？」。

13　早朝の空（日替わり）

「あ〜〜〜！」「うぅぅぅ！」「わぁ！」「おぉぉ」「きゃ〜！」の明るい笑い声、叫び声が同時に、先行して。

14　待ち合わせ場所（朝）

駅前に「★月★日ＳＵＮ」と、わかる表示物。

サチ、翔子、若葉の再会……。

もう会っただけで、いろいろ崩壊してしまっている、３人。

やたら笑って、やたら跳ねて、やたら泣いて……。

翔子、二人を抱きしめて、ついでに、サチの服で涙を拭く。

サチ「拭くなぁ！」
若葉「（涙と笑いが一緒に吹き出して）」
サチ「元気だった？　大丈夫？　不幸になってない？」

翔子と、若葉、頷いたり、首振ったり。

そして、頷いて首傾げて。

サチ、なんだか同じ気持ちで、わかった。

サチ「うん、だよね、でも会えて嬉しい」
若葉「はい」
翔子「へへ、うん」
サチ「さ、今日は忙しいよ、３人の時間が合うのは、明日の朝５時までだからね、いっぱいやることあるからね、（おかしくて）わかった？」
若葉「おぉ！」
翔子「了解！」
サチ「じゃ行こう！」

と、３人で走る。まだ朝早い街を走る、３人。

むちゃ楽しそうで……。

15　パンケーキ屋・前

行列が出来ていて……その中にいる、３人。周囲に金持っていることがばれないように、気をつけながら会話している。でも時々オンになってしまう。でも一応声をひそめながら。前が進むと、ときどき進みながら。

翔子「これ」

と、スマホを見せる………。

無残に壊れた美顔器と、コンビニで買う羽目になった大量のカップ麺の写真……。

若葉「うわ」

サチ「わぁきついね、これ直らないの？　美顔器」

翔子「わかんない、どうかな、ま、それくらいかな、使ったの………なんかしょぼいわ、出来事も」

サチ「私は、これ、大きな買い物」

と、邦子と車椅子の動画。

若葉「わ、お母さん？」

サチ「うん」

翔子「へぇ、優しそう」

若葉「ね」

翔子も若葉も、車椅子という現実を初めて知るが重い反応はなくて、サチはそれが嬉しくて。

サチ「これくらいかな、大きい買い物は、あ、そうだ、あと別れた父親にたかられた（指で３）」

若葉「え？（30）？」

（サチもなのかと少し驚いて）」

サチ「ううん」

翔子「え？（３００）？」

若葉「！」

サチ「ただの３」

翔子「あぁ、びっくりした、でもさ、（３）をさ、まぁそれくらいならって思ってしまった自分に驚いた」

サチ「あ、わかる、怖いよね、それって、私もさ、傷は浅いなとかちょっと思っちゃってて、怖い怖い、その金銭感覚……あ、わぶちゃんは」

前が動いて……進む３人。

若葉「私、無傷です、減ってません」

翔子「マジで？　すげぇ」

サチ「でも、なんかあるの？　その顔は」

若葉「はい、それと引き換えにというか、それを守るために？　母親に、（指で９と２）もってかれました」

サチ「えぇ？（92）？」

翔子「すごすぎない？　それ」
若葉「はい、悪魔なんで母親」
翔子「マジか……それって無傷じゃないじゃん、全然」
若葉「ですかね」
　いつのまにか最前列になって……。
　お店の人が呼んで………。
サチ・翔子・若葉「はい！」

16　同・内

　ドカンと届いた生クリーム山盛りのパンケーキ………。
　テンションあがる３人。
「おぉぉぉぉ！」「写真写真！」
と、３人で、写真撮りまくりで………。
　そして、食べ始めて。
　笑顔笑顔の３人、美味しくてなんでも、おかしくて笑ってしまう。
　ちょっとはしゃぎすぎてしまっているようで、ちょっと苦笑している、隣の席の人の視線に気づいてしまうサチ。
サチ「（なんだか自分がそんな立場なのが楽しくて、気にしないことにする）」
　そして背を向けた。
サチ「ねえ」
翔子「ん？」
若葉「はい」
サチ「私たちってさ…………中学生みたいだね……」
若葉「あ（わかる）はい」
翔子「言おうとしてることはわかる」
サチ「…………なんか悪くないよね。人生やり直してるみたいな感じで」
若葉「？」
翔子「？」

17　同・同

　３人のモンタージュ１。

　順番にパンケーキの皿を椅子取りゲームみたいに、どんどん回して、３種類楽しむリズムきざみながら……でも食べるのが追い付かなくて笑ってしまって。

サチの声「私の友情の歴史は………後悔かな………。

　中学高校ってずっと仲良かった親友がいて……

私が、高校やめて働くことになったときも、優しくて……でも……でも私、優しくされるのとにかく嫌でその頃」

18　回想・古い団地・敷地内

バイト帰りでへとへとのサチ。
親友だった、みちる、心配そうに泣きそうな優しい笑顔で。

みちる「お帰り、大丈夫？　サチ」

サチ、顔を背けて……。

サチ「大丈夫大丈夫って、なんなの？　大丈夫じゃなかったらどうにかしてくれるわけ？　全然大丈夫じゃないよ！　くそみたいだよ毎日毎日、大丈夫とか聞かないでよ」

みちる「ごめん」

悲しそうな顔のみちる。

サチ「そんな可哀想な人見る目で見ないで、いいからさ、もう私のこととか、みちるとはもう住む世界違うんだから、もう話とか合わないし、部活とか受験とか大学とか、男の子とか、私にはもうわかんないから、ないから。そうやって上から目線で心配されるの不愉快だから、うざい、だから、もうほっといて私のことは！」

みちる「わかった……嫌な思いさせてごめんね………頑張ってね……あ、おばさんによろしく」

と、嫌な感じまったくなく、帰っていく。

サチ「…………」

答えも、見もせずに家に帰っていく、サチ。

サチ「…………」

激しい後悔と自己嫌悪で、つぶれそうになって……。
立ち止まり振り返るけど……もうみちるはいなくて。

サチ「…………」

サチの声「自分のこと最低だなと思った。心配してくれてるだけなのに、八つ当たりだし、なんだかもう、本当に、１００％悪いの私なのに、追いかけていって謝るべきなのに……できなかった……なんでだろ。体動かなかったんだ……それ以来、友達はいない」

悲しそうに見ていた、パンダ。

19　アパレルショップ・内

３人のモンタージュ２。
３人で服を見たりして………。
楽しそうな笑顔の、サチ、翔子、若葉。
でも、全然買わない３人。

若葉の声「私の友情の歴史は裏切りかな………一度だけ………初めて友達が出来て、嬉しかったのに………間違いだったたし………裏切られた………ずっと友達とか私にはいなくて、ずっと基本一人で生きてきて、それが普通になってたんだけど………ある日、声をかけてくれて」

20　回想・高校・教室

一人で座ってお弁当を食べている、若葉。
周囲は友達同士で集まってわいわい楽しそう。
その前に突然座った女の子、みどりの笑顔。

若葉「………」
若葉「………」
みどり「友達なろ？　ね」
若葉「………」

一瞬で鎧が壊れたみたいに無防備になってしまった、若葉。

若葉「………（頷く）」
笑顔のみどり。
若葉も笑顔になって………。

若葉の声「天使だと思ったんだよね、神様も私のこと見てくれてたんだって………私は、もうその日からその子に夢中で、その子のことばかり考えて、心の中まで何もかも話して、もう何から何まで恥ずかしい感情や、そういうことも全部話して………本当に信じてた。彼女がいるから生きていけるって思った」

21　アパレルショップ・内

３人のモンタージュ３。
雑貨とかアクセサリーとかを見ている、３人。
「これどうですか？」と、ハンカチを見せる、若葉の笑顔。
「いいじゃない？」と賛成する、二人。

若葉の声「でも、全部嘘だった。あの子は私が話したこと、何もかも自分の本当の仲間たちに話してた。

話して、楽しそうに笑ってた」

22　回想・高校・教室

みどりが他の仲間たちとやってきて……。
何か話して笑っていて……。
皆、ウケていて……。
そこへ、トイレから戻ってきた若葉。

若葉「(あ)……………」
自分をネタに笑っているのを聞いてしまって……。

若葉の声「私は、イタくて、超笑える人だったらしい。ネタにするのがちょっと面白くて、友達のふりしてたんだ。そしたら全力で私が食いついて」

若葉「……………」
何もかも理解して。
自分の席に戻って荷物を持って。
廊下のごみ箱にお揃いで買ったハンカチを捨てて去っていく、若葉。

若葉「……………」

23　アンティーク雑貨店・内

3人のモンタージュ4。
アンティーク雑貨とか……見ている、3人。
全然買わないけど……。
素敵な家具に座ってみたりする、3人。
サチと若葉を見て、楽しそうな、翔子。

翔子の声「私の友情の歴史は……不安かな……私はさ、自分では明るいとも思うし、人見知りとかもなく？　人懐っこいっていうか誰とでも？　すぐに仲良くなれる人だと思うんだけどさ」
満面の、翔子の笑顔。

翔子の声「いつも気が付くと一人なんだよね。はぶられるとか、いじめとか、そんな極端なことではないんだけど、なんか皆、いなくなる……………気が付くと……一人、へへ、なんでだろ」

24　回想・アパートの一室

アパートの階段をあがっていくと賑やかな声。

翔子「ん？」
と、速足になって笑顔で。
鍵なんかかかっていないドアを開ける。

ヤンキー固まって、盛り上がっていて。
そこへ一人で来た、翔子。

翔子「なんだよ？　何？　皆して、え？」

皆、顔を見合わせて………。

翔子「全然皆、返信ないしさ、え？　どういうこと？
何で？　え？　なんで？　もう」

と、空気読めずに参加する。
だが、なんか変な空気を感じて。

翔子「あ」

と、固まってしまって………。

翔子「…………」

翔子の声「なんでだろ？　うざいのかな私、そうなのか
なぁ………いっつもそう、振り返ると誰もいな
い、私には。わからないんだよね、本当に、わ
からないってことがダメなのかもしれないけど
ね………でも、やっぱりわからない、だから同
じこと繰り返す」

25　回想・夜の道

翔子が一人で歩いている。
スマホ見て首を傾げていると、居酒屋からわいわい出てくる、仲間たち。

翔子「え〜〜どうしたの？　皆で集まってたの？　え？
なんで誘ってくんないの？　私のこと？　え？
なんで？」

皆、顔を見合わせて、へらへら苦笑していて。

翔子「（あ………また、そういうことか、と思う）あ
………そうか………ごめん」

翔子の声「繰り返すし………なんかいっつも怖くて………
自分のいないところで皆が集まってるんじゃな
いかとか、で、余計、どうしてる？　どうして
る？って………うざくなって」

26　アンティーク雑貨店・内

座っている、3人。

翔子「だからね、今もちょっと怖い、実はね、怖い………
へへ情けないけど、へらへらしてるけど、びくび
くしてる。振り返ったら、二人がいなくなっちゃ
うんじゃないかと、どっかで思ってる」

若葉「（微笑）」

サチ「（微笑）」

翔子「恋人じゃないけど………別れるときは、ちゃ

んと別れようって言って。こういうとこ嫌だから、もう無理って言って。直すから一緒にいて、とか言わないから、お願い」
サチ「そんなことないって言っても、ダメなの？」
翔子「…………」
若葉「ダメなんですか？」
翔子「うん」
サチ「そっか……ならわかった、言うよ」
若葉「言います」
翔子「うわ、言うんだ？（考えると落ち込む）」
サチ・若葉「はぁ？」

3人で笑って……。
買い物の袋小さいのだけで。

翔子「でもさ、買わないねえ、私たち全然」
若葉「お揃いハンカチだけ」
サチ「うん、すごいいいよね、これね、ちょっと贅沢したよね」
翔子「うん、でも、でも金持ちっぽくないね、全然見えないね、金持ちにね」
若葉「見えないでしょうね」
サチ「（笑って）あ、そろそろ移動しないと……あ、一軒寄ってもらって、で、うちに」
若葉「はい」
サチ「（笑顔）いや、なんかさ、そのさっき話した友達とダメになってからさ。家に私が人を連れてくるなんて一度もなくて、で、お母さん好きなんだよね。本当はすごくそういうの昔から」
若葉「へぇ（知らない世界）」
翔子「（翔子はかすかにいい記憶はあって）呼べば？ってお母さんが言ってくれたの？」
サチ「言葉には出さないんだけどね、わかるんだ。顔が無茶苦茶そう言ってるわけ全力で、毎日」

翔子と若葉、笑う。

サチ「今、カレーつくってる」
若葉「え？　カレーですか？　嬉しい」
翔子「なんか変わってるの？　特別なの？」
サチ「ううん変わってない、特別なことはないんだけどね、うちのお母さんのカレーはマジで美味しい。本当にお店で食べるのより美味しいと思う。楽しみにしててそこは」

27　古い団地・岸田家

鼻歌レベルを超えたレベルの歌いこみ方の邦

子。
超ご機嫌で、食事の支度。
クルッ！
キュッ！
と、車椅子も格好よく乗りこなし、ご機嫌。

28 樋口家・居間

家の中を探している、富士子。
富士子「………………」
何か背後に違和感があって。
ゆっくり振り返る………。
富士子「………………！」
植木に、刺さっている、包丁発見。
うまいこと、よく見えないようになっていて。
おまけに、ポストイットがひらひらついていて………。
あかんべぇ、みたいな絵が描いてある。
富士子「…………」
なんだかその顔が悲しくて………。
富士子「…………」
包丁を見て………。
富士子「あと2本…………」
でも、探す気には今はなれなくて。

29 小高い場所

缶ビール片手にいる、富士子。
富士子「……（ちょっと気持ちがいい）………」
「幸田」と書かれた木の表札。
幸と書かれた手書きの可愛い文字がじっと見てると、なんだか笑っている顔みたいに見えてくる。
富士子「………………」
声「あのぉ」
富士子「（ちょっと無防備で驚いて）？　え？」
そこにいたのは幸田さん。
富士子「あ（双眼鏡で見ていたので知ってはいる）」
もうどう見ても、いい人そうな、にこやかな人。
でも、なんか、センスは良くない感じもあるけど、圧倒的にいい人。
幸田「樋口さんでいらっしゃいますよね、私、あの（表札を指さし）さちだと申します」
富士子「え？　さちだ……さん、こうださんではなく」

幸田「はい、さちだと読むんです。すみません」
富士子「いえ、そんな………幸せそうなお名前で、すみません、こうださんだと思い込んでたわ」
幸田「いえいえ、いいんです」
幸田「あの、失礼だったらごめんなさい、お近くの方に、あの家をつくって住んでらした方だと伺って（何と言っていいかわからず）」
富士子「ええ、はい、そうです」
幸田「あの、奥様がすごくこだわって設計されたって伺いました。本当にもう素敵な家で」
富士子「ありがとう」
幸田「私なんかそういうセンスとか全然なくて、なんか申し訳ないような気持ちになってしまって………でも家族と話してるんです。少しでも、この家にふさわしいような、素敵な人になろうねって。なかなか全然追い付かないんですけど」
富士子「そうですか………ありがとう。家も幸せね、そんな風に思って住んでもらったら………どうか、よろしくお願いいたします。可愛がってやってください」
と、頭をさげる。
幸田「あ、そんなとんでもない、こちらこそありがとうございます、じゃ、失礼いたします」
と、にこやかに挨拶して去っていく。
残された富士子。
富士子「いい人っていうのもねぇ………………ちょっと脱力感………。
と、空と周囲の土地を見る。
富士子「………もう………いいか………………」

30 ファミレス「シンデレラムーン」・外

中には入らず窓の外から見ている、博嗣。
サチの姿は見えない。
博嗣「………………」
裏へ………。

31 同・裏

博嗣が来ると、そこに田所がいて仕事の電話していて。
田所「はい、よろしくお願いいたします、失礼いたしま〜す、はい〜〜はい、はいはい〜どうもぉ」

と、切る。

博嗣「どうも」
田所「え？　あ（関係者じゃないのになぜ？　誰？）どうも」
博嗣「よく考えるとさ」
田所「はい？」
博嗣「3万って……結構大金だよね、なかなか」
田所「えっと（質問の意味は分かるけど、君は誰？なぜ私に？と思うけど、一応立場的に丁寧に）ですね」
博嗣「なんかあったのかぁ、サチ」
田所「サチ？」
博嗣「サチだけど」
田所「当社の岸田サチ、ですか？」
博嗣「あぁ、そうだけど」
田所「いや、えっと………岸田が何か？」
博嗣「サチのこと？」
田所「（ちょっとカチンとして）はい」
博嗣「父親だけど」
田所「え？　あ、お父さん！…………すみません！」
博嗣「ん？」
田所「え？」
博嗣「なんであやまるの？　何したの？」
田所「いや何ってそんな」
博嗣「いま、目が泳いだね、あんた」
田所「いや、泳いでないです、かなづちなんで」
博嗣「つまんないこと言ってんじゃないよ、なんかあるねその顔、サチと、え？　そうだね、あるね」
田所「いやいやいやいや、ないけどあるようなことになってるだけで、実際のところはつまり」
博嗣「あ？」
田所「いやいや、ですから」

博嗣、田所の左手をぐっとつかんで。

博嗣「へぇ（指輪見て）なるほどねぇ」
田所「はい？」
博嗣「（笑顔）そうかそうか、ははは」
田所「（逃げたい笑い）」

と、どうしようもなく漂う二人のクズ感……。

32　MASUYA Coffee

33　同・内

サチが何度か来ている店。

いい席に3人で座っていて……。

サチ「素敵でしょ、最近ね、時々来るんだ一人で。あ、ここね昔の同級生の家だったんだよ、酒屋さんで」

翔子「へぇ、そうなんだ」

若葉「いいですね、素敵、いいな東京」

サチ「はは……仕事終わりで、ここやってる時間のとき、えっとね、これ飲むの、名前長い奴。なんかねいいんだ甘くて、あんまりわかんないけど、いろいろなことになってて、私のプチ贅沢、なんかシンプルなものより手がこんでるのがいいの、誰かがいろんなことしてくれてんだと思うと、とてもそれがいい」

翔子「なんかわかる。私もそれにしよう」

若葉「私もです」

サチ「あ、すみません」

と、ちょっとだけ顔なじみの雰囲気で店員に。

サチ「(ちょっと誇らしい表情で) シチリアブレンド水出しコーヒーヒップクリームアップルシナモンを3つください」

店員「はい、かしこまりました、いつもありがとうございます」

と、去っていく。

サチ「3人で来たかったんだ、3人で、だから今日は嬉しい」

翔子「そうなの？」

若葉「(もうすでに感動)」

サチ「女子3人でとかで来てるお客さんとかいると、楽しそうで、ちょっとうらやましかったんだ」

若葉「(なんか幸せ)」

翔子「そうか、嬉しい」

若葉「(頷く)」

サチ「あ、あとさ、あれ今日はいないか……残念」

翔子「ん？」

サチ「ケンタ」

翔子「え」

サチ「おそらくイケメンと言われる感じの人、感じいい」

翔子「え、マジで？　優良ケンタ？」

サチ「うん」

若葉「(ちょっとすでに寂しくなって、男の話題が苦手、せっかくの関係が……なんだか寂しい)」

そこへ、噂の賢太が登場、スーツ姿で奥から出てきて。

賢太「あ、どうも、いらっしゃいませ、今日はお友達とですか?」
サチ「はい、そうなんです」
賢太「(二人に) いらっしゃいませ」
翔子「(ポケッと見ている)」
若葉「(ちょっとだけ警戒)」
翔子「ケンタ?」
賢太「あ、はい、ケンタ」
翔子「ちょっと待って、当てる (顔を見て) 下は………太い? タの方、太い」
賢太「はい、太いです、タは」
翔子「(じっと見て) ………健康の健!」
賢太「あ~すみません、賢いの方で」
翔子「あ~そっちだったかぁ」
賢太「あ………なんかすみません、ダメな感じですか」
サチ「(笑って)」
若葉「すみません、ケンタマニアなもんで、この人」
賢太「あ、そうなんですね。あ、私は今日までなんですけど今後ともMASUYA Coffeeをよろしくお願いします」
サチ「え? 辞めちゃうんですか?」
賢太「あ、いいえ、私はここのお店で働いてるわけではなくて、カフェのプロデュースをしている会社の者でして……このお店が開店して軌道に乗るまでいただけで……」
サチ「カフェのプロデュース?」
賢太「(微笑) はい、カフェを起業したいというお客様の希望に合った物件を探して。ここみたいな古民家や商店なども含めて、で、そうですね、外装、内装、インテリア、食器、メニュー、制服やエプロンなども……オーナー様のイメージに合うように、まぁアドバイスさせていただく、そんな仕事です。あ、もしよかったら……何かありましたら」

と、名刺を3人に渡す。
3人名刺交換とかあまり慣れていなくて、厳かにいただいてしまって。
3人名刺を見つめてしまって……。

賢太「あ、じゃごゆっくり……また」
と、笑顔で頭をさげて去っていく。
頭をさげる、3人。

三人「また」
サチ「(今の話にちょっとときめいていて)」
翔子「…………」

若葉「いいんですか？　ケンタさん賢いケンタ………
　　いっちゃいますけど」
翔子「いやいや、ちょっとあの、キラキラしたお兄さ
　　んに、タトゥー見せて、君のために彫ったのよっ
　　て、ちょっとないでしょ」
サチ「（苦笑）」
翔子「ていうかネタだしね、あれ………それに今は
　　………いいかなケンタは………恋愛は」
若葉「へぇ」
翔子「失恋とかしたくないいんだよね。恋しなければ失
　　恋もしないでしょ？　だから恋はパス」
サチ「あぁ。だよね、それはわかる」
若葉「（嬉しそうに頷いていて）」
サチ「（カフェを見て……微笑）………………」

34　古い団地・敷地内

パンダに翔子と若葉を紹介した、サチ。
翔子と、若葉、パンダとじゃれて……笑って。
パンダもなんだか嬉しそうで。

35　同・岸田家

ものすごい笑顔の邦子。
邦子「あぁいらっしゃい、ようこそ」
翔子「お邪魔します、すみません、野田と申します」
若葉「お邪魔いたします、樋口です、よろしくお願い
　　します」
邦子「母です、邦子です、よろしく、来てくれてあり
　　がとう。えっと、わぶちゃんと、ケンタさん、ね」
翔子「あ」
若葉「どうも」
サチ「だいたいのことは（二人に、タトゥーのことは
　　言ってないよ、と目くばせ）」
邦子「ん？　ん？　ん？　何かな何かな」
サチ「お母さん言っとくけど、質問攻めなしだからね」
邦子「え〜〜〜〜〜！！」
サチ「え〜じゃないっつうの」

＊＊＊＊＊

皆でセッティングされた席に。
洋食屋さんみたいに、カレーが器に入って一
人一人……あったりして。「乾杯」の前に。

翔子「(若葉に頷いて)あ、あの、乾杯の前に………今日はお招きいただいてありがとうございました。えっと、あの、こうやって3人が仲良くなれたのも、最初にお母さんがバスツアーに行かないのに申し込んでくれたことがきっかけなので、本当にありがとうございました」

邦子「あそうか? え? 私、神?」

若葉「神です」

邦子「おぉ」

サチ「何がお~だ」

邦子「ようこそ、これからもサチをよろしくお願いします、うん」

「乾杯!」拍手して………。

「いただきます!」と楽しそうにカレーかけて………。

食べる。

翔子「!」

若葉「! 何これ」

翔子「うわ………私、これお代わりする奴だ」

若葉「これはやばいです、お母さん、カレー屋開きましょう」

邦子「ありがとう」

サチ「(も嬉しそうで)」

若葉「いや、うちはばあちゃんが作るんですけど、カレー。担当決まってて………美味しいんですよ、美味しいんですけど、ちょっとパンチが足りないんですよねえ、しかも、ちくわぶ入ってますし」

「え」と皆、止まる……。

若葉「そんなに驚かないでください。ちくわぶの調和性は半端じゃないです。決して世界の邪魔をしません、ちくわぶは。何色にでも染まります。そして自己主張なく、皆さまのお腹を満たします。はい」

邦子「そうか………今度入れてみようかな」

若葉「いや、ここには入れない方がいいかも」

翔子「なんだよ」

皆で笑って………。

邦子「タクシーの運転手さんなのよね、美味しいお店とかいっぱい知ってるんじゃやない?」

サチ「あ、そうか」

翔子「いやぁ、そうでもないですよ、不景気ですしね、皆、お弁当とかコンビニです」

サチ「そっか」

若葉「あ、すみません、お代わりしていいですか」

翔子「あれ！　はやっ！」
若葉「あ、大丈夫です、自分でやります」
と、立ち上がって……自分で……。
顔を見合わせる、サチと邦子。
邦子「（よかったね）」
サチ「（頷く）」
若葉も、翔子も、母とサチの感じうらやましくて。

36　同・同・サチの部屋（夜）

サチのジャージに着替えた３人……。
サチ「（笑って）自分が３人いるみたいだ、ウケる」
翔子「なんて言うんだっけ？　こういうの」
若葉「パジャマパーティ」
翔子「それそれ、楽しい」
サチ「ね」

＊＊＊＊＊

３人のきゃーきゃー笑っている声が聞こえている邦子。
邦子「………（嬉しくて）」

＊＊＊＊＊

サチ「あ」
翔子「ん？　どした？」
サチ「なんか忘れてると思ってたんだ。なんかひっかかってたんだけど」
翔子「何？」
若葉「あ」
サチ「ね」
翔子「ん？」
若葉「みね君」
翔子「あぁ、キープしたままだ」
サチ「うん、すっかり忘れてた」
翔子「なんかいろいろ言ってたよね、あれってさ」
若葉「要するに、みね君は、女好きとかそういう意味ではなく、女性が好きで、女性を守りたくて、恋愛とかそういうんじゃなく、女性と一緒にいたい。女性が傷つくのが嫌で嫌でたまらなくて、できれば女の人になりたい？　男が嫌い」
サチ「うん」
翔子「いいヤツじゃん」

若葉「でも、なかなかそれは理解されないし、言えないみたいでしたね」
翔子「あぁ」
サチ「そう言ってたね、気持ちは嘘じゃないと思う」
若葉「そうですね」
翔子「要するに、あいつも、寂しいんだ。生きづらいんだ、ね」
若葉「はい」
サチ「…………ね」
翔子「いいんじゃない？　恋愛じゃない友情、ね」
若葉「(微笑) いいと思います」
翔子「ま、この3人とはまたちょっと別だけどさ」
サチ「そうだね、彼のおかげでもあるしね…………そういえば、この辺りなんだって言ってたな」

37　カラオケ・個室

会社の同僚たちと、カラオケ。
無茶男子ノリで……体育会系………。
その中にいる、みね。
一人だけ雰囲気違うけど………。
心の底から辛そうで………。
でも、合わせるしかない感じで。
無理矢理、拳をあげたりするが………。
みね「おぉ！　………(辛い)………」
スマホ鳴って………。
みね「？」
と見て………。
みね「…………あ」
慌てて外へ……。

38　同・外廊下

みね「…………」
慌てて出てきて…………。
サチの番号。
みね「(嬉しくて) はい！　………え？　………あ、はい………はい！　わかります。はい、わかっちゃいます、営業で行ったことあります、はい………わかりました！」
と、切って……。
みね「(嬉しくて)」

39　道

ジャージで歩く、３人。
楽しそうで…………。

若葉「……私、忘れないだろうな、今日のこと」
サチ「うん？」
翔子「？」
若葉「おだいり様が言ってたこと、今、わかりました……楽しいのはダメだって、かえって辛くなるって」
サチ「…………」
翔子「…………」
若葉「なんか……帰りたくないな…………一緒にいれたらいいのにな」

顔を見合わせる、サチと翔子。

若葉「あの、バカみたいだけど、提案していいですか？　却下でいいんで。あのですね。一緒にいたい、一緒に生きていきたい、一緒に使いたいです、ダメですか？」
サチ「使いたい？」
若葉「はい、例のお金……山分けとかじゃなくて……３人で一緒にして……一緒に使ったら楽しいのに…………って思って、私」
若葉「めちゃくちゃですよね、すみません」

顔を見合わせて。

サチ・翔子「あるんじゃない？」
若葉「えぇ？　〜〜〜〜マジですか？　本当に？」
サチ「楽しそうそれ」
翔子「いいよね、３人でさ、話し合ってさ、使い道決めるの。全部、３人一致しないと許可が下りないみたいな、楽しいそれ」
若葉「はい、ケンタさんそれ却下ですみたいな」
翔子「なんで私なのよ」
若葉「え〜嬉しい、どうしよう、この嬉しさをどう表現したらいいかわからない、嬉しい！」

と、歩きながら笑いながら……。

翔子「でもさ、せっかくお金あるのにさ、なんかさ夢とかないの？　ちなみに私はない、夢のない女と呼んでください」
若葉「私も夢は何かと問われるのが一番あれで、つまり、ないです」
サチ「ね」
翔子「あ、返事が小さい……なんかあるね」
若葉「あるんですか？　教えてください」
サチ「いや夢ってほどじゃないけど、最近寝るときにね、………なんか小さなカフェとか………３人でやってるのを想像して寝てる」

若葉「わ」

翔子「へぇカフェ」

サチ「うん、全然そういうセンスないし、よく知らないし、あそこしか行ったことないし、働いてるのはファミレスだし、全然向いてないっていうか、あれなんだけど、あぁいうとこやる人ってオシャレっていうかさ…………私は全然ダメなんだけど」

顔を見合わせる、翔子と若葉。

翔子・若葉「あるんじゃない？」

サチ「え………マジで？　………え？　あ、３人でやる？」

翔子「やれるんじゃない？　元手あるわけだし」

若葉「長い名前の飲み物と」

サチ「うん」

翔子「高いアイスがあるカフェ？」

サチ「うん…………え？　マジで？　え〜〜〜〜〜〜、やっちゃう？」

翔子「やろう決まり」

若葉「はい、決まりで」

サチ「(笑って)えぇぇぇぇぇぇぇ」

若葉「えぇぇぇぇぇ」

翔子「えぇぇぇぇぇ」

３人、笑い転げながら歩いていく。

40　コンビニ・前の道

タクシーが停まって降りてきた、みね。

みね「あ」

サチ、翔子、若葉、座っていて……。

みね「…………」

翔子「よぉ！　みね！」

みね「え？　呼び捨て？」

と、３人笑顔で、Vサインしてくれていて……。

サチ「(笑顔)」

若葉「(笑顔)」

みね「…………」

３人に受け入れてもらった気がして。
笑顔になろうとしたら、突然、こみあげてきてしまって……。手で顔を隠そうとする。
恥ずかしいし……でも泣けてしまって。

みね「(どうしていいかわからない)あ、ごめんなさい、すみません」

3人には、誰かに受け入れてもらった嬉しさがなんとなくわかって。

3人、ちょっと手荒にバシバシ叩いて迎えて……。

みね「痛い痛い痛い痛い痛い」

笑っている、サチ、翔子、若葉。

サチ「ほら、約束どおり、なんでも好きなもの注文していいよ」

みね「え？　コンビニでですか？」

皆で笑って……コンビニの中へ……。

○メインタイトル

「日曜の夜ぐらいは…」

第5話

1 古い団地・岸田家（朝）

サチが朝の準備をしている。

いつもと同じ行動なんだけどなんだか軽やかで、かすかに鼻歌すら聞こえるような……。

邦子、見ていて………。

サチ「♪（？）」
邦子「（見ていて、つい笑いそうになるけど、我慢）」
いきなり振り返る、サチ。
邦子「！」
サチ「何？」
邦子「ん？　何って？」
サチ「さっきから、にやにやにやにやして」
邦子「笑顔を絶やさないようにしてるからかな？」
サチ「思ってることあるんでしょ？　言えばいいじゃん」
邦子「思ってることはあるけど、言わない」
サチ「なんで？　なんで言わないの？　なんで？」
邦子「なんでって、だって私が、サチなんか楽しそうだね、良かったねって言ったら、あなたは意地になってニコニコしたり、鼻歌うたったり、くるっとミュージカルみたいに回ったりするのやめちゃうでしょ、だから言わないの、やめてほしくないから言わないの」
サチ「言ってるし」
邦子「あ（そうか……しまった）」
サチ「ミュージカルみたいに回るって何？　回ってないでしょ」
邦子「いやいや、さっき（自分は回れないけど、回った感じで両手を広げたりして）今日も世界はなんてすばらしいのかしらぁ♪みたいな」
サチ「なんだそれ、やってない、言ってない、回ってない」
邦子「そういう感じだったってこと、楽しそうで」
サチ「（むくれるけど）あ、そ」
邦子「友達出来て、楽しいんでしょ？　考えるのがいろいろ………カフェのこととか？　お友達のこととか。そうなんでしょ？」
サチ「うん（素直に、うなずく）。なんか変なの、友達の夢とか見てるんだよ私」
邦子「うん、いいじゃん（なんて可愛いの）」
サチ「でも、なんかちょっと、恥ずかしい、子供みたいで」
邦子「恥ずかしくなんかないよ、なんて言うんだっけサチ「……………………こういうの今時の言葉で………大事だぞ大切だぞみたいな意味」

邦子「そ！　……尊い！　……尊いぞ」

サチ「？　………尊い？」

邦子「うん」

サチ「（苦笑）わかった」

邦子「えっとね、さっきのね、手はこう」

サチ「………（母の嬉しい気持ちもわかって）………」

サチ「（照れてしまっていて）うるさいな、演出とかいらないから」

2　同・敷地内

出かけて行く、サチ。

サチ「………（ご機嫌で、よっ！）」

手を振って仕事に向かうサチの幸せに溢れた顔。

3　道

パンダ「（なんだか嬉しそう）」

自転車も軽やかに進んでいく。鼻歌。

タクシーを運転している、翔子。車停めて。

ドアを開けて乗り込んでくる、お客さん。

若い女性。なんかおしゃれさんな感じ漂って。

翔子「（笑顔で）ご乗車ありがとうございます、どちらまで行きましょう」

客が行先を告げて。

翔子「はい、わかりました、ナビ入れさせていただきますね」

………。

ナビを入れながら、ミラーでお客さんを見て

翔子「（微笑）お客さん。ひとつ聞いてもいいですか？……なんかすごくオシャレな感じですけど、やっぱりカフェとか行ったりします？　素敵なとこ知ってます？」

と、リサーチする、翔子。

翔子「いや、友達とね、カフェやりたいねなんて話してて、へへへ、ちょっとリサーチ、え？　あります？　お勧め」

4　ファミレス「シンデレラムーン」・内

仕事中のサチ。ちょっと落ち着いて……。

サチ「…………」
　ふとした瞬間に、自分の店のメニューなど、ちゃんと見たりして。
サチ「……………」
　なんだか自分の目線が変わると、なるほどなと思うこともあったりして。普段なら全然事務的にしか見ていないのに……。
サチ「……カフェ風ってなんだ？　カフェ風って。ファミレスとしての誇りはないのか、おい」
　とか、メニューにつっこんでみたりして、楽しいと思えたりする。新鮮さ。
　そこへ、田所がやってきて……。
田所「！」
　サチを見て、構える………。
　サチ、ちらりと見て。
サチ「(普通に)お疲れ様で〜す」
田所「！(それだけで感動)…………ありがとう」
サチ「え？」
　と、見て……。
田所「(うるっとしてる)生きていけます」
サチ「(ん？………と思うけど、興味はないので、見なかったことにする、そして忘れて笑顔で仕事)いらっしゃいませ」

5　ちくわぶ工場

　淡々と働いている、富士子。
富士子「…………」
　同じく働いている、若葉を見る。
若葉「……(心がここには全くない力ゼロの顔)」
　サチと翔子が上機嫌なのとは真逆な若葉。
　どんよりしている。
富士子「うわ…………」
　首を傾げる、富士子。
　注意をしようと、向かおうとするが。
　重い荷物を持って移動する、若葉。
　社長の野々村がいて立ちはだかっている。
　若葉は避けなくてはならなくてよろよろ。
　動かない、野々村。
野々村「…………」
若葉「(悪くないけど、頭をさげて)…………」
　横をなんとか通り抜けるが、よろよろ。
　誰も手伝おうとしない、嫌な感じ。
若葉「…………」

しかも失敗するのを待っているかのように、皆、どこかニヤニヤして見ていて。
案の上、失敗して、何かを倒してしまう。
誰も助けないどころか、隠れて笑っていて。

若葉「…………」

自力で立て直す、若葉。

若葉「……（とくに何も感じてないようで）…………」

富士子、その顔を見て。

富士子「………（限界なのかなと思う）…………」

力なく仕事する、若葉。

若葉「…………」

仕事が嫌というより………とにかく寂しい、つまらない。力が出ない。

6　素敵なカフェ・前

タクシーは空車でご機嫌の翔子。
教えてもらったカフェに近づこうとしている。

翔子「いやいやいや、あ～時間かかった…………この辺りかな…………！」

カフェが見えるのと同時に客が手をあげているのを発見し……。

翔子「くぅぅぅ泣けてくるっす」

でも、仕事なので明るく。
停車して、ドアを開けて………。
乗ってくる、客………。

翔子「ご乗車ありがとうございます」

客「あ、いけね。財布忘れた、あ、ねえ、運転手さん、ちょ、ちょっと待っててくれる？　いい？　ね、すぐ戻る」

翔子「はいはい！　お待ちいたします！　ごゆっくり！　全然ゆっくりで大丈夫です！」

客「ありがとう！」

客が急いで出て行って………。

翔子「ははは、やったね」

と、ガッツポーズ。そして車から出て………。

翔子「（嬉しそう）おぉ、いいねぇ」

素敵なカフェの写真を撮って………。
自分も入れて撮って……。

翔子「（楽しい）ほほ」

7　道

自転車のサチ。

サチ「……………」
　いつもは通らない道の向こうに何かを見つけて………。

＊＊＊＊＊

　ちょっと変わったカフェ。和カフェみたいな店。世の中的には、何軒かあるけど、サチには新鮮。自転車を停めて……。

サチ「………へぇ…………」
　と、写真を撮る。

8　サチのイメージ

　「いらっしゃいませ」なんて言いながら、3人でカフェのオープン。

9　和カフェ・前

サチ「………（ちょっと照れるので悩むけど、自撮りもした、笑顔で）」

10　荒野みたいな北関東の道

　空っ風が吹いて………土が舞い………雷など何かよからぬことが起こる予感。

11　田舎道

　走る富士子の車。運転している富士子。助手席の、若葉を気にしている。

富士子「…………」
　スマホを見ている、若葉。

若葉「…………」
　次々と、翔子から、サチからカフェの写真が届く…………。
　翔子「こんなのあった！」
　サチ「こんなのどうでしょう」
　と、写真が送られてくる。

若葉「ない」
富士子「ん？　何が？」
若葉「………こんなお店見つけましたぁ！の店が、ここにはない！　カフェがない、たまたま見つけられない！」

窓の外の景色。たしかになさそうで。

若葉「私だけない！　送れない！」

富士子「？　あ？」

若葉「ない！」

富士子「土浦まで行けばあるだろ、カフェくらい。行くか？」

若葉「探しに行くんじゃだめなの。日常の中で、あっ、て見つけるのがいいの！」

富士子「いいのって言われてもね、しょうがないだろ、ないんだから」

若葉「(自分でも何言ってんだか、わからない)」

富士子「あ」

若葉「え？」

見るが、単なる和菓子屋。

若葉「(軽く富士子をにらむ)」

富士子「(ちょっと楽しかったけど、ちょっとごめんなさいと舌をだしたりして……)」

若葉「………ふぅ………」

と、しょんぼりしょんぼり。

富士子「(わからないけど、重症だなと思う)」

12　タクシー会社・内

帰社した、翔子。

翔子「………お疲れ様ぁ………え？」

そこに敬一郎がいて……。

敬一郎「………」

翔子を見て………一つ頷いた。

翔子「どうしたの？　お兄ちゃ………どうしたんですか」

敬一郎「少し話せるかな」

翔子「あ。ちょっと待っててもらえれば。あそこに喫茶店あるから」

敬一郎「わかった……悪いな突然」

翔子「(首を振る)あ、じゃ、急いでやるから」

敬一郎「待ってる」

翔子「………」

何か嫌なことがあったのかという思いと、久しぶりに会話している嬉しさもあって。

翔子「(なんだかもう泣きそうで)」

13　和カフェ・前

店を見ている、サチ。

サチ「…………」
　入ってみようかと思ったりする………。
声「あ」
サチ「？　あ」
　隣に立って、店の中を見ている、賢太。
賢太「どうも」
　妙にうしろめたくてあたふたしてしまう、サチ。
　違う店に入ろうとしていたことが………。
サチ「あ、いや、すみません、あ、なんだろこの、浮気がバレたみたいな感じは、ははは、謝るのも変か」
賢太「あの、お願いあるんですけど」
サチ「はい？」
賢太「恋人のふりして、お店一緒に入ってもらってもいいですか？」
サチ「え？　………え？　ラブコメ的な？」
　○メインタイトル
　「日曜の夜ぐらいは…」
　第5話

14　和カフェ・内

　恋人の感じでいる二人。
　メニューを見ている感じで………。
賢太「すみません、勉強？のために、こうやっていいなと思った店に入るんですけど、男一人だとどうも浮くっていうかなんとなく気まずくて、なので助かりました。ありがとうございます」
サチ「あ、いえ………お仕事熱心なんですね」
賢太「（笑顔）ええ、好きですね、仕事は、はい」
サチ「（微笑）へぇ………（そういうの自分はないなと思って）いいですねそういうの」
賢太「あ、えっと………なんて呼ぶ感じがいいですか？」
　と、店の人が近づいてくるので……。
サチ「あ、サチで」
賢太「わかりました、私は」
サチ「ケンタでいいですよね」
賢太「はい、お願いします」
サチ「お願いします」
賢太「サチ………何にする？」
サチ「（芝居うまいなこの人、ちょっと楽しい）えっ

と………これにしようかな、賢太は？　はは

賢太「あ………これにしようかな、ここで普通の珈琲とか言うと、またえ〜つまんないとか言うでしょ？」
（どうかなうまくできたかな）」

サチ「ははは、うん。言う、ははは（すごいなセリフとか設定つくってるし）」

賢太「あ、お願いします、いいですか」

と、注文をする。

サチ「（微笑）」

賢太「あ、彼女がカフェオレショコラで、あとこれを」

サチ「（ちょっとラブコメ的なときめき、彼女とか言われて）」

賢太「ここのデザイナーって中村拓志さんですか？」

サチ「？」

店員「（答えて）」

賢太「へぇそうなんだ、だって（とサチが知りたがっていたので訊いてやったかのような言い方で）」

サチ「あ（乗って）そうなんだ、素敵……え？　あれは？」

店員「日本の伝統色、タンジェリンを使った和紙のスタンドライトなんですよ」

サチ「へぇすごい、ね」

賢太「あ、うん、すごい（サチが乗ってくれて嬉しい）」

店員が離れていって……。

サチ「（なんか楽しいし、本当に、自分もカフェのこと知りたい）」

賢太「感じいいですよね、お店の人とても。いい店ですね」

サチ「あ、はい、そう思います。すごく丁寧だし、楽しそうでいいですよね（自分はあんな風に働いてないな）」

賢太「はい（真剣な表情で、店内を見て、頷いたり、なるほどという顔をしたり忙しい）」

サチ「（微笑）」

サチもなんだかお店をいろいろ見たりとか。

サチ「（すごいな素敵だなと思う）」

賢太「（そんなサチを見て、なんかおかしくて）あ……えっと……（ちょっと芝居抜いて）カフェ好きなんですね？　いろいろ行くんですか？　どっかいいところ」

サチ「（首を振って2を指で）」

賢太「（2？）」

サチ「2軒目。ここが………へへ、MASUYA Coffee

が人生初カフェだったので」

賢太「え………本当に？」

サチ「はい、あ、うん………今までカフェに縁のない生活で、MASUYA Coffee に入ってみるまで、むしろ入ったら負けみたいな、意味わかんないですよね」

賢太「あ、いえ、てことはあれですか？　MASUYA Coffee で、カフェ好きになって……他にも行ってみたいって」

サチ「あ………えっと（本当はカフェやりたいって思ってるってなんかまだ言えない）はい、そうなんです（やっぱり言いたい）いつか？　あ、友達と、3人でカフェとかやりたいねとか言ってて、はは、全然あれですけど……え？（驚いて）」

賢太「（ちょっと涙ぐんでいて）あ、すみません」

サチ「え？　え？」

賢太「なんか嬉しくて感動しちゃって、すみません……（と、涙ふいたりして）はは……そのときは力になりますから、必ず呼んでくださいね」

サチ「あ、ありがとうござ（皆が見てる）あ…………え？　……どう見えてるの？　これ」

賢太「あ、サチさんが別れようって言って、僕が泣いてる感じですかね、もしくは何か僕がやらかして、むちゃくちゃ詰められてる」

サチ「ちょっとやだそれ。え？」

そこへ、店の人が来るけど、大丈夫ですよわかってますから気にしないでいいですよ、みたいな感じの笑顔。

サチ「いや、あの、違うんですよ、私が泣かせてる（わけじゃなくて）」

賢太「別れたくない、ごめんなさい、許してください」

サチ「ちょっとやめてなんかリアリティあるからやめて（笑ってしまって）」

賢太「（笑って）」

15　道

自転車の、サチ。停めて……スマホを取り出す。3人のグループライン。「話したい！　会いたい！」送信した。で、自転車もう一度乗ろうとしたら、もう返信来て……。

サチ「（嬉しくて笑ってしまって）」

スマホ開くと………。

若葉「私もです！　会いたい！　おだいり様、ケンタさん不足で死にそうです！」と、死にそうなスタンプついていて。

サチ「（笑って）」

サチ「私も、わぶちゃんケンタ不足で苦しいよ」と、苦しい顔のスタンプを送って………

キリがないから、自転車に乗って走る。

サチ「…………」

もうスマホ鳴った。

サチ「（笑って）」

家に向かって走る。

16　樋口家・居間

スマホを見ている、若葉。

若葉「…………」

楽しそうで………。

若葉「（笑顔）」

声に出して、笑ったりする。

背後を通る、富士子。

富士子「…………」

何か（包丁）を未だに探していて………。

楽しそうな、若葉を見て………。

富士子「（ちょっとほっとする）」

何気に、突拍子もないところから2本目の包丁が見つかる。

富士子「（嬉しいけど、喜ぶのは違うし、腹もたつし……なんだか脱力）」

なんか笑っている、若葉。

若葉「（楽しそう）」

富士子「…………（微笑）」

エレキコミックのラジオ番組が始まる。

17　夜の月

18　古い団地・岸田家・サチの部屋（夜）

ラジオ流れていて。

サチ「…………」

スマホを見る。

若葉とのラインだけで………。

サチ「…………」

かすかに心配そうな顔をする。

　　するると、若葉「ケンタさん、大丈夫ですかね、ラジオの日なのに」と来て。
サチ「(同じこと考えていたんだと)」
　　サチ「そうだよね、仕事終わっているはずだもんね」と打つ。

19　樋口家・若葉の部屋

　　若葉「ですよね」と返す。
若葉「(深刻ではないけど、ちょっと心配そう)」

20　古い団地・岸田家・サチの部屋

　　ベッドの中の、サチ。
サチ「…………」
　　もう深夜で……スマホ見ていて………。
　　眠れない。
サチ「…………」
　　「ケンタ?」「お〜〜い」
　　何度も呼びかけるけど、既読にならない。
サチ「…………」
　　ベッドから起き上がる、サチ。時計を見る。

サチ「…………」
　　自分で考えたことに首を傾げて………。
　　さすがにそれは……と思って頭の中で却下するけど………。
サチ「…………」
　　唇を噛んで………ベッドから出た。

21　同・敷地内

　　スマホをハンドルに備え付けて……ナビにして。
　　深夜のパンダに向かって頷いて………。
　　大丈夫、気を付けると……。
　　そして、力強く漕ぎ出した………。
サチ「…………」

22　国道

　　深夜の道を走る、サチの自転車。
サチ「…………」
　　目的地は遠い。

23　樋口家・若葉の部屋

若葉「え」
　サチ「私、ちょっと行ってみる。バカみたいかな？」「きっと何もないし、何時に着くかわかんないけど……なんだかね、変かな」と来て。

若葉「…………」
　自分は遠くて、何も出来ない無力感に襲われてしまって。肩を落としてしまうが……。

若葉「…………」
　返信する。

24　国道

　走る、サチの自転車。
　スマホ光って……若葉「その気持ちは、絶対」。

サチ「…………」
　見て。

サチ「…………」
　「尊いです！」と、鼓舞するような、スタンプ連打されていて。

サチ「（にっこり笑って、頷いて）」
　スピードをあげた……。

25　樋口家・若葉の部屋

若葉「…………」

若葉「…………」
　無力感もあるけど気持ちを送る、若葉。

26　国道

　走る、サチ。

サチ「…………」
　かなり疲れてきていて……。

サチ「…………」
　救急車のサイレンが先行して……。

27　小さなマンション・翔子の部屋

　電気もついていない部屋。
　ストロング缶が転がっていて……。
　死んだように布団かぶって、服のままで寝ている、翔子。

救急車わりと近くて……音止まって……。

その音で、目を覚ます……翔子。泣いた顔。

翔子「……………」

うわっ寝ちまったのかという思い………。

28 回想・喫茶店

敬一郎、少し後ろめたそうに何か言った顔。

(オフで。敬一郎「遺産を放棄してくれないか?」)。

翔子「………え………」

言っていることが理解できなくて、混乱して……。

ポカンとしてしまっている。

29 小さなマンション・翔子の部屋

嫌な出来事を思い出して溜め息。

ちょっと気持ちが悪い………そして、スマホを探す……。

どこか、クッションの中とかに埋もれていて……。

見つけるのに手間取って………。

翔子「……………」

開いて「げっ」と思う。

翔子「(やっちまった感)」

サチと若葉から、特にサチからの連絡……。

翔子「(そして驚き)」

サチからのライン「私、ちょっと行ってみる………」

時間を確認したりして。

翔子「え、え、え、え………あ」

と、サチに電話をかける。

翔子「……………」

呼び出し音………なかなかでない。

サチの声「あ、もしもし」

翔子「あ、ごめん、ごめんごめんごめん、おだいり様……サチ、ごめん、ごめんね! あの、あの、私、寝ちゃって、その」

サチの声「(ほっとした声で)あ、そっか、良かった」

翔子「本当ごめん、ちょっと、嫌なことあって、ガッと強いお酒飲んじゃって、それで、あぁごめん!」

サチの声「大丈夫?」

翔子「うん。ありがとう、ぇ？　今、どこ？」
サチの声「あ、全然大丈夫、気にしなくて、大丈夫だから。帰るから」
翔子「え？　どこなの？」
そのとき、救急車の音がまた聞こえて……。
翔子「………え？　…………（電話の中からも聞こえて）ぇ？　あ」
と、ものすごく慌てて外へ……。

30 同・前

少し離れて救急車が去っていって。
翔子が出てくると………自転車とサチ。
サチ………もう足が限界な感じで………。
翔子「あぁ、ごめん」
サチ「あ、ごめんこっちこそ、なんか大げさで、重いとか気持ち悪いとか思わないで、ちょっとなんかどうしようもなくなっちゃって気持ちが、それだけだから、ごめん、引くよね」
翔子「なんで？　そんなわけないじゃん……嬉しいよ」
と、泣けて……。
サチ「そっか、良かった、はは（情けない顔）」
翔子「どうした？」
サチ「（泣けて）足が………もう動かない」
翔子「もう（言葉がない）」

31 樋口家・若葉の部屋

若葉「…………」

写真が届いて………。

「拝むように謝っている翔子と、笑っているサチ」

若葉「（ほっとして）」

自分にスマホを向けて……自撮りする。

32 小さなマンション・翔子の部屋

「怒っている顔と、許す顔」若葉から届く。

見ている、サチと翔子。

翔子「可愛いねえ、ウチの子は」

サチ「（笑顔）ねぇ」

サチは両ふくらはぎに、湿布とか貼っていて。

サチ「これありがとう」

翔子「ううんそんな、あ、仕事で結構、足、あれなんで……常備品（とアクセル踏む真似）」
サチ「そっか、私も結構、立ち仕事だから、わかる」
翔子「（微笑）うん……遺産をね」
サチ「へ？　い？　遺産？」
翔子「うん、あ、私の家、外車とか扱うディーラーの
会社をやってて、あ、私はほら、家出ちゃった
からあれなんだけど」
サチ「うん、あ、話したくなかったらいいよ」
翔子「ううん、話したい、うん……父は亡くなって、
母の名義になってるけど、実質的には、二人の
兄がやってて」
サチ「うん」
翔子「で、私に、兄が会いに来て、私は家を出て何も
家族のためにしてないわけだし、遺産を放棄し
てほしいって言われた」
サチ「ふ〜ん」
翔子「なんか困ってるのかな、兄。そんな顔してた」
サチ「OKしたの？」
翔子「ううん、考えてみてくれって話で。書類をもらっ
て……ここから先は弁護士さんだって」
サチ「へぇ、なんかすごい」
翔子「なんか自分の家族の話とかしてくれてね」
サチ「うん」
翔子「会ったことない、甥っ子とか姪っ子とかの話を
ね……してくれて、でもね、それは私のご機
嫌とるためで、書類にサインして欲しいからで
……それがね……それが悲しかった」
サチ「へぇ……ごめん、何の助言も出来ない、
わからな過ぎて。ごめん」
翔子「（首を振って）来てくれたの嬉しかった……、
なんかものすごい嬉しかった。きっと死ぬまで
忘れないな。ときどき、こうやって連絡を絶っ
てみるかな」
サチ「は？　勘弁して」
翔子「（笑って、やっぱり嬉しくて）」

33　夜明け（日替わり・朝）

34　樋口家・居間

外を見ている、若葉。

若葉「…………」
富士子、起きてきて……。
富士子「？　お？」

若葉　「おはようばあちゃん」
若葉、言いたいことがありそうで。
富士子「おはようございます」
と、わざと丁寧に言ってみる。
若葉　「(ちょっと和んで)」
隣に座ってやる、富士子。
その優しさは感じている、若葉。
若葉　「あのさ、ばあちゃん」
富士子「うん」
若葉　「私………東京行きたい」
富士子「(予想も覚悟も出来ていて)そうか」
若葉　「うん」
富士子「友達の近くにいたいんだ？　一緒にカフェやるんだろ？」
若葉　「うん」
富士子「うん」
若葉　「そうしたいんだ。我慢できない。変？　バカみたい？　おかしい？」
富士子「いや、面白いと思うけどね私は」
若葉　「そう？」
富士子「うん、面白い」
と、笑顔になって………。

若葉　「ありがとう」
富士子「そうか東京か」
若葉　「………………」
富士子「行くか、な、うん」
若葉　「？　え？」
富士子「ん？」
若葉　「あ………え？　あれ？」
富士子「何？」
若葉　「いや、だって………ばあちゃんは、すごいここに思い入れっていうか、そういうの強くて………え？　あれ？　いいの？」
富士子「あぁ、あれな」
若葉　「へ？」
富士子「たしかにそうだったけど、最近、もういいかって思うんだ」
若葉　「え〜何それ、早く言ってそれ。私、え〜〜私がどんだけここんとこさ」
富士子「あぁ、そうか。自分は東京に行こうと思うけど、ばあちゃんはここを離れないだろうから………一人で残していくことになる。でもそんなこと出来ない。どうしようって、ウジウジ悩んでたわけだ？」

若葉「ウジウジって、悩むでしょうよそりゃ」
富士子「早く言えばよかったのに」
富士子「へへん。あ……ひょっとして、嫌か？　一人で行きたいか？」
若葉「あ、むかつく」
若葉「怒るよ」
富士子「（笑顔）そうと決まったら、もう、いたくないわ、ここ、あぁ見たくない、いつ？　いつ？　今日？　今日か？　今か？　善は急げっていうからな」
若葉「いやいやいや、まだ何も決まってないし、住むところも」
富士子「なんだ」
若葉「なんだって、あ、でもいいね、善は急げ、ね」
富士子「急いては事を仕損じるとも言うけどな」
若葉「何それ」
富士子「そんとき好きな方選べばいいんだ、さてさて、大変大変、粗大ゴミいつだ？　全部捨てるぞ」
若葉「（笑って、なんだか嬉し泣き）」
富士子「あ」
と、天井付近に隠された包丁を見つける。
富士子「（にやりとした）」

35　妙に素敵に映像加工された、サチ・翔子・若葉の映像

音楽のイントロにのせて……。
セリフなく笑っている、３人。
なんだかわからないけど楽しそうで……。
それはカラオケ映像で。

36　カラオケ・内（夜）

体育会同僚たちと、カラオケにいるみね。
みねが、「空と君のあいだに」を熱唱。
サチ、翔子、若葉のことを想って熱く歌う。
みね的には気持ちがリンクして。
いつもと違う選曲に、同僚たちぽかんとしていて。
みね「♪ここにいる〜よ〜愛はまだ、ここにいる〜よ〜、いつまでも」
画面はごく普通のカラオケ映像流れていて。
見ている、みね。歌いながら目を閉じる。

37　カラオケ映像（みねの脳内）

登場人物がサチ、翔子、若葉の３人に脳内変換されていて３人が笑ったり、走ったり、雨にうたれたり素敵で守ってあげたくなる３人の映像。

38　回想・公園（夜・４話シーン40の後）

乾杯したあとのみねと、サチ、翔子、若葉。

サチ「というわけで、今日から仲間だね」
翔子「ま。補欠だけどね」
若葉「はい、補欠ですね」
サチ「補欠だね」
みね「補欠………ありがとうございます。嬉しいです………ベンチから応援します」
サチ「ま、簡単に言うと、私たち、あのバス旅行のとき、買った宝くじ当たって、３人で３０００万持ってるのね、ちょっと減っちゃったけど」
みね「へ？（いきなりすごい大事な話）」
サチ「で、３人でカフェやろうって今日決めたわけ、ね」
若葉「はい、決めました」
翔子「決めたねえ」
みね「はぁ………………」
と、翔子と若葉を見る。
笑顔で頷く二人。そしてサチ。
みね「なんでそんなこと打ち明けちゃうんですか……どうするんですか俺が悪い奴だったら」
と、また泣きそうで……。
若葉「私、思うんですけど………人生っていうのは、結局、信用できる人と出会うための長い旅みたいなものだと思うんですね。私たちは出会ったんですよ、みね君」
みね「え（いい言葉すぎて何も対応できない）」
サチと翔子、顔を見合わせて。サチ、うちの子はすごいわねぇみたいな顔になって。
サチ「ね」
翔子「私今、まったく同じこと言おうとしてた」
サチ「（苦笑、裏切るのかよ）」
みね「いやいやいやいや（無理があるだろ）」
翔子「何いやいやいやって、補欠のくせに」
みね「補欠なめない方がいいですよ、補欠は常にレギュラーの座を狙ってますからね」
翔子「え？　私が補欠になるの？　え？　何それ絶対

やだ」
皆で笑って……。

39 カラオケ・外廊下

みねが空気を吸いに外に出てきて……。
スマホを見るけど、特に何も通知はなく……。
4人のグループラインに……「あの……
補欠みねですけど、なんか忘れてませんか？
俺のこと」と打つ。
サチ「忘れてた！」若葉「忘れてました！」
翔子「誰？」と一気に来る。

みね「おい！」
するとサチから着信……。
みね「え（嬉しくて出て）あ、どうもおだいり様……え？
あ、はい」

40 ちくわぶ工場（日替わり）

終業して……無茶苦茶おざなりな感じで。
野々村「え〜樋口富士子さん、樋口若葉さんが今日まで
になります。お疲れ様でしたぁ」

パラパラと拍手……。
若葉「…………」
富士子「（頭をさげる）」
野々村「あ、なんか、ひとこと……あれば」
富士子「（どうぞと若葉をうながす）」
若葉「あ、お疲れ様でした。お世話になりました……
あの」
そこで従業員たちの方を見て。
若葉「で終わりにしようかと思ったけど、納得できな
いわ。やめた。本当ずっと胸糞悪かったです。
あんたたちのおかげで。私がいったい何した
の？　あんたたち、いやお前らに」
皆、ぽかんと口をあけて聞いていて……。
富士子「（……ちょっと楽しい）」
若葉「教えておいてあげるけど。お前ら全員、必ず不
幸が訪れます。全員。なぜなら私がお前ら全員
に呪いをかけ続けてきたから。絶対不幸になる。
殺しました、何度も何度も、夢の中で、毎晩毎
晩。全員ね。思いつく限りの残虐な方法で。い
やいや人間の体はその角度では折れ曲がらない
よみたいな死に方だ」
皆、わかんないけど想像して「う」となる。

富士子「（かなり楽しい、自分の孫だなぁと）」
若葉「呪いがとける方法が一つだけある。教えてやるよ」
　皆、救いを求めるような、是非教えてください
　いみたいになっていて。
若葉「いいちくわぶを作り続けろ、でないと呪いは解けない。わかったか。それと、そこのバカ社長、お前だよ。先代のおかげでいいもん作ってるんだから、もっと企業努力しろタコ、以上」
富士子「（笑いをこらえつつ、軽く皆に手をあげて挨拶）」
　若葉、パンクロッカーの顔で外へ……と思ったら。
若葉「！」
　出口あたりには花束を持った、サチと、翔子と、みねがいて。こちら3人も、予想外の展開に驚いていて。富士子に会釈したりして。
若葉「（仲間を見て……急に顔が弱気に崩れて）」
サチ「お疲れ様でした」
翔子「お疲れ、よく頑張った」
みね「（笑顔）お疲れ様でした」
若葉「うぅ（気持ちが崩壊する）」
　と、3人に迎えられて……花束などもらって。
翔子「あぁすごかった、撮っとけばよかった、YouTubeにあげたい」
若葉「なんですかそれ、もう」
サチ「（ぎゅっと若葉を抱きしめる）」
若葉「（嬉しくて）」
　少しだけ、距離を持って拍手している、みね。
富士子「（みねに）君は？」
みね「あ、すみません、補欠の、みねと申します」
富士子「おけつ？」
みね「いや、あの、ほ、です、ほ。おけつじゃなくて、補欠。おけつで定着はやめてくださいね」
富士子「え？　みね？　結婚したら、私、みねふじこ？」
みね「いやいや結婚はとくに考えてないですし、ていうか苗字じゃなくて、名前がみねで」
富士子「なんだつまんない……さ、皆帰るよ、家でちくわぶ鍋食べるよ！」
　皆、盛り上がって。

41　東京・古い団地（日替わり・1、2週間後）

　樋口家。「樋口」のプレート。

42　同・4階の部屋

そこが、樋口家になっていて……。
まだ全然何もなく。整理もあまりされていなくて。

43　同・岸田家

紅茶など飲みながら、楽しそうな、富士子と邦子。

富士子「そうか、あの部屋で生まれて育ったのか」
邦子「はい、ここも長いです、あ、でも（車椅子）になって、1階に」
富士子「そうか……4階は厳しいわよねえ、エレベーターないものねえ」
邦子「はい、あ、大変じゃないですか？　階段」
富士子「あぁ、うん、今のところはなんとか。ただ下まで下りて忘れ物したりするとねえ、ガッテム！みたいな気持ちになるわねぇ」
邦子「ガッテム！ですか、はは、でもわかります。忘れ物思い出しても、もう、思い出さなかったことにしようとか思いましたねぇ」
富士子「はは、なるほどねぇ。あ、ねえ、今日もお散歩行くでしょ？　ね、行こう」
邦子「嬉しいですけど、疲れないですか？　車椅子と一緒で」
富士子「私？　全然、楽しい楽しい、お友達出来て」
邦子「あ、嬉しい、じゃ行きましょ」
富士子「ね……うまくやってるかしらね、あの子たち」
邦子「ね」

44　MASUYA Coffee

サチ、翔子、若葉……そして、みね。

みね「（通帳）全然少なくて、自分の貯金、たいしたことなくて、100弱なんですけど、これも足してもらえたらいいなと思って。もちろん皆さんに比べたらあれなんですけど、夢の中に交ぜてもらえたらなと思って、全然あの、経営とか利益とかそういうことじゃなくて」

顔を見合わせる、3人。

みね「？　ん？」
サチ「いや、こちらからも頼みたいことがね、あってね」

若葉と翔子、頷いて。
3人それぞれ通帳をだして。

みね「？？？？」
サチ「この3つをね、一つにしようと思って」
みね「はぁ、あ、なるほど」
サチ「で、誰が管理するかってことなんだけど………
話し合った結果、みね君にお願いしようかと」
みね「はい？」
翔子・若葉「お願いします！」
みね「いやいやいや、え〜なんで、そんなに俺のこと」
若葉「あ、逃げたりしても、私、世界の果てまで追い
詰めて、殺すんで」
みね「人としてありえない角度で？」
若葉「あ、はい、そうです、絵で描くと（オフで）」
皆、若葉が描くのをのぞき込んでいて。
サチ「げ」
翔子「これみねくん？」
若葉「はい、こうなって」
みね「わ、痛い痛い痛い痛い………うわ…（吐きそう）」
翔子「超ウケる」
サチ「（笑って）」
若葉「というわけでよろしく」

みね「あ………いや………あ、はい………お預かり
しますっていうか、一緒に銀行………あ……で」
と、自分のも乗せて、4通に……拍手……。
翔子「ていうか、100弱っていう言い方がさぁ、な
んかさぁ、潔くないよね」
若葉「私もちょっといらっとしました」
サチ「小さい感じするよね」
みね「あ、いや、………あ………はい、すみません
………もうちょっとだったんすよぉ」
と、4人で笑って……。
サチ「あ」
店に入ってきた、賢太。
賢太「（笑顔）」
4人立ち上がって………。
賢太「本日はありがとうございます。（みねに）あ、
はじめまして、カフェエイトの住田と申します」
みね「あ、市川です」
と、名刺を交換………。
みね「アクリネという、サニタリーとかの会社で」
賢太「もちろん存じ上げてます、当社も何度もお付き
合いいただいていますので」
みね「はい、あの、住田さんのこと少し聞きました。

賢太信用出来る男だと言ってました」

「え？　本当ですか……嬉しいな……あ」

と、皆で座って……。

賢太「えっと市川さんはお立場的には」

サチ「仲間です」

翔子「はい、仲間です」

若葉「お金の管理も担当してもらっています」

みね「はい……よろしくお願いいたします。あ、なのでトイレだけは任せてください。日本一のトイレにしましょう、日本一ってことは世界一です」

翔子「おぉ」

賢太「素晴らしい、大事ですよね、トイレ」

みね「はい」

サチ「(頷く)」

若葉「(強くうなずく)」

賢太「最初に一言だけいいですか…………今日から、チームです。気持ちを一つにして。いいカフェをつくりましょう。よろしくお願いいたします」

と、頭をさげる。

皆、ちょっと高ぶる気持ちで……頭をさげる。

賢太「(笑顔)では、まず、開店までの流れをご説明させていただきます」

と、書類をそれぞれに渡す。

緊張感が生まれて……。

賢太「そして、こちらがいくつかの参考例です………まずは物件を見つけないと、なかなか前には進まないのですが………では、説明させていただきます。わからないことや、疑問は、どんなことでも言ってください、遠慮とかなしで、よろしくお願いします。では」

みね「…………」

翔子「…………」

若葉「…………」

サチ「…………」

真剣な顔になって…………。

45　中華料理屋

田所と博嗣いて。

博嗣「へぇ、シフトをねぇ」

田所「そうですよ、シフトをね、増やしてくれって言われたんですよ、そんないい子にですね」

博嗣「あ、えっと、天津飯と天津麺ね」

田所「どんだけ好きなんだよ」

博嗣「(店員に)あとテイクアウトで、中華丼大盛りと、餃子2人前。(田所に)息子がさ、食うのよこれが、ね………ありがとう。何か食べないの?店の人に悪いよ」
田所「………醤油ラーメンで」
博嗣「(店員に)よろしく! えっと、そんないい子をなんだっけ?」
田所「いや、そんないい子から、お金をですね」
博嗣「そんないい子をどうしようとしてたの?」
田所「え? ………いや、ですから」
博嗣「そうか、シフトをね、じゃ、あれだ、シフトもう普通でいいですみたいなことになったら………経済的にいい感じだってことだ? そうなるよね」
田所「………最低ですね」
博嗣「シフトねえ、泣ける話だねえ」

46 ファミレス「シンデレラムーン」・裏(日替わり)

賢太にもらった資料を見ている、休憩中のサチ。たくさん書きこんであって、またそこに何かメモする。やるべきことのメモ。

47 どこかの会社

営業活動中のみね。笑顔で仕事している。自信を持って説明している。

48 MASUYA Coffee

バイトを始めた、若葉。賢太に紹介されて……。

若葉「いろいろ勉強させてください。ずっと田舎ではあちゃんと暮らしてて、いきなり東京のカフェ、ハードル高くて緊張してますが、よろしくお願いします」

と、緊張しつつ真剣な、若葉。

49 古い団地・敷地内

掲示板を見ている、富士子。

富士子「………………」

パート募集のようなものがいくつかあって、スマホで写真撮ったりする。

50 同・岸田家

邦子、何か内職的な仕事をしつつカフェの雑誌などを読んでもいる。

邦子「………（微笑）…………」

51 ちくわぶ工場

工場を見ている、野々村。

野々村「………（ある決意）…………」
若葉に言われたことが頭をかけめぐっている。

52 どこか

若葉からせしめた通帳を見ながら、ソフトクリームなど食べている、まどか。

ソフトクリーム、通帳の上にぼとっと落ちた。

まどか「………（いらっとして）…………」

53 都内某所

古い建物。趣のある風情。

タクシーから降りてくる、翔子。
「FOR RENT」の看板。

翔子「…………」

翔子「…………」
その表情が輝いて……。
写真を撮った。

第6話

1　都内某所（5話シーン53）

古い建物。趣のある風情。
タクシーから降りてくる、翔子。

翔子「…………」

「FOR RENT」の看板。

翔子「…………」

その表情が輝いて……写真を撮った。

2　ファミレス「シンデレラムーン」・裏

休憩に入って、スマホを開いた、サチ。
翔子からのライン。
物件写真と「どうよ？」の文字

サチ「……………おぉ…………」

と笑顔になって………。

サチ「いいね！」

翔子が撮った写真を開いて………。

サチ「（いいねぇ）」

写真に映っていた貼り紙についていたQRコードから中に入って………。

サチ「…………」

3　スマホ画面

物件の情報などが見られて………。
図面などもあり……。
そして、例えばの利用方法として、カフェにした場合の簡単なイラストが描いてあって………。

4　ファミレス「シンデレラムーン」・裏

サチ「………へぇ………（なるほど）…………」

と、ときめいてしまって………。

サチ「（想像しただけで嬉しさが隠せない）」

さらに、お金のことなども書いてあって。

サチ「（凝視）」

5　MASUYA Coffee・実景

6　同・客席

ワンプレートの食事をしながらスマホを開いた、若葉。

若葉「…………（おぉ！　…………何これ、マジか？）」
どんどんスクロールしていって。
若葉「（笑顔）…………………」
ラインが飛び交って……。
若葉「いい！　ケンタさんナイス！」

7　道

タクシーが停まっていて。
車内で休憩中の翔子。
食事をしながらラインしていて。
翔子「ふふん（どんなもんだい顔）」

8　ライン画面

飛び交うライン。
サチ「すごい」若葉「素敵」「いい！」
サチ「見に行きたい」翔子「だよね」「いつ行く？」
サチ「いつにする？っていうか今、3人とも休憩？」
翔子「休憩」若葉「休憩中」
サチ「世界は休憩中だ！」翔子「休憩は必要だ」
そこへ。
みね「あの…………」
サチ「あ、みねくん！」若葉「みねくん！」
翔子「みね！」みね「忘れてました？　僕のこと」
サチ「ごめん」若葉「忘れてた」翔子「だね」
みね「………ありがとうございます！」

9　公園

休憩中のみね。
みね「ちなみに」

10　ライン画面

みね「僕も休憩中です！」
サチ「へぇ」翔子「ふ〜ん」若葉「そうなんだ」
みね「薄っ！　反応薄っ！」

11　各所

サチも、翔子も、若葉も、楽しそうに笑っていて。

12　公園

みね「（楽しそうで）」
みねも笑っていて……楽しそうで。
サチ「で、いつ行く？」翔子「一緒に行こう」
等々……。
段取り決定へ……。

13　物件前の道（日替わり）

「FOR RENT」の看板。
4人、集合していて……建物を見て……。
「おぉ」とうっとりなっていて……。
皆で顔を見合わせてつい笑顔になったりしていて。

サチ「へぇ」
若葉「すご～い」

サチ「ね、いいね、実際見ると余計いいね」
翔子「でしょ？　ね、もうさ、走ってて、ピンと来たんだよね。ピンと、わかるかみね」
みね「はぁ」
翔子「なんだよみね、もっと褒めろよ」
みね「あ、すみません、素晴らしいです」
翔子「だろ？　完璧だろ」
みね「はい。いいっす、うん」
サチ「立地もいいよね、わぶちゃんと一緒に駅から歩いて来たんだけど、ね」
若葉「はい、大学近いですし、会社も結構あるし駅からの動線的にも申し分ないかと。あと幼稚園もあって、ママ友ねらい目かも」
翔子「そうか、なるほどね、飲食お断りな大家さんでもないみたいだもんね、サイト見ると」
若葉「居抜きではなくて、スケルトン物件なので、初期費用は少しかかるかもしれませんが」
サチ「そうだね、でもどうせならスケルトンで、一からね、やってみたい感じもするよね」
翔子「いい感じの居抜きだったらね、考えてもいいけどね」
みね「なんか、３人とも専門用語とか使っちゃって

翔子　「……格好いいっす」

サチ　「え〜、だよね」

若葉　「私も今、そう思ってた、ちょっと格好いいかもって」

翔子　「わかるそれ、いいよね、出来る女って感じで」

みね　「私も、ちょっと職業もののドラマみたいだなって思ってました」

サチ　「（微笑）はい」

若葉　「どうする？　ちょっとここ、進めてみる？　いいよね、ここ、ね」

翔子　「いいと思います」

みね　「うん（嬉しい）」

サチ　「はい、素晴らしいです」

　そして、改めて、建物を見て………。

サチ　「連絡してみるね、（書いてある番号に）ね」

　皆、頷いて………。

サチ　「緊張するけど（かけようとすると）？」

　そこへ、物件担当者らしき人が来て………。

　物件の前に立った。顔を見合わせる、４人。

サチ　「不動産屋さんだよね」

翔子　「うん。これ運命じゃない？　ちょうどここの人来るなんてさ」

若葉　「はい、その通りだと思われます、運命」

サチ　「そうだよね、よし、あ、ちょっと集合（円陣）」

みね　「………（遠慮）」

サチ　「あ、みねくんもほら。早く」

みね　「あ、ありがとうございます」

　と、４人で円陣組んで………。

みね　「（ちょっと照れて嬉しいけど、妙に意識するのはやめようと思う）」

サチ　「………（小声で）じゃ、行くよ、いいね、幸せになるぞ」

　「おう」と、手を重ねたりして…………。

　円陣を解いて……。

　サチ、スポーツのキャプテンみたいな顔で。

　皆の信任のもとに。

サチ　「あ（あの！と言おうと）」

　物件の方を向いて、絶句。

　物件担当者。貼り紙を剥がしている………。

サチ　「（え？）」

　え？と絶望的な顔になる、４人。

サチ　「…………」

若葉　「…………」

翔子　「…………」

みね「…………」

サチ「あ」

そして、物件担当者、「FOR RENT」の看板を……ひっこ抜いた。

サチ「！　…………わ…………」

若葉「…………」

翔子「…………」

みね「…………」

看板を車の後ろに積みこむ、物件担当者。なんか見られている視線を感じて振り返る。

担当者「？？？？？？？」

ガチで見られていることに、驚いて…………。しかもなんだか恨みがましい視線の束で……。

担当者「…………」

なんか怖い………。二度見、三度見しながら、車に乗って逃げるように去っていく………。ずっと去っていく車を目で追っている、４人。去って見えなくなって……。

同時に溜め息……。

決まってしまった物件の前………むなしい。

サチ「(唇でぶぶぶぶるぶるぶる)」

と、やる。

若葉「(真似して、唇でぶぶぶぶるぶるぶる)」

翔子「(も真似して、唇でぶぶぶぶるぶるぶる)」

３人、まるで輪唱……。

みね「(続いた方がいいのかどうか迷う)」

３人が、ぶるぶるしながらみねを見る。お前もやれと。

みね「あ」

参加した方がいいのかと思って…………。

みね「(ぶぶぶぶぶるぶるぶる)」

と、加わってさらに輪唱みたいになって……。

４人「ぶぶぶぶるぶるぶるぶる」

息が続かなくなって……皆で笑ってしまって………。

翔子「(みねに) ていうか、下手くそ」

若葉「音程悪いですよね」

みね「音程とかあるんですか、これ」

サチ「(微笑)」

物件の方を見て………サチの表情が変わって………。

サチ「カフェになったりするのかな、悔しいな、なんか、悔しい」

みね「(頷く)」
若葉「そうですね。悔しいですね」
サチ「ね」
翔子「…………(頷く)うん」
みね「(3人を見ていて)」
若葉「いや、こういうときね、今までの私だったら、そんなに落ち込まないっていうか、むしろ、だよね、そうだよね、みたいに諦めてんだろうなと思うんですよね。そもそも、そんないい話なんて自分にあるわけないんだからとか思ってしまって。だから、それほど悔しくないし、期待した自分が恥ずかしいみたいな感じで、落ち込まないみたいな………なんていうか、人としてかなり低めで安定していたわけなんですけど」
サチ「うん(若葉すごいな、その通りだなと思って)」
翔子「なんかわかる」
みね「…………わかります」
サチ「(みんな一緒かぁと思う。微笑)」
若葉「ありがとうございます。きっと皆、そういう人でしたよね。でもなんか今は違って。自分でも驚くくらいなんか悔しい。すごい悔しい。なんか蹴りたいくらい悔しい。むかつくわ!って、これっていいことですよね、悔しいって思うのって…………いいことですよね」
サチ「う〜ん……たぶん……うん、と思う」
翔子「すごいね、わぶちゃん」
サチ「ね、すごい、なんか思ってること言葉にしてくれて、うん、ありがと」
翔子「本当だよ、ありがとう」
若葉「いやいや、とんでもないです」
みね「(微笑)」
サチ「みねくんはどう思う?」
みね「僕も同じです。そしていいことなんだろうなと思います。悔しいと思うこと。ただしんどさも増えるかもしれないですけど、世の中、悔しいことばっかりだから」
翔子「(みねを意外そうに見て)そうか」
サチ「そうだよね」
みね「でもなんか楽しいです、悔しいと思いたいです。悔しがりましょう一緒に。一人で悔しいとなんか悲しいけど、一緒なら純粋に悔しがれるんじゃないですかね」
サチ「うん、そうだね、そうだよね」
若葉「(なんか嬉しい)あれですよ、この瞬間が、あ

翔子　とで考えると、ほら、このときが分岐点であった。みたいな瞬間ですよ、ね」
サチ　「あるね、ある、あのとき、悔しいなって思ったんですよ、それが大きかったですね、はい」
みね　「（笑って）あるね」
サチ　「（微笑）嬉しいな、その分岐点の瞬間に立ち会えて」
「なんかあれだね、この悔しさをいい機会にしてさ、ちょっとピリッとしようか、ね…………なんとなくさ、ちょっとぽわんとしてたとこあると思うんだよね、カフェに関しても…………こんなだったらいいなぁみたいなことばっかり考えてて。それだけじゃダメだと思うんだ。うん、ね」
若葉　「はい、そうですね」
みね　「じゃ悔しさを込めて、もう一回やってみましょうか…………ブーイング的に。さっきのはやれやれって感じだったので、負けないぞこら的な感じで、ちょっとパンク的な感じで」
　３人、なんのことかわかって……なるほど「OK」と、４人同時に。
サチ　「せ〜の」
４人　「ぶぶぶぶぶるぶるぶる！！！」
　ブーイングパンクバージョンで……。
　そしてまた笑って……

○メインタイトル
「日曜の夜ぐらいは…」
第６話

14　小さなマンション・翔子の部屋（日替わり）

　仕事ではなく、出かける準備の、翔子。
翔子　「（緊張していて）」
　見える場所に置かれている弁護士事務所の封筒。
翔子　「…………（見えて）」
　なんか忘れたくて、裏返しにした。
翔子　「…………よし」

15　古い団地・岸田家

　サチと邦子。朝食中…………。
サチ　「…………（緊張した顔）」

邦子、見ていて………。

サチ「何？」
邦子「何って………なんか………サチの緊張感が伝わってくるんだけど、こっちにも。私まで、ドキドキしてきた」
サチ「あ、そうか………マジで？　ごめん」
邦子「いやいや、しょうがないよ。大丈夫？」
サチ「うん、はは………情けないね………いざとなったら、急に緊張してしまって、はは」
邦子「私に出来ること」
サチ「ない」
邦子「即答？　早すぎ！」
サチ「(苦笑)」

16　同・樋口家

若葉も緊張している感じあって………。

富士子「大丈夫か？　若葉」
若葉「あ、うん………胃が痛い…………」
富士子「(苦笑)　おやおや」
若葉「だってさ（溜め息)」
富士子「(微笑)　頑張れ………頑張ることなのか？」
若葉「(苦笑)　一瞬で終わるけどね」
富士子「(頷く)　そうか」
若葉「(溜め息)　マジで胃が痛い、小さいなぁ私」
富士子「だな」
若葉「ん？（反論する元気はない)」

17　駅前

みねが待っていて………。
そこへ、翔子が来て………。

翔子「よ」
みね「おはようございます、緊張しますよね」
翔子「別に」
みね「あ、そうすか」
翔子「(緊張して溜め息)　緊張するな」
みね「はい」

そこへ、団地組二人がやってくる。

サチ「おはよう」
若葉「おはようございます」
翔子「おはよう」
みね「おはようございます…………では、参りますか」

皆、緊張した顔で頷いて………。

18　関東中央銀行

ＡＴＭの前にいる、４人………。
画面を凝視………。
代表して操作しているのは、みねで……。
一つ一つの作業が慎重に行われ………。
サチが電話をかけて……。

19　どこか仕事先のカフェ

電話を受けた、賢太。

賢太「おはようございます………はい………あ」

20　関東中央銀行・ＡＴＭ

サチ「コンサルタント料、２００万円………これから振り込みます。ご確認をお願いいたします」

21　カフェ

賢太「あ………はい…………わかりました………えっと（え？　電話このまま？）お願いします」

ちょっと笑ってしまうようなサチたちだけど……。それを笑うような奴ではない賢太。

賢太「（微笑……電話の向こうの声が聞こえてくる）」

22　関東中央銀行・ＡＴＭ

サチ、みねに向かって頷いた………。
皆の間に緊張が走る……操作最終段階で……。
【振り込む】に、タッチするだけ………。

みね「いいですか？」
サチ「（一つ息を吐いて）はい」
翔子「すごいね、私たち、２００万振り込むんだね」
サチ「ね、自分の人生にこんな日が来るなんてね」
若葉「ですよね、これ押したら、２００万が走るんですね、賢太さんの元へ」
サチ「やるんだね、私たち、カフェ、やるんだね……ごめん、なんかちょっと泣けてきた」

23　カフェ

賢太「………（聞こえてなんか、愛おしくなってくる）」

24　関東中央銀行・ＡＴＭ

いよいよ振り込みかというときに銀行員が。

銀行員「あの、失礼ですが、何か問題でも」
サチ「え？」
みね「あ、違います違います、詐欺にあってるわけではないです」
サチ「あ、そうか、そう見えちゃうか、すみません！　大丈夫です」

頭をさげて去っていく、銀行員。

サチ「…………」
若葉「…………」
翔子「…………」
みね「…………」

みね、皆に、一緒にと促して………。
４本の指を束ねて………。
順番に確認するように、一人ずつ頷いて。

みね「では」

と、４人で同時に、パネルを押した………。
パネル動いて………。
「おぉぉぉぉ」と、どよめき………。
そして拍手。

若葉「行け！　２００万！」
翔子「頼むぞ！」
みね「（大役を果たした人の顔）」
サチ「（電話）ただいま、振り込みました！　いきました？　振り込まれました？」

25　カフェ

賢太「あ、いや、そんなにすぐには、すみません……確認とれ次第、ご連絡さしあげますので、お待ちいただけますか？　……はい……………あ、岸田さん、樋口さん、野田さん、市川さん………ありがとうございます、信用していただいて……いいカフェ……作りましょう、はい」

26　関東中央銀行・ＡＴＭ

サチ「（なんか感動していて）ありがとうございます。よろしくお願いいたします、連絡待ってます……はい、伝えます、失礼します」

と、切って……。

サチ「確認出来たら連絡くれる。皆に信じてくれてありがとうって」
翔子「へぇ」
サチ「そんなすぐには確認できませんって、はは、なんか恥ずかしい、私」
若葉「てことは今、２００万はどこにあるんでしょうね。宙に浮いた状態ということですかね」
翔子「たしかに」
若葉「大丈夫ですよね。騙されてませんよね、私たち」
サチ「え」
翔子「え」
と、記帳された通帳を見る………。
みね「いやいやいや、そんな」
翔子「騙されてたらどうなるの？」
若葉「もう連絡が来ることはない、賢太は２００万とともに消える」
サチ「え…………」
翔子「マジで？」
と、顔を見合わせる……。
みね「いやいやいやいや（大丈夫なはず）」

27 公園

なんとなく、することなく待っている、４人。

サチ、スマホを見るけど、まだかかってこない。

サチ「…………」

若葉「…………」

翔子「…………」

みね「（首傾げて）…………」

みねは大丈夫だと思っているけど、なんか言えない。

でいて……だんだん不安にすらなってくる。

そこに電話がかかって………。

サチ「もしもし………あ、はい………ありがとうございます」

と、なんか嬉しくて……。

サチ「テレビ電話でいいですか？　皆と共有したいんで」

と、画像に切り替えて……皆を呼んで集めて。

皆、「どうも！」とか集まって手を振って……。

サチ「すみません。なんか大げさっていうか、バカみたいですよね、でも、私たちにとっては、あれで」

賢太「バカみたいなんてことはありません、とんでもないです。大切な大切なお金ですから」

若葉「いい人ですね賢太さん、誰ですか？　騙されてるんじゃないかと言ったの」

賢太「え」

翔子「わぶちゃんだろ」

若葉「あ、そうか」

みね「………よろしくお願いします」

サチ「本当に……よろしくお願いします」

賢太「皆さん今どこですか？　時間ありますか？　よかったら……打ち合わせとかしませんか？」

顔を見合わせる４人。

４人「お願いします！」

28　古い団地・実景

29　同・岸田家

買い物から帰ってきた、富士子と邦子。

富士子「あれだね、ウチのあのポンコツ車にも、うまいこと車椅子乗れるように改装するか」

邦子「え？」

富士子「そうしたら、行動範囲もね、広がるしね、楽しいし、ね」

邦子「(笑顔)………嬉しい」

富士子、自分でなんか違うなと思って。

富士子「あぁ、余計だったらごめん」

邦子「何でですか？　そんなことまったくないです」

富士子「いや、私、ちょっと今、邦子ちゃんを、利用してるみたいなところがあるんだよなぁ」

邦子「利用……ですか？」

富士子「なんだか迷っててね、私、東京来てから、どう生きていけばいいのか？とかさ」

邦子「あ……はい」

富士子「いい機会かなとも思ったんだよ、若葉を一人にするね、孫離れ？」

邦子「はい、なるほど（自分は子離れ出来ないな）」

富士子「でも、今、あの子一人にしたら、私のこと気にして……無邪気に幸せになれない気がしてね。だからまだ一緒にいることにした。そういう子なんで……必要以上に優しい子にしちまって」

邦子「…………（頷く、富士子の言うのはわかる）」

富士子「だから一緒に来たけど、仕事もあんまりないしね。この歳だと、なんかまいったな、どうするかって答えもなくて………そしたら目の前に邦子ちゃんがいて、あ、ちょっと私でも役に立つのか？と思ったからさ、なんだかそれに甘えて、ごめんね…………だからなんか自分のために利用してるんだな、ごめん」

邦子「なんですか、それ、どんどん利用してくださぃ、嬉しいです。ご利用ありがとうございます」

富士子「(笑って)あなた可愛いしね、なんだか、ちょっとこうなんだろ、天然? ぼーっとしてるとこも、なんか可愛くてさ」

邦子「はは、私も、富士子さんの毒吐きキャラ? 口の悪いとこ? 好きです」

富士子「あ、そう? はははは」

邦子「はははは」

富士子「ありがとね…………正直言うと楽しい。娘とこういう風になれなかったから、ま、実際の娘と考えるとちょっと老けてるけど」

邦子「あら、私も、母をわりと早くに亡くしているので楽しいです、母は優しい優しい人でしたけど」

富士子「あ、そうなの。うん、そうか、じゃいっか、楽しむか」

邦子「はい」

と、二人で笑った。

30 どこか仕事先のカフェ

4人と賢太……。

打ち合わせしていて……。

賢太「そうですね、まずは物件っていうところはありますけど、こればかりは、情報をお伝えしたりは出来ますが、仲介することはしてないので」

みね「はい、ですよね。物件か、まず」

サチ「(頷いて)」

翔子「惜しかったなぁ、悔しい」

若葉「はい、でも絶対いい方向に向かいますよ」

翔子「うん」

賢太「でも、一番大事なのは、どういうお店にしたいかっていうことなので」

サチ「あの、コンセプトっていうほどのあれじゃないのかもしれないんですけど」

賢太「はい」

サチ、仲間を確認するように見て、皆、頷いて。

サチ「皆で話したんですけど、あんまり無理しない方がいいなと思っていて、あんまり凝ってたりとか、すごい最先端とか、すごいオシャレとかアートな感じとか………とにかく、すごい素敵なところは…………私たち向いてなくて、誰もそういう人じゃないんで……頑張っても、自分たちがいることに違和感でちゃうと思うんですよね」

賢太　「なるほど」

サチ　「次、わぶちゃん」

若葉　「はい、続けます。私たちは、もっとカジュアルっていうか、敷居の低い？　お店を目指したいと思っていまして……あまりにも素敵なお店だと、ちょっと入りづらいみたいな人っていると思うので……そういう人でも入れるようなお店で、でも、癒されるし、素敵みたいな線を目指そうかと思っております。ちょっと疲れたときに、ほっとできる、一人でも……大丈夫みたいな」

賢太　「（頷きながらメモもして）はい」

若葉　「あ、ケンタさんお願いします」

賢太　「え？」

若葉　「あ、ケンタさんというのは、翔子さんの渾名ですが、話すとディープだし、長くなるのでとりあえずスルーしておいてください」

賢太　「あ、はい」

うんうんと頷く、翔子。

翔子　「メニューなんですけど、基本的には、ちょっと贅沢な飲み物と、ちょっと高いアイスを中心に考えてるんですよね。なんか、ちょっとだけ自分にご褒美みたいなものあげたいな、っていう気持ちのときに……なんか長い名前の飲み物とか、高いけどどうかなみたいなアイス食べるみたいな、そんな店がいいなって思うんですよ」

サチ　「（なんか嬉しくて）」

賢太　「アイス………はい」

翔子　「みね」

みね　「あ………えっと………です！」

笑って………。

みね　「素敵だと思うんです、そんな店」

賢太　「はい、素敵ですね」

サチ　「あ、あと、母とかばあちゃんとかの」

若葉　「（微笑して頷く）」

サチ　「元乙女たちの人たちも、場違いだみたいにならない店？　………バリアフリーもちゃんとしたいし、テーブルとテーブルの間は、80センチは離して、あ、車椅子の移動しやすいように」

みね　「トイレのバリアフリーはお任せください」

賢太　「（微笑）」

翔子　「どうですか？」

賢太　「やりやすいですね、皆さんが共通の意識を持ってらっしゃるのが一番です。たまにこの場で揉めることもありますし。それにまぁ、予算的にもそんなに無理なくというか、作れるんじゃないでしょうか。ただ強烈なフックというか話題性の強さはあまりないので、そこをどう頑張るか……みたいなことはあるかもしれないですね、そこはいろいろ考えましょう。メニューに関してはいろいろ調べてベストを探しましょう。研修も受けてくださいね、皆さんで」

翔子「研修か……そうか勉強するのか」

サチ「うん、なんかいいね、勉強」

若葉「学校死ぬほど、嫌いだったけど、早く学習したいです」

みね「楽しみっすね」

賢太「一ついいですか言っても」

「?」と身構える、４人

サチ「あ………もちろんです、なんでも、ね」

翔子「うん」

若葉「…………」

みね「…………」

賢太「あ、いや………すごく、やりがいありますす………ありがとうございます………私も、そんな店………行きたいです」

４人とも、嬉しそうな顔になって……。

デレデレな感じで……顔を見合わせる、４人。

みね「あとは物件か…………」

サチ「だね」

若葉「(頷いて)」

翔子「ね」

と、外を見る。

翔子「…………」

車が停車。

以前の物件担当者の車、あの男が降りてくる。

翔子「………？」

誰だっけか………。

翔子「…………あ」

担当者「FOR RENT」の看板を持って。

………路地に入っていく。

翔子「…………」

身を乗り出してその先を見る。

みねが邪魔で………無理矢理どかして。

みね「痛い痛い痛い痛い」

翔子「………ん？　…………」

サチ「どうしたの？」

若葉「?」

翔子「いや……ちょっとなんか………ん?」

と、その方向がよく見える場所に向かって立つ。

みね「ん? 誰かいるんですか?」

翔子「…………………」

サチ「どうした?」

翔子「なんかわかんないけど、わかんないけどさ、いつもなら、あぁなんだ、あんときだったんだ、そんな気がしたんだよな、みたいなさ、そんなんばっかりだったけど、なんか、なんかさ、逃がしたくない」

若葉「え? 何を?」

翔子「行くよ!」

と、走り出す……皆「???」となって。

サチ「え? え?」

翔子「いいから! ついてきて!」

走っていく、翔子。

サチ、若葉、みね、顔を見合わせて、わからないけど、後を追う。

賢太「? え? あれ、えっと」

自分も?と思うけど。

サチ「賢太さんも! 早く!」

賢太「あ、はい! すみません!」

31 同・内

翔子を追って走る4人……走る走る……。

賢太を見て、嬉しそうな顔をする、みね。

32 路地

小さな素敵な商店(物件)に貼り紙をして。

看板を立てる物件担当者。

そこへドヤドヤと走ってきた5人。

翔子「あ~~~~!」

担当者「!」

驚いて振り返ると………いつかの人たち。

プラス賢太。

担当者「…………………え??」

サチ「あ」

若葉「わ」

みね「え」

賢太「お」

翔子「どうなの？」
　そこはまさに４人が求めていたような………
　物件で。
サチ「………………」
翔子「………………」
若葉「………………」
みね「………………」
賢太「………………」
　「おぉぉぉお」となって。
担当者「？」
　みね、担当者に握手を求めて………。
みね「あなたは天使ですか？」
担当者「え？」
　皆、顔を見合わせて笑顔がはじけた。
　皆に握手を求められる担当者。
　肩とかどんどん叩かれたりして。
　賢太も流れでしてしまって……そんな自分
　が面白くて笑う。
　賢太が笑っているのが、皆、嬉しくて……。

33　カフェになる物件

担当者「あ、入ってみますか？」
サチ「いいんですか!?」
　皆の、嬉しさと緊張が一気に高まる。
　サチ、翔子、若葉、固まって……緊張。
賢太「(微笑)」

34　同・内

　入ってきた、サチ、翔子、若葉。
　薄暗くて照明もつかない中。
　３人、くっついて寄り添うように入ってきて。
サチ「………………」
翔子「………………」
若葉「………………」
　そんな３人が愛おしくてたまらない、みね。
みね「………………」
　賢太はもう少し仕事モードで物件として見て
　いるが……３人とみねの心の動きを見た気が
　して。
賢太「………………」
　こわごわと不思議そうに、見ている、３人。
サチ「………………」

翔子「…………………」
若葉「…………………」
　　壁に手を触れてみたりして、わ、壁だってなって、「おぉ」と、ちょっと不思議な気持ちになったりとか……窓に触れてみたりとか……。
サチ「…………………」
　　★やりきれなくて苛立っていた、サチ★
サチ「(笑顔で、嬉しくてなんか頭を掻く)」
翔子「…………………」
　　★つまんなくてうんざりしていた、翔子★
翔子「(笑顔で、デレデレが止まらない)」
若葉「…………………」
　　★なんでこんな目にという理不尽さに耐えていた、若葉★
若葉「(笑顔で、たまらん！　気持ち抑えられない)」
　　でも、３人……離れがたくて……くっついていて。そんな３人を見ている、みね。
みね「…………………」

35　回想・どこか

　　子供時代のみね。

　　悪ガキたちに、からかわれている、みね少年。

　　「女とばっかり遊びやがって」「女男」「きもち悪いんだよ」「女も気持ち悪いってさ」「女男」「女男」。

　　しょんぼり下を向いた、みね少年。

36　カフェになる物件・内

みね「…………(嬉しくて)」
翔子「みね、ほら」
　　と、引っ張られて、輪に入って……。
みね「はい(嬉しくて)」
　　ちょっと不思議そうに、４人を見ている、賢太。
賢太「…………………」

37　回想・どこか

同級生の仲間たちと一緒にいる賢太。

男1「え？　カフェプロデューサー？　何それ、なんかうさんくさいな、そんな奴だったっけ」

賢太「え」

男2「むっちゃチャラい感じする仕事だなぁ、ま、イケメンだから楽勝か、な、女騙す系だろ？」

賢太「………（すごく心外で）………………」

38　カフェになる物件・内

賢太「…………」

感動している、4人を見て……。

賢太「…………（いい仕事だなと思う、頑張ろうと）」

幸せそうな、サチ、翔子、若葉、みね。

担当者「あ、あのぉ。そろそろ」

サチ「あ、すみません！」

皆で笑って………。

「乾杯！」の声が先行して。

39　古い団地・岸田家（夜）

サチ、翔子、若葉、そしてみね。

邦子に富士子、乾杯している。

料理はやっぱりカレーで。

みね「うまっ！　何すかこのカレー、うまい」

邦子「でしょ」

サチ「うわ、めちゃ鼻の穴膨らんでるし」

邦子「え？（と鼻を押さえる）」

富士子「うまいねえ、これは………あれだな、若葉」

若葉「ん？」

富士子「初めて食べたときに、若葉がなんて言ったか、当ててみようか」

若葉「え？　わかるの？」

富士子「ウチではカレーはばあちゃんが作るんですけど担当決まってて、美味しいんですけど、パンチが足りないんですよねえ、しかも、ちくわぶ入ってるし」

若葉「うわ、正解、すごいね、ばあちゃん、よくわかるね」

富士子「まぁな、私もそう思ったし」

若葉「（笑って）」

翔子「いいなぁ団地組、いいなぁ」

サチ「ケンタも来ればいいじゃん」
翔子「マジで？　あ、ちょっと職場遠いんだよなぁ」
サチ「そっか」
みね「(微笑)」
サチ「みね君もよければ」
みね「え？　いいんですか？」
翔子「ちょっと待って、私だけいないのは嫌だ、だからとりあえず、みねは阻止する」
みね「考え方自分勝手すぎないすか」
富士子「でも、あれだな、みね。女の中に一人なのに、全然違和感がないな、いいな、そういうのな、私は好きだ」
みね「ありがとうございます」
若葉「だよね、みね君好き」
サチ「うん」
邦子「若葉ちゃん可愛くてあれじゃないの？　カフェでファンとかできちゃうんじゃないの？」
若葉「いやいや、そんなことないです。そういうのマジでダメなんで、恋愛が嫌いなんで、っていうか恋愛、気持ち悪いからしたくないんで」
富士子「(母親のせいだなとわかっていて)」
若葉「でもみね君は好き」

みね「ありがとう、最大の褒め言葉です、僕にとって」
邦子「そうか、え？ってことは何？　今日は振り込み記念日だけじゃなくて、えっと」
みね「店舗の仮契約記念日にもなりました」
拍手。
サチ「すごい日だったよね、今日は」
若葉「はい、めまぐるしい一日でした」
みね「今日のMVPは、ケンタさんでしたね」
翔子「ありがとう！」
拍手。
サチ「ご褒美にカレーどうぞ」
翔子「食べてるわもう、皆食べてるし」
邦子「でも、あれだね、きっかけは、ラジオだね、エレキコミック様様だね」
富士子「あぁ、あのラジオな、バカ笑いしてた」
若葉「バカ笑いって、ま。してたね、たしかに」
サチ「みね君はさ、なんであの番組でなんていうの？　ファンなったの？」
みね「あぁ、最初に聴いたのは、偶然なんですけどね……ハガキとか出して、全然そんな僕のなんて面白くもなんともないんですけど、お二人、なんかすごく笑って面白がってくれて、そしたらなんか泣けてきちゃって。で、ツアーも参加してみて………人見知りだし、全然ダメなんですけど、なんかリーダーに指名されて、お二人に。そしたらなんか楽しくて、相変わらず僕は全然面白くもなんともないんですけど、ていうか、なんだろな、あの………お笑いとか好きですけど、面白くないやつは価値がないみたいな、つまんねえとか言われる感じ、実はあんまり好きじゃなくて、でも、なんかエレキのお二人は、そういう感じなくて。リスナーの人たちもね、皆、なんか穏やかで、にこにこしてて………なんか居心地が良くて、大好きなんですよ。つまんないことを面白がってくれるっていうか。はい、そんな感じです。すみません普段あんまり喋らないのにいきなり、長く話してしまって」

富士子「（笑って）十分面白いわ」

みね「ありがとうございます」

翔子「私は、運転中ラジオまぁつけてて、でも、あんまり聴いてないっていうか、たまに知ってる曲がかかると、おぉとか思うくらいで。でも、お客さん………なんかOLさんみたいな人がね、いきなり時計見て泣きそうな顔で。ラジオ変えてもらっていいですか？って言って、あ、はい、もちろん、みたいな………」

40　回想・道（夕方）

タクシーを運転している、翔子。
エレキのラジオが流れていて………。
後ろで客のOL、泣きながら笑っていて……。

翔子「………………」

41　古い団地・岸田家（夜）

翔子「なんなんだろって思って……聴けるとき、聴いて……家でも？　走ってるときも、なるべくその時間に休憩して、お客さん乗るなとか思って」

サチ「へぇ」

翔子「うん、そしたらツアーのこと話してて、なんか思い切ってね」

邦子「へぇ」

若葉「私もリスナー歴長いんですよ、日曜の夕方……あぁ、日曜終わりか……明日月曜か………学校行きたくないなぁって。しょんぼりする時間で、たまたま出会って……もうとにかく笑うって決めてて……笑ってました、エレキの二人のおかげで生きてこれた気がします」

富士子「日曜か」

若葉「うん」

富士子「いや、この子がね、あれは何年だったかな……国語の授業で、詩？　書いて、宿題で……すごくてね、それが、驚いて」

若葉「（苦笑）あれか」

富士子「日曜の夜に、死にたくならない人は幸せな人だと思う、そんな内容で」

サチ「…………」

富士子「でも、なんか返ってきた先生の添削？がね、もっと楽しいことを考えましょうとか書いてて……評価低くて。私、腹立って学校怒鳴りこんで……国語の教師に、お前はぼんくらか、この詩がわかんないのか、やめちまえとかって」

若葉「あったね」

みね「日曜の夕方ですもんね、ラジオも」

若葉「はい、そうでした、一番きつい時間です」

富士子「そっか」

翔子「わかるな、それ」

サチ「うん…………なんかあれだね、ラジオみたいなカフェにしたいね」

若葉「はい！」

富士子「店の名前は？　決めたのか」

サチ「あ、ううん。まだ」

富士子「サンデイ……ズ……なんてどうだ？　ダメか、はは」

沈黙になって………。

皆、いいんじゃない？みたいな顔になって。

「おぉぉぉ」。

サチ「いいんじゃない？」

富士子「そうか」

翔子「うわ今日のＭＶＰとられたか」

42　オフィス

事業計画書を作っている、賢太。

賢太「…………」

そこへ「サンデイズに決まりました！」とサチからラインが来る。

賢太「（微笑）へぇ、サンデイズか……」

と、打ち込んだ。

いろんなロゴをつくってみたりして楽しそう。

43　古い団地・岸田家

邦子「サチ（私に質問しなさい、私に）」

サチ「え？　あ（面倒くせえな）お母さんはなんでラジオ？　聴いてたの」

邦子「え？　あ、私？」

富士子「（なんかそんな二人がおかしくて）」

邦子「ま、いろいろ長くなるから省くけど」

サチ「うん省いて」

翔子「（母と娘のこの感じが羨ましい）」

邦子「ちょっと似てて」

サチ「え？　誰が？　誰に？」

邦子「今立さん？が…………別れた旦那に」

サチ「は？　え？」

邦子「似てて」

サチ「何それ………なんで別れた夫と似てる奴がいいわけ？　信じらんない」

邦子「だって、好きなタイプだから一緒になってるわけだし？　ねえ」

富士子「まぁ…………な」

サチ「いやいやいや。ちょっと勘弁して、ちょっと待って……」

今立さん、博嗣と似た笑顔。

サチ「うわ、今立さん嫌いになりそ、好感度急降下だわ、マジで」

とか言って笑ってしまって……。

邦子「それが理由です」

サチ「聞くんじゃなかった」

皆で笑って………。

第7話

1　古い団地・岸田家（6話シーン43）

サチ、翔子、若葉、みね、邦子、富士子、全員いて。
今立・博嗣ネタで盛り上がっていて、笑っていて。

2　同・外

博嗣がいて……縁石の上に座っていたりして。
家の中からは、賑やかな声とともに、カレーの匂いがしている。

博嗣「…………（溜め息）邦ちゃんのカレー…………食いてえなぁ…………いい匂いだなぁ…………旨いんだよなぁあれ………」
と、切ない顔……。
かなり賑やかな笑い声が響いて。

博嗣「………なんでこうなっちゃったかな………」
明らかに、サチと邦子の声が聞こえてきて。

博嗣「…………」
その顔はどこか切なそうで……。

博嗣「……何がそんなに楽しいんだ…………」

また笑い声………。

博嗣「……（自分を棚にあげて、なんだか少しむかついてしまった顔）笑い声って……なんかちょっとむかつくなぁ」
と、首を傾げた。

3　同・岸田家（6話シーン43）

皆で笑っている………。

4　サンデイズ予定地・前（日替わり）

みねが立っている。

みね「…………」
仕事中で……寄ったらしい感じで……。

みね「（微笑）いいねぇ」
建物の様子など見て……うっとりして見て……。

みね「どんな風になるんだろうなぁ………」
そして写真を撮った。
自分込みの建物……敬礼して（照れあり）。

＊＊＊＊＊

ラインと写真「サンディズ　無事確認、問題ありません、みね隊員でした！」

5　同・前（日替わり）

仕事中の、翔子。
バタバタ走ってきて（車は近くに路駐）。

翔子「…………」
建物を見て、笑顔になって。

翔子「(でへへ) 私、私、見つけたの私、そこんとこよろしく、へへ…………ん？」
落ちてた缶を拾って…………。
近くにあった自販機横のゴミ箱に捨てて……。

翔子「うん」
そして建物の前に立って……敬礼して自撮り。

＊＊＊＊＊

ラインと写真「サンディズ　今日も無事であります！　ケンタ隊員」

＊＊＊＊＊

名残惜しいが急いで戻る、翔子。

翔子「(走りながら名残惜しそうに、何度も振り返る)」

6　道（日替わり）

スマホのナビを確認している若葉。迷いながら歩いている。

若葉「(気弱) 何回来ても迷う……東京、道、複雑すぎ」
と、スマホのマップの角度変えてみたりして。

若葉「？」
自分もそれに合わせて体曲げたりして、ちょっと笑ってしまう。

若葉「こっちか？」
角を曲がってみて。

若葉「おぉ（と笑顔になって）」

7　サンデイズ予定地・前

ご機嫌笑顔で建物を見ている、若葉。

若葉「……（感嘆）何度見ても凛々しい佇まい………感動……」

で、敬礼して写真を撮る………。

すると、通りかかったおばちゃんたちが、

おばちゃん1「何なの？　ここ、名所？」

若葉「あ、もうすぐ、東京のおすすめスポットになります。サンデイズというカフェが出来る予定になっております。おりますので、お見知りおきを」

おばちゃん2「キャンディズ？」

若葉「いやいやサンデイズです。キャンディではなく、日曜日のサンデイです。よろしくお願いいたします」

おばちゃん1「へえ」

おばちゃん2「写真撮っとく？」

おばちゃん1「そうね、キャンディーズね」

若葉「ははは（諦めた）、あ、撮りましょうか？」

＊＊＊＊＊

ラインと写真「サンデイズ　まったく問題ありません、わぶちゃん隊員でした」（敬礼した写真）

＊＊＊＊＊

ライン「おまけ……すでに人気スポット♡」

と、建物の前でピースサインの、おばちゃん二人と若葉の写真。

8　明け方の東京（深夜）

9　古い団地・岸田家

眠っている、サチ。

サチ「………」

首を傾げて起きて……。

サチ「？」

と、不安そうな顔。スマホを確認すると地震速報「東京震度2」。

サチ「………」

起き上がって、台所へ。水を飲む。

邦子、起きている気配なく。
サチのスマホに続々とラインが届いた。
翔子「大丈夫かな」若葉「大丈夫ですかね」
みね「僕、明日見てきましょうか」
サチ「(皆、同じなんだと思って、微笑して返事を打った)」
サチ「私、朝、行く」

10 早朝の団地(日替わり)

11 古い団地・岸田家

出かける前のサチと、起きてきた邦子。
サチ、朝の準備は完璧に終わらせていて……。
邦子「早いんだね、随分今日は」
サチ「………夜中に………地震あったから………なんかちょっと……心配だから見にいく」
邦子「地震？　あった？　震度は？　東京の」
サチ「………2」
邦子「(え？　たいしたことないと思うけどそれは言わない方がいいなと)そっか」
行きたいんだな、可愛いなと思う。
邦子の思ったことは感じているけど。
サチ「あ、ご飯できてるから………(行って)きます」
邦子「ありがとう、ごめんね、気を付けて」
サチ「………(相変わらずのごめんねには反応したくない)」

12 同・敷地内

自転車で、サチが走る。パンダの前で停まって………。

早朝で周囲に誰もいないのを確認してスマホを……パンダに見せる。サンデイズ予定地の写真。

パンダ「………………」

サチ「すごいでしょ？　いいでしょ、ね、カフェになるんだよ、サンデイズっていうんだ」

と、笑顔で喋って、ちょっと照れて。

サチ「また見せるね」

と言って、さらにそんな自分に首を傾げて苦笑して……。

サチ「(右手あげて)」

自転車で走る。

13　駅・駐輪場

サチの自転車がある。
岸田サチという名前……………書かれていて。

14　走る早朝の電車

15　サンデイズ予定地・前

やってきた、サチ。

サチ「…………………」
建物の前に立って。

サチ「…………………」
一応本当にいろいろチェック。
地震でどうにかはなっていない（内心わかってる）。

サチ「（見ているのが幸せでたまらない）」
わかっていたけど、無事で………。

サチ「………あ」
店の前に何か落ちていて。

サチ「ここに捨てるなよ煙草、マジで信じらんない」
煙草の吸殻で。手にとって。

と、今いるわけないのに、犯人を捜す顔できょろきょろして。

サチ「冗談じゃないんですけど、火事になったらどうすんの、ふざけんなよ」
と、ふくれ面して……建物を見て……。

サチ「ね？ …………（デレデレ）あ」
汚れているところをちょっと手で拭いたりして……。
（袖でキュウっと）。

サチ「…………………」
そんな自分が楽しくて………。
いつまででも見ていられる。

サチ「…………（微笑）」

16　古い団地・岸田家

朝食を持ってやってきている、若葉と富士子。
（いつものことになっている風）。

富士子「あったか？ 地震」

若葉「うん、あったよ。メンバー皆、同じこと考えて同時にラインが来た」

富士子「へぇ」

邦子「全然大きくなんかないんですよ、地震は」
若葉「（苦笑）まぁそうなんですけどね」
富士子「なるほど」
邦子「（微笑）」
富士子「見に行きたくて仕方ないんだよな、居ても立ってもいられない」
若葉「うん……ずっと見てても飽きない……皆、仕事の時間帯とかバラバラで……だから、行けるときに様子見に行くんです。一応、警備活動と呼んでおります」
邦子「警備活動か」
富士子「わかるな……家建てたときなんかな、私も毎日毎日見に行った、誰もいない朝とかにな……一人で……見にいった」
若葉「へぇ……そっか……」
邦子「（微笑）ウチは、そんなに裕福だったときないから。別れた旦那は、あんまり働くの好きじゃない人だったし、別れてからは、私がいろいろパートしてって感じでなんとか？　で、（車椅子）になってしまってからは、あの子一人で頑張ってくれて…………だからずっといつも、お金はそんなになくて……で、あの子、子供のときからそういうの分かってて、わがまま言ったりとか？　贅沢したりとか……全然ない子で、あれが欲しいとか、そういうこともあんまり、夢見ないっていうか…………でも、だから今本当に嬉しいんだと思う……そういうの初めてなんじゃないかな、自分のもの？　みたいなもの」
若葉「…………（頷いて）」
富士子「（微笑）へぇ」

17　サンデイズ予定地・前

サチ「（幸せそうに見ている）」

18　古い団地・岸田家

邦子「あ、すごく小さいとき、ケーキ屋さんになりたいって言ってたしね」
若葉「可愛い……おだいり様」
富士子「あんたの母親もそんな風に言ってた時期もあったね……可愛いレストランをやってる人になりたいってね……一回行った店の女の人が、

綺麗で格好良かったんだ」
若葉「ふ〜ん（考えたくない）」
富士子「（自分でも余計なこと言った気がして苦笑）失
　礼」
若葉「（微笑して首を振る）」
邦子「（深くは聞かない）」
　若葉のスマホが鳴って………。
若葉「あ、来た、おだいり様」

*****

　サチからのラインと写真。サンデイズの今の
　写真（敬礼してるサチ、ちょっと照れがある）
　「地震の影響なしでした！」
　大丈夫大丈夫、笑顔笑顔。

*****

　邦子と富士子に見せる、若葉。
邦子「（微笑）あら」
富士子「（微笑）はは」
若葉「（微笑）あ………ちょっといいですか？　写真
　撮りましょう」
邦子「え？　撮るの？」
若葉「ばあちゃん笑って」
富士子「え〜化粧がさぁ、ま、元がいいから大丈夫」
若葉「はいはい………敬礼！」
邦子「（笑って）」
　3人で敬礼。写真を撮って………。

*****

　若葉のラインと写真「警備ご苦労様でありま
　す」
　3人とも敬礼していて………。

19　サンデイズ予定地・前

サチ「（見て………笑ってしまって）」
　時計見て………。
サチ「（やばい）」
　と、仕事へ向かおうとする。
　そこへ、なんだかあぶなっかしい運転の自転
　車が来て、くわえ煙草していて……。

すれ違って……止まって。
睨み、凝視する、サチ。

サチ「…………」
自分たちの建物の前を通過するまで、じっと見張っていて……。

サチ「(厳しい目)…………」
投げ捨てしたら許さないぞという顔。
やっと通りすぎて……。

サチ「(溜め息……そんな自分に苦笑)近所のおばちゃんか私は」
と、幸せそうな顔で急いで行く……。

サチ「?」
道の向こうに、宝くじ売り場が見えて。

サチ「…………」
何かひっかかって。

サチ「…………(なんだろう)…………(あ)」

○メインタイトル
「日曜の夜ぐらいは…」
第7話

20 古い団地・岸田家(日替わり)

邦子、富士子の二人……。
そこへ遊びに呼ばれたみねがいる。

邦子「ようこそ、みね君」

富士子「ようこそ」

みね「あ、どうも……これ、あの、本当にちょっとしたものなんですけど」
と、お菓子とか……。

邦子「ありがとう」

富士子「気が利くねえ」

みね「いやいや、母が好きだった奴なんで……あ美味しいですよ」

富士子「そっか……じゃ美味しいな」

邦子「そうですね……3人組は一緒にお出かけなんでしょ? みね君は、入ってないんだ?」

みね「はい、あ、でも、そこがいいんです。3人には3人の絆があって……そこに無理して入るつもりもないし。入るべきでもないし。3人もそう思ってるし、僕も同じで……でも、4人でいたいと思ってくれたら呼んでくれるし……そういうの、心地よいっていうか、いい関係で」

邦子「へぇ……素敵」

富士子「そうだね、面白いね」
みね「あ、ただ時々、本当に忘れてることがあるみたいで存在を。ま、いいんですけどね、それくらいで……あ、今日はお招きありがとうございます。何して遊びましょうか？　いろいろゲームとか持ってきました」

と、出していて。

富士子「え〜〜これやるの？　３人で」
みね「はい、やりましょう」
邦子「楽しい……ね、富士子さん」
富士子「そうだね」
邦子「息子が出来たみたい」
富士子「(微笑) 本当だね、私も男の子の孫が出来たみたいだ」
みね「光栄です。僕も嬉しいです……どれからいきます？」

と、いろいろ出して……。

邦子「(笑顔) あ」
みね「え？」
富士子「どうした？　邦子ちゃん」
邦子「(微笑) あ、私の足ね……感覚なくて……でも時々、なんか、感覚があったときのこと、ふいに思い出すんです」
富士子「うん」
みね「へぇ」
邦子「でも、思い出すのって、なんか変な瞬間なんですよ。なんでそこっていう、今ね、あ、ゲームとか見たからかな、サチが小さい頃……私、家で……(笑って) 掃除機かけてて……レゴ……思いっきり踏んだことあって……うわぁぁ痛い〜〜ってなって……」

＊＊＊＊＊

レゴ踏んで、どうにもならない痛み状態の、邦子がフラッシュして。

＊＊＊＊＊

邦子「もう、どうにもならないくらい痛いんだけど……なんか怒るわけにもいかないし、なんか、やっぱりちょっとだけ幸せなものでもあるし、あぁ、もうなんで片付けないのちゃんと！みたいな気持ちもあるけど、なんだかもう、やれやれみたいな

「………でも痛い、笑っちゃうけど、痛い………
みたいな、痛み………幸せだったなぁって………
ごめんなさい、ちょっと思い出しちゃった」

みね「（微笑）」

富士子「そっか、痛いよね、あれは」

邦子「あ、あります？　踏んだこと」

富士子「レゴはないけど、積み木、三角の。もうね、足に刺さったかと思ったね、あんときは」

邦子「痛そう」

みね「僕は。大切にしていた、プラレール、母が踏んでつぶしてしまったことありました。で、僕は哀しくて、母は痛くて………でも壊してごめんって気持ちもあって……二人で一緒に泣きました」

邦子「そう」

富士子「わかるねえ」

みね「本当ですか」

邦子「わかる」

みね「（笑顔）」

21　道

走る、富士子の軽自動車。

22　同・車内

運転しているのは翔子。
助手席に若葉、後ろにサチ。

翔子「（楽しそうで）あれだね、富士子さん………車の運転好きなんだろうね」

若葉「あぁどうなんですかね。結構、運転中の口は悪いですけどね、でも、怖くはないです、運転」

サチ「そういうのわかるの？　その人の車、運転すると」

翔子「うん、何がってことはないんだけど、なんとなくね」

サチ「へぇ、あ、ごめんね、免許なくて運転代われなくて。なんかそういう余裕なくて免許とか」

若葉「私もです、すみません、教習所で知り合いとか同級生とかに会うの嫌で、行ったんだけど途中で辞めちゃいました、すみません、一人でやらせてしまって」

翔子「全然問題なし、運転ならずっとでも平気」

サチ「へぇ、すごい、じゃタクシーは最高の仕事？」

翔子　「まぁね。あ、でも自分の行きたい方に走れるわけじゃないけどね、仕事だから」
サチ　「あ、そっか」
若葉　「なるほど……なんかまるで人生のようですね」
翔子　「そうなのよ」
サチ　「(笑って)」
翔子　「でも、おだいり様、思い出してくれてよかったよ」
若葉　「本当ですね、そのままにしてしまうところでした」
サチ　「ね、忘れてたよね、行こうって言ってたのに」
翔子　「ギリ間に合うかな」
サチ　「ごめんね、ちょっと遅れちゃって出発」
若葉　「しょうがないですよ、仕事なんですから」
翔子　「まかして」

23　サービスエリア・宝くじ売り場

そろそろ店じまいで………。
売り場のおばさん、猫田さん。
警備会社の人が売り上げを預かりに来ていて……。
見送って。

猫田　「ごくろうさまでした」
と、寂しそうに手を振る。
今日で仕事終わり、退職するのだ。
猫田　「…………」
溜め息……。
猫田　「今日までありがとね」
と言って、慈しむように売り場を見て。
招き猫など、私物を回収。
そこへ、ドタバタと、サチ、翔子、若葉が車から降りて走ってきて。
サチ　「あの、すみません!」
猫田　「あ、ごめんなさい、もう終わりなの、ごめんね」
サチ　「あ、いえ、あのそうじゃなくて」
と、若葉と翔子の顔を見る。
猫田　「ん?　……(3人見て)なんか会ったことあるね」
サチ　「あ、はい11月に……ここで買ったんですけど」
猫田　「あ(特に翔子を見て)あ、バラで3枚」
翔子　「はい、わ、すごい覚えてるんですね」
猫田　「うん、バラで3枚可愛いなって思ったから」
翔子　「嬉しい」
若葉　「(私言っていいですか)」

サチ「（頷いて）」
翔子「（頷いて）」
若葉「あの、実は」
　貼り紙「3000万でました」。
若葉「（周囲を気にしつつ）これです、私たち」
猫田「！！！！！（声を殺して）マジで？」
3人「はい！」
猫田「（声殺して）え〜〜そうなの？　嬉しい……おめでとう、え〜〜嬉しい……この売り場から初めてだったのよ、高額当選……しかも女の子に……嬉しい」
若葉「ありがとうございます」
　猫田さん、涙ぐんでいて……。
　なんか3人も感動してしまってもらい泣きしそう。
サチ「あ、で、これあの、本当にたいしたものではないんですけど、お礼っていうか、しようって」
　お菓子の包みを渡そうとする。
翔子「おいしいっすよ、ね」
若葉「はい、間違いないです、吟味に吟味を重ねましたので」
サチ「よかったら」
猫田「え〜〜、まいったな、死ぬほど嬉しいし……人生で一番嬉しいかもしれないけど……受け取れないんだ、お礼は。決まりだから……ごめんね……本当にごめん」
サチ「あぁ、そうか……そうなんですね」
　無理強いはできない説得力があって……。
若葉「……」
翔子「……」
猫田「ごめんね。でも本当にありがとう……嬉しい……まいった。実はさ、今日で終わりなんだこの仕事」
　「え」と3人なって……。
猫田「ちょっと体いろいろ壊れちゃって、明日から入院するのね、たぶんずっと（本当は帰ってこられないのかもと思っている）」
サチ「……」
翔子「……」
若葉「……」
猫田「最後の日にね、こんな嬉しいことあるなんてね え……ありがとう、逆にさ、お礼させて、ね、ね、お願い、ね！　決定！」
サチ「え？　いやいやいや、そんな」

猫田「お願い！　ね」
近くの、いろんなもの売っている売り場の仲間に。
猫田「ねえねえ！　なんか美味しいもの4人分！　お願い……この子たち……えっと」
売り場の「3000万」の文字。
言っちゃうのかなと思う、サチたち。
猫田「私の友達なの！　お願い！」
言わないんだという信頼感が3人感じられて。

24　空

25　サービスエリア・テラス席

テラス風テーブルの4人。
いろんなサービスエリアグルメがお皿にのっていて……3人「すごっ！」となっていて……。
猫田さんの仲間たちが、いろいろ持ってきてくれた。
せっかくなので、いろいろ食べている、3人。
猫田「いいねえ、友達かぁ……いたけど、つまんないことでなんか喧嘩して、離れちゃったなぁ……うん……あぁなんかビール飲みたくなっちゃったなぁ、ダメなんだけど飲んじゃ」
若葉「じゃダメですよ飲んじゃ、ダメです」
猫田「は〜い……嬉しい。大切にね、友達」
サチ「……はい」
3人とも頷いて……。
若葉「……」
翔子「……」
サチ「あ、カフェをね……やるんです、3人で……あのお金を元手にして」
猫田「へぇ、マジで？　いいね」
若葉「あ、これ、ここを改装して」
サンデイズ予定地の写真を見せる。
猫田「ほぉ、へぇ……かっこいい」
翔子「サンデイズっていうんですよ、名前、ね」
サチ「はい、日曜日のサンデイズ……今まだ話してる段階ですけど、日曜日だけ、深夜までやろうかなって……眠れない人とか、いるから……お酒とかじゃなくて、一人でお茶出来るように」
猫田「へぇ日曜日かぁ、今、そんな感じかぁ……皆、疲れてるね、私なんかはさ、金曜の夜勝負で……寝てたまるかみたいな？　だから日曜日は疲れ切って寝てた」

翔子「へぇ」

若葉「（微笑）そうなんですね」

猫田「なんか歌があったなぁ、洋楽。It's Friday, I'm in love. Sunday always comes too late（金曜日、私は愛に生きている。日曜は来るのが遅すぎる）……そう日曜日は遅すぎるよね、来るのがね」

サチ「…………」

翔子「あ、お店出来たら来てくださいよ、あ、良かったら連絡先教えていただければ、ラインとか」

猫田「あ、連絡先交換はやめとこう、私、無茶苦茶連絡しちゃいそうだから寂しくて……ね……検索するよ、ひっかかるようにして、サンデイズで」

翔子「あ……はい」

若葉「（頷く）」

サチ「…………」

猫田「ニャーやるよ」

3人「？？？？」

翔子が思い出して、動作で教える。

猫田「絶対幸せになってやる……にゃ〜〜！」

真似して……。

サチ・若葉・翔子「にゃ〜〜〜！」

と、やって……。

なんだか泣けてくる、3人。

猫田「絶対サンデイズ行くぞ！」

4人「にゃ〜〜〜！！！」

なんだか涙止まらなくなってきて……。

猫田「今日はありがとう！」

若葉だけ「にゃ〜〜〜〜！　……え〜〜〜」

4人とも笑って……泣けて……。

26　同・どこか

3人、まだ鼻がぐずぐず言っていて……。

サチ「なんか、最近、泣いたり笑ったりどっちも多い気がする。忙しい」

翔子「そうだね、わかる」

若葉「感情が動いてるんですよね、たくさん。いいことですよね、きっと」

翔子「そうだね」

サチ「うん、でもさ、正直言うと時々思うんだ……お金か結局はって……お金を手に入れたから幸せなのかって……ま、そうなんだけど……その通りなんだけど……なんか悔しい気もするけど」

若葉「(頷いて)」
翔子「まぁね」
サチ「(微笑)ごめん、言っても仕方ないこと言った……自分を見失ってはいないよね、私たち」
若葉「はい、そう思います、大丈夫です」
翔子「大丈夫だ(誘う)」
サチ「(何か言いそう)」
若葉「にゃ〜〜〜! (若葉だけ)…………あ、そう来ますか、そうですか3人の友情は死んだのか」
翔子「(笑って)あ、わぶちゃん、バイトどうなの? うまくいってるの?」
サチ「(微笑……知っている)」
若葉「あ、全然嫌なこととかないんですけど、皆、優しいし…………ただ、私の問題で…………う〜〜ん……………接客の落とし穴というか」

27 回想・MASUYA Coffee

声のでかい男の人に怯えてしまう、若葉。
怯えて、何か落としてしまう…………。

若葉「すみません、ごめんなさい」

＊＊＊＊＊

男の客たちがカフェの店員さんと一緒に写真を撮ろうという感じになって。
皆で集まって……。
「こっちこっち」みたいに肩に触れられて。

若葉「わ」
と、振り払ってしまい…………。

若葉「あ、ごめんなさい…………」
空気悪くなって…………。

28 サービスエリア・どこか

若葉「なんか男の人がどうも苦手で…………強い感じのする人? 強気? …………とか、あと自分じゃ言いにくいけど……すごく女として見てくる人とか…………本当ダメで……参ります、課題です私の…………足引っ張ったらやだな……サンデイズの……やだなぁ」
翔子「わぶちゃんのことは、私と、おだいり様とみねで……守る……無理しなくていい、嫌なものは嫌でいい……ごめん、あの人だめって言えばいい、ね」
サチ「そうだね」
若葉「…………はい、ありがとうございます」
翔子「克服なんてしようとしなくていいんだからね、わぶちゃん悪くないんだから」
若葉「(頷く) はい」
翔子「みねとか、カフェの賢太さんは大丈夫なんでしょ?」
若葉「はい、みね君、大好きだし……賢太さんもそういう、圧みたいなもの全くないので」
翔子「そっか、あ、でもなんかわかる気がする」
サチ「うん」
若葉「すみません……ありがと」
「にゃ〜〜〜」と今度は3人で言った。

29 古い団地・岸田家

邦子、富士子とみね。
ごはん後のお茶など飲んでいて……。

みね「へぇ、そんなに……男の人がダメなんですね……わぶちゃんさんは」
富士子「そうだね……あんまりいちいち言う子じゃないけど、嫌な思いとか、怖い思いとか、たくさんしてきたんだと思うんだ……小さいころから」
みね「ぶん殴ってやりたいな、そいつら全員……ぶん殴ってやりたい」
富士子「(微笑)」
邦子「(微笑)」
みね「あ、でも喧嘩弱いんで、あっと言う間にボコボコにやり返されちゃうかもしれないけど」
富士子「だろうな」
みね「はい」
邦子「(笑って)」
富士子「なんだかおもしろいね、人生。いや、私さ、こう見えて、のほほ〜〜んとした性格で、喋り方とかも、それはそれは、上品で、優しくて、ゆっくりで」
みね「へぇ」
邦子「(イメージ出来ない)」
富士子「そんなに意外か? ま、いいや、ま、いろいろあって……あまりにひどいことばかり起きて…………ある日……変わったんだ。ふざけんな、冗談じゃない、腹立つわ、やってらんないわってね。がらっと変わったわけ。こうワイルドに？」
みね「へぇ、覚醒したんですね爆誕ですね」
邦子「覚醒……爆誕……」
富士子「だけど、ちょっと最近、それも疲れてきてね……それにここんとこ腹が立つこともないし……ちょっとどうしていいかわかんなくなってるんだ、わかるかな？」
みね「なるほど、キャラが行方不明なんですね」
邦子「ほぉ？」
富士子「そうなのか？」
みね「はい……あ、でも、僕、いいと思いますけどね、今の富士子さん、第三のキャラで」
富士子「第三」
みね「はい、もともとの、上品さと、ワイルドに覚醒してしまった破壊キャラと、ちょっと疲れてしまった脱力系が、三つ巴となって、なかなかエモいというか、なかなかいない得も言われぬキャラというか」
富士子「なんだ人を化け物みたいに」
邦子「言ってることさっぱりわかんないけど、富士子さんは今のままで好きですよ、面白いし、みね君とのコンビも、やればいいのに、漫才、みねふじこで」
みね「はい？」
富士子「ん？」

30　元・樋口家（夜）

やってきた、まどか。
まどか「…………」
真っ暗な家を見て。
まどか「あ？」
と、首を傾げて…………。

31　同・内

無人の家。
まどか「…………」
やられたという思いが……あって。
まどか「…………」
持っていた……なんと、みやげの袋（多分初めて買った）饅頭……みたいなものを投げつける。
まどか「…………」
そして、座り込む。
まどか「………やりやがったな…………」
と、家の中を見回す……暮らしの残骸。
まどか「………」
することないし、お腹もすいて………。
ばらまいた饅頭を食べる……。
ひたすら食べる。全部食べるのか………。
まどか「甘っ！」
溜め息……そして、そのまま床に倒れるようにして横になる。
まどか「…………」
その表情には、どこかやりきれない、寂しさみたいなものがあって。
まどか「…………」

32　朝（日替わり）

33　幸田邸・近くの道

変な寝方して腰が痛い、まどか。
そして、かつての自分が住んでいた、家。
幸田邸を見て……。
まどか「………」
笑顔の、幸田表札………。
蹴った……斜めになる、表札。
まどか「（だがなんとなく直す）」
声　「ありがとうございます」
まどか「あ？」
笑顔のいい人、幸田が来る。
幸田　「直していただいてありがとうございます」
まどか「え？　あ、あぁ……え？（この家の人？）こうださん？」
幸田　「いえ、こうだではなくて」
まどか「え？　まさか……しあわせだ……さん？」
幸田　「いやいや、さすがにそれは。さちだと申します」
まどか「（人の話聞かない）あのさ、しあわせださん？」
幸田　「いやいや、あの」
まどか「むこうのボロ家に住んでた、ばあちゃんと女の子」
幸田　「はい、樋口さん」
まどか「出てったみたいだけど、どこ行ったか知ってる？」
幸田　「（笑顔）はい」
まどか「え（自分で訊いたのに知っていて驚いて）」

34　喫茶店

翔子と敬一郎がいて……。
渋い大人の普通の喫茶店。

翔子「……この間の話なんだけど、えっと…………
遺産の放棄」
敬一郎「うん」
翔子「私はかまわないです、もらう資格もないんだろうし……そもそも考えたこともなかったし、なんとか生きていこうと思うし」
敬一郎「へぇ」
翔子「ただ さ、一回、家に帰ってもいいかな、お母さんに会いに。ちゃんと謝りたいし、なんかこのままずっとっていうのも、お互い悲しいし、それに、なんていうかまぁ、驚いただろうと思うけど、そんな私、タトゥー入れただけで、そんな犯罪犯したりしたわけではないし、もう時間も経ったわけだし、時代だって変わったしね」
敬一郎「断る。俺は自分の母親を守る義務があると思ってるから、断る。お前に会わせるわけにはいかない、心配で」
翔子「え？　なんか、そんなさ」
敬一郎「大したことじゃない？　お前のやったことが社会的に見てどういうことなのかは、関係ない。興味もない。それくらいなんとも思わない人もいれば、認める人もいるんだろう、でもそれは関係ない。俺の母さんは、お前が男の名前を彫ったのを見て……壊れたんだ。心がな。それは治っていない。ずっと今もだ。壊れたままだ」
翔子「…………」
敬一郎「お前は、そんな母親を残して家を出たんだよ。俺はずっと生きてきた。お前が壊してしまった母さんとな、ずっとだ。ずっと。私にはあなたたちしかいないって必要以上に甘えられたり、夜中にお前の部屋で泣いてたり、かと思えば怒鳴り散らかしてお前の荷物を夜中に窓の外に捨ててたり。お前みたいに時々思い出して、悲しい気持ちになったりしてるだけじゃない。ずっとだ。日常ってそういうことだ。それがどういうことかわかるか」
翔子「…………」
敬一郎「とりかえしのつかないことってのはな、あるんだよ、それほどのことかなとか言って、ふくれ面してればいい。俺はお前を母さんには会わせない。これ以上壊したくない」

翔子「…………」

心の力を失ってしまったような、翔子。

35　コンビニ・内

お弁当を買っている、仕事中の、翔子。

心の中が壊れてしまっているような表情で、

それでも働かなくてはならないし、何か食べ

ないといけない。なんでもいい。

手にとって……並ぼうとする。

翔子「…………」

アイスがあって……アイスを見るけど買わ

ない。買えない。だって自分が悪いんだから

……と自分を責める。

翔子「…………」

アイスから目を逸らす。

36　カフェ

賢太「…………」

楽しそうな、賢太。

スケジュールのメールを一斉に送った。

賢太「(笑顔)」

37　ファミレス「シンデレラムーン」・裏

休憩中のサチ。

メールでのスケジュール連絡を見て。

サチ「……(笑顔)きたきた……えっと」

と、照らし合わせているとそこへ、田所が来る。

仕事モードの顔で。

田所「シフトの相談なんだけど」

サチ「あ、あの、私、もう、そこまで入れなくてもっ

ていうか」

田所「え」

サチ「え？　……あ(なんか違う話だなと感じる)

いえどうしました？」

田所「いや、ちょっとまずいことになって……パー

トさん二人同時に今、辞めちゃって、厨房も一

人、連絡とれなくなっちゃって」

サチ「え(それは相当やばい)マジで……え」

田所「悪いけど、ちょっと緊急事態だ。しばらく、フ

ルで頼む、俺も入るし、人も探すけど……ちょっ

と頼む、な、望んでたわけだし、な、頼むわ、ちょっとやばい」
サチ「わかりました」
田所「すまん！　なるべく早くなんとかするから」
サチ「(頷く) はい」
田所「悪いな」
と、中へ戻っていく。
サチ「…………………」

38　サチのモンタージュ

ファミレスでやたら働き、休憩して、すぐに働き、自分の部屋で寝るだけで……。

パンダへの挨拶もお疲れ気味。

サチの声「というわけで、しばらく身動きとれなくて……………ごめん、カフェの方、参加出来ないと思うんだ。でも、私を待ってても、遅れるだけなんで………ケンタと、わぶちゃんと、みね君で進めてて……任せるから………、あ、ただ勘ちがいしないで、別に仕事でひどい目にあってるわけじゃないし………仕方ないんで………それに、ずっと、暮らしを支えてきてくれた職場だから、ピンチを救いたいし、守りたいし、恩返しもしたい。そう思ってるんだ。楽しいばっかりじゃもちろんないし、好きなわけではないけど………それでもやっぱり私の職場だし……本当にここがなかったら、どうなっちゃったんだろうと思うしね………だから…………お願いします。それに最近ちょっと浮かれてたから……………これが現実かなとも思うしね」

朝、自転車に、若葉から「ファイト」のメッセージが貼ってある。

嬉しくて、大事そうにポケットにしまう……。

働いているサチのモンタージュ。

てきぱきと、いきいきもしていて。

自分はちゃんと処理できるという誇りも表情にあって。

39　カフェ（日替わり）

サチがいない、集合。

翔子、若葉、みねの前に賢太。

賢太「そうですか…………わかりました。残念ですが、進めましょう。今日は、あの物件においてのイメージ図を持ってきました。ちょっと夢を共有するイメージで……あ、皆さんのコンセプトを伝えて、アニメーターの方につくってもらいました。自信あります」

と、PCで画像を見せる、賢太。

若葉「…………」

翔子「…………」

みね「…………」

賢太「皆さんも登場します」

3人「え？」となって……。

＊＊＊＊＊

カフェ・サンデイズの予想イラスト。

(オフで)

＊＊＊＊＊

幸せそうな表情になる、3人。

若葉「なんでしょうか、これは」

翔子「…………」

なんか泣きそうなのをいつもの顔で。

翔子「え？　これ私？　まいったな」

みね「僕もいます……」

賢太「いかがですか？」

若葉「感動です……最高です、早くおだいり様に見せたいです」

翔子「そうだね、おだいり様、可愛い」

若葉「はい、可愛くて格好いい」

みね「賢太さん、やりますね、最高です」

賢太「ありがとうございます、気合い入ってるんで……初の試みです」

翔子「おぉ（嬉しくて）」

若葉「(拍手)」

みね「(笑顔)」

若葉「おだいりさまぁ！」

翔子「おだいりさまぁ！」

40　ファミレス「シンデレラムーン」・内

ハードワークのサチ。忙しく働きながら……。

サチ「…………」

田所「大丈夫ですか？」

サチ「(顔も見ないで) そちらこそ」

田所「いい仕事するよね、相変わらず。岸田さんは」
サチ「(首を傾げる)」
田所「悪いね、さすがに、きついよな」
　サチ、いつもの固い拒否オーラのままで。
サチ「いえ、私は大丈夫ですから、気にしなくていいです。それと、私も田所さんの仕事は好きです。尊敬もしています。世の中大変だったときに、本当にどうなっちゃうんだろうって思ったとき、一緒に泣いたのも忘れてません。テイクアウトや病院へのデリバリーの業務出来るようにしてくれたときのこと、田所さんが頑張ってそうしてくれたのもわかってます。感謝してます。仕事以外は本当マジありえないくらい最低ですけど」
田所「(なんか泣きたくなってくる)」
サチ「(仕事を指摘) それ間違ってませんか」
田所「いや、あってるよ」
サチ「え? (疑惑で覗いて) あ (田所が正解) むかつく」
　と、仕事に戻る。

41　同・裏

　やっと短い休憩で…………。
サチ「…………」
　さすがに疲れている感じあって………。
サチ「…………」
　スマホを覗いて………。
サチ「…………」
　その目が輝いた……。
サチ「…………何これぇ」

42　カフェ・サンデイズのイラスト

　サチ、翔子、若葉、そしてみねが登場するカフェの図。
　素敵に可愛らしくて………。
　店内も………。
　メニューにはアイスなども書いてあって……。
　長い名前の飲み物なども登場……。
　その中のサチの笑顔。

第8話

○メインタイトル
「日曜の夜ぐらいは…」
第8話

1　茨城の朝

2　幸田邸・近くの道（7話シーン33）

まどか「出て行ったみたいだけど、どこ行ったか知ってる？」
幸田「（笑顔）はい」
まどか「え（自分で訊いたのに知っていて驚いて）」

3　回想・同

幸田と、富士子が話している。

幸田「そうですか。引っ越されるんですか、残念だわ」
富士子「これがね、新しい住所（とメモを渡して）」
幸田「あら、ありがとうございます」
富士子「あ、手紙とか？　年賀状とか？　いいからね、私ね、もう目があれで読めなくて。かえって悲しい気持ちになっちゃうから、ハガキとかもらうと」
幸田「あぁ、そうなんですね、わかりました」
富士子「ありがとう、あ、でね、私をね、訪ねて女の人が来るかもしれないのね、そうしたら教えてあげてくれるかしら？　住所」
幸田「あ、はい、わかりました（笑顔）」
富士子「あ、これ、ちくわぶ、ごめんなさいね、たいしたもんじゃなくて」
幸田「いや、そんな」
富士子「お願い、お願いだからもらって、ね、この通り」
幸田「あ………そうですか、わかりました。ありがとうございます、いただきます」
富士子「ごめんね………幸田さんはずっと幸せでいてね。あの家をよろしく………ね」

と、罪悪感あるので過剰に手を合わせて、去る富士子。だが、戻ってくる。

富士子「やっぱりごめんなさい、それいいわ。あなたみたいな方に頼むことじゃない」
幸田「大丈夫ですよ、何も聞かず、樋口さんの言った通りにします」
富士子「え？」
幸田「それが間違ってるとか、どうでもいいです。来るのが誰なのかも聞きません。私は、あの家をつくってくださった、樋口さんのことが好きなんで。友情の証です」

富士子「…………」

幸田「それに、〝さちだ〟だし、あんな表札だし、100％幸せに生きてきたいい人って思ってらっしゃると思いますけど、私は結婚して、幸田になっただけで、生まれてからずっとそうだったわけじゃありません、写真見ます？　若かりし私の」

と、スマホを見せる。

富士子「（かなり驚いた）えぇ（本人と見比べる）」

謎で……。

幸田「人生いろいろです。樋口さん、どうか お幸せに」

富士子「……ありがとう……本当にありがとう」

4　同

笑顔の幸田がまどかに。

幸田「えっと、はい、これですね」

と、メモを渡す。

まどか「…………」

奪うように、メモを取って……。

まどか「（読む）じゃ」

と、去っていく……。

幸田「（笑顔）さようなら」

と、いい人笑顔で頭をさげる。

5　茨城奥地・何もない場所

ちょっとへとへとになりながらたどり着いたまどか。

何もない。メモを確認。

まどか「は？」

荒野。そして、よく見ると……。

木の札に、あかんべぇの絵が貼ってある。

まどか「…………」

マジでむかつくがどこかちょっと笑えてしまって。

まどか「へぇ（笑って）」

思い切り、木の札を蹴った。乾いたいい音をたてて……。

風に舞う、あかんべぇの絵。

まどか「（なんだか笑う）」

でも、ちょっと溜め息……。

6　ファミレス「シンデレラムーン」・内（日替わり）

少人数で怒涛のように忙しく働いているサチ。
だが、仕事は極めて冷静で……。
どこか、充実したような表情にも見える。

7　古い団地・岸田家（夕）

わいわいと集まっている、邦子、富士子、みね。
そして、翔子、若葉。
楽しそうで……。

翔子「でもさ、集合は嬉しいんだけどさ、集合かけたおだいり様は仕事なんだよね」
若葉「はい、なんかものすごく大変そうで」
みね「へぇ、そうなんですか」
邦子「いきなり何人もお店辞めてしまって、休めなくなっちゃったらしいんだけど。なんか意地みたいなものがあるらしくて、あの子……人が辞めて大変だけど新しい人、入るまで絶対ちゃんとお店回してやるって、なんかすごい、早朝から閉店まで……ずっとここんとこ気合い入ってて……なんだろ出かけていく姿が武士みたいだった」
みね「おぉ」
翔子「おだいり様、かっけー」
富士子「素敵ね」
みね「なんで……そんなときに集合？ なんですか、おだいり様抜きで」
翔子「わかんない」
若葉「はい、あの、おだいり様からのメッセージを私、預かっておりまして」
翔子「メッセージ？」
若葉「えっとですね……たくさんあるんで、ちょっとお待ちください」
と、スマホを準備する。

8　回想・同・敷地内（夜）

若葉とサチとパンダ。

若葉「大丈夫ですか？ 疲れてないですか？」
サチ「うん、ありがと、ごめんね呼び出して」
若葉「とんでもない」
サチ「むっちゃ忙しいんだけどさ、不思議だよね、忙しく動いてると、なんかどんどん冷静になってく自分がいて、頭がクリアになってくっていうのかな、あ、仕事のことだけじゃなくて、いろんなこと、皆のこととかカフェのこととか、家のこととか………なんだろ、普段、考えたり感じたりしてるだけで、ぼんやりしてることが、どんどんクリアになっていくんだよね、あ、そうか、そういうことかみたいな感じでさ」

若葉「へぇ、なんかマラソン選手のインタビューみたいな」

サチ「そういうことかも、あ、でもさ、寝ちゃうと忘れちゃう気がして、だからさ、わぶちゃん、悪いけど書記になってくんないかな」

若葉「しょき？　え？　あの、生徒会とかの、あの書記？」

サチ「そうそう頼むわ。だって今、大事な時期じゃん？私たちにとってさ、ここんとこ、いろんな変化があって。あ、私たちが友達になってからね。これからも変わっていくと思うし。あ、カフェの準備もいろいろあるわけだし。皆に伝えたいことたくさんあるんだけど、この大変なのが終わってからじゃ間に合わないと思うからさ、いろいろ。それに面と向かって言うのそんな得意じゃないから。だから、わぶちゃんから伝えてほしいんだ、集まったときに皆に」

若葉「え、あ、はい、え？　あ、なるほど、そっかそういうことか、えっと、あ、ちょっと待ってくださいメモしていいですか、正確に伝えたいので」

サチ「あ、うん」

　若葉、スマホを出して……メモ体勢。

若葉「書記、嬉しいです。ちょっと憧れあって………生徒会とか、長い学生時代、一度たりとも何かの委員をやったことなくて」

サチ「そっか」

パンダ「（そっか）」

若葉「本当、なんか新しい気持ちをたくさん感じてます私、嬉しい」

サチ「わかる」

若葉「（嬉しい）はい、あ、お願いします」

サチ「まず、全員に」

若葉「はい」

サチ「今日はすみません。集まってもらったのに、いなくて、勝手言ってすみません。そろそろカフェのことも準備が始まるのに、ちょっとしばらく仕事がハードで、皆に迷惑かけてしまっているけど、あ、お母さんのことも、助けてもらってありがとうございます。私、やっつけてきます。応援しててください」

9　同・岸田家

スマホのメモを見ながら若葉、続ける。

若葉「絶対負けないんで、私」

みねが拍手して………。

皆で拍手して…………。

翔子「いけ！　おだいり様！　格好いい！」

富士子「やっつけちまえ！」

「やっつけちまえ」と皆で言って。

10　回想・同・敷地内

サチ「えっと、じゃあまず、富士子さんにお願いがあります」

若葉「え？　ばあちゃんに？」

サチ「うん」

パンダ「？」

11　同・岸田家

富士子「え？　私？」

若葉「うん」

富士子「あ、邦子ちゃんをよろしくみたいなことか？　だったらこちらこそなんだから」

邦子「(微笑) すみません」

若葉「ううん、全然違う」

富士子「ん？」

皆「？」となって………。

若葉「富士子さんは、以前、自分の家を建てるとき、設計やデザインとか、インテリアとか、いろんなことを勉強して、設計図も読めるし、とってもそういうことが好きだし、センスがあるとわぶちゃんから聞きました。私たちのカフェも、今はまだ中身が何もない段階です。

入っていただいて……アドバイスをお願いしたいです、名づけ親でもありますし、お願いします」

富士子「…………え…………」

いきなりのことで………。

ちょっとぐっとこみあげてきてしまって。

富士子「………ありがとう、喜んで………ありがとう、嬉しい」

その感動は皆にも伝わって……皆で頷いて……。

若葉「次、ケンタさん」

翔子「あ、はい、なんだろ、ちょっと聞いてないんだけど本当に、怖い」

12 ファミレス「シンデレラムーン」・内

働いている、サチ。

仲間がミスしたのを、何も言わずにリカバーするサチ。

13 古い団地・岸田家

若葉「ケンタは、なんか最近ちょっと抱えてるよね、多分家族のことかな、よくわからないけど、それはいつか話してくれればいいし、話さなくたっていいんだけど。まったくさ、全然そういう風に見えないけど、一番びびりで繊細なのわかってるから私は」

翔子「……………」

若葉「だから、引っ越して来い、お願いっていうか命令。あなたは一番言いたいことは言えない子だから……悪いけど、私はほっとかない。3人と皆と、あなたは一緒にいた方がいい。通勤大変とか遠慮とか色々あるんだろうけど」

14 回想・同・敷地内

サチ「そんなもん知らん。いいから来い、一緒にいろ、いつ振り返っても、私もわぶちゃんも皆、いるから……どうやって住むかとかあとで考えればいいし……別にずっと3人でいつでも一緒とかじゃなくていいし、適度な距離ってあると思うけど。今は一緒にいよう、なるべく私たちで、自分たちの一番いい関係をつくっていこう。というわけでとにかく来い、わかったか」

若葉「……………」

パンダ「(泣きそう)……………」

メモしながら泣けてくる、若葉。

15　同・岸田家

喋る若葉も泣けてきて。
翔子「…………なんだよもう、ずるいこんなの、怒られてるし私」
泣けてきてしまって。
皆、笑って、頷いてやる。

若葉「次、邦子さん、お母さん」
邦子「何かな（わくわく）」
若葉「すぐに出来るかどうかわからないけど、カレー、カフェで出したいんで、準備よろしく」
邦子「あら」
翔子「当然でしょ、あれは出すでしょ」
みね「ですよね、人気出ますよね」
若葉「間違いないですね」
富士子「でも店で出すとなると大変だ、ね」
邦子「はい、そうですよね、あららら忙しい」
若葉「お母さんには以上なんだけど」
邦子「ん？　そんだけ？　カレーだけ？」
若葉「お母さんについて、お願いがあります。皆、ウチの母をどんどん使ってくださいい、利用してください」
邦子「ん？　ん？」
富士子「（には、なんとなくわかる）」
翔子「どういうこと？」

16　回想・同・敷地内

サチ「ケンタも、みね君も、わぶちゃんも、理由はいろいろで本当のお母さんと、生きられなくてもさ、ウチの母いるから……いいじゃん、ね。富士子さんも自分の娘だと思ってくれればいいと思うし……とにかく母をそう思って……くれたらいいと思う。ずっと二人だけだとちょっと一言多くてうざいけど……時々ならそうでもないから、可愛くて優しくていい人だから……時々ならいろいろ利用してくれた方が私も楽だし」
若葉「（微笑）」

17　同・岸田家

翔子「…………」
みね「…………」

邦子「ん？　ん？　なんでいちいち毒が混ざってる？」
富士子「（笑って）」

18　回想・同・敷地内

サチ「お母さんは、そこから動けないけど、それは言い方変えれば、そこにいつでもいてくれるってことだから」
若葉「（なるほど）」
パンダ「（なるほど）」

19　同・岸田家

邦子「…………………」
富士子「なるほどね」
邦子「………（泣きそう）やだもう……………」
翔子「お母さん！」
若葉「お母さん！」
みね「（かすかに遠慮はあるけど）おかあさん」
邦子「うん、よろしくね、いつでもご利用お待ちしております」
富士子「（笑って）」

若葉「そして、みね君」
みね「あ…………」

20　回想・同・敷地内

サチ「大好き、皆、あなたが大好きだよ…………時々、あなたみね君は天使なんじゃないかと思う……あなたには、こうしてほしいとか言いません。きっと全力でそうしようとしてくれちゃうから……」
若葉「…………」

21　同・岸田家

皆、サチの言葉は理解出来て……。

みね「…………」
若葉「私からのお願いは一つだけ…………いなくならないで………私は、男とか女とか、そういうの超えて………あなたと仲間でいることを誇りに思ってる。みね君が、そこにいて何の違和感もないのって、最高って思う」
みね「………まいったな……」
若葉「それから、みね君が嫌じゃなければ、みね君も来ちゃえば？　実はね。３階空いたよ」
みね「え」
と、驚いて、皆を見て……。
みね「いやじゃないですか？」
「何言ってんだ」とバシバシ叩かれる。
邦子「あぁ叩きたい、みね君来て」
みね「あ、はい」
と、叩かれにしゃがむ。
邦子「何言ってんだ、こら」
と、叩いて。
みね「あ……ありがとうございます」
翔子「(笑顔で、でも）あ、ちょっと待って私が先、来るの、私。いやだみねに負けたくない」
みね「なんでですか。あ、でもさっそく明日にでも」
翔子「え〜〜じゃ私、今日」
若葉「はい、というわけで、おだいり様からのメッセージは以上です」
みね「ありがとうございます！」
翔子「え？　あ、わぶちゃんは？」
若葉「あ、へへ、そうでした。なんか自分で言うのは照れますけど」

22　回想・同・敷地内

若葉「…………」
サチ「わぶちゃんはさ、自分じゃ、わかんないと思うけど、世界の宝物みたいに素敵な子なんだよ。そうなんだよ、わかってるかな」
若葉「え（メモ止まる）」
サチ「でさ、わぶちゃんは想像できないくらい、しんどい思いしてきたんだと思うんだ。わかるよとか、言えないくらいにね」
若葉「(メモはしていない)」
サチ「でもさ、こう考えよう。だから出逢えたんだって私たち。ね、そう考えよう」
若葉「(頷く)」
サチ「でも、嫌な過去はなかったことにはならないと思うんだ。わぶちゃんが幸せになることが復讐だよね、毎日楽しいなと思うことが、一番の復讐……ね、やっつけよう、過去」
若葉「………（頷く）うん」
サチ「うん、っていうかどうした私」
若葉「(泣き笑いで)」

23　同・岸田家

邦子「どうした？　うちの子」
翔子「なんかドラマの最終回みたいなんだけど……」
　と、皆で笑って……。
邦子「あぁ、でも、強い子なんですよ、サチ……もともと走るのとかすごくて、あのマラソンの、駅伝あってそんとき、アンカーでね、後半すごくて。8位から一気に7人抜いて、優勝したの」
　「おぉぉ」となって……。
若葉「(だけ、笑ってしまって)」
邦子「ん？」
若葉「あ、いえ（笑って）」

24　回想・同・敷地内

サチ「たぶんお母さん、駅伝の話すると思うんだ」
若葉「へぇ」
サチ「でもね、あんときの私、半端なかった。マジで……うん大丈夫、任せて、こっからこっから」
若葉「はい」
サチ「(笑顔)」

25　実景（深夜）

26　古い団地・樋口家

　サチが帰ってきた。ヘロヘロで……。
　やっと4階まで上がってきた感じで。
　すると、待っていた、若葉と翔子が出迎える。
若葉「お疲れ様」
翔子「お疲れぇ」
サチ「お、いるな、ケンタ」
翔子「いるよ」
サチ「(笑顔)」
翔子「疲れてるねぇ、どうする？　お風呂入るかと思って入れてある」
サチ「嬉しいありがと」
若葉「あれですかね、お風呂あがって、3人でだらだらごろごろ喋りながらいつのまにか寝てしまったみたいな幸せはどうですか？」
サチ「それいいねぇ、あ、でも」
翔子「朝、何時？　責任もって起こす」
若葉「邦子さんのことは、ばあちゃんが任せろと」
サチ「……ありがと、あ、じゃ5時半でお願いします」

翔子「了解、さ、お風呂お風呂」

27 同・敷地内

パンダ。お風呂入っているみたいな顔に見える。

28 同・樋口家

ごろごろ寝転がっている、サチ、翔子、若葉。

翔子「幸せぇ」
若葉「幸せぇ」
サチ「…………………」
翔子「あれ、もう寝てる」
若葉「はやっ…………疲れてるんですねぇ」
翔子「だね」
サチ「…………………」
翔子「(優しい目でサチの寝顔見ていて)」
若葉「(も見ていて)」
サチ「…………(なんか寝言)…………」
よく聞こえない。
翔子、若葉、顔を見合わせて………「?」となって耳を澄ます……。

若葉「…………………」
翔子「…………………」
サチ「(寝言)いらっしゃいませ…………」
翔子「仕事の夢かぁ、大変だなぁ」
若葉「ね」
サチ「……………サンデイズへ………ようこそ」
寝顔がなんだか幸せそうなサチ。
翔子と若葉、「!」と顔を見合わせて……。
翔子「(嬉しくて)あ、そっち?」
若葉「そっちですね、おだいり様の夢の中に、私たちもいますね」
翔子「そうだね、あ、私、同じ夢見て寝よ」
若葉「私も」
と、寝る体勢の翔子と若葉。
翔子「おやすみ」
若葉「おやすみなさい」
と、目を閉じて…………。
3人で川の字になって眠る。
サチ「……(寝微笑)ふふん…………」
若葉「…………………」
翔子「…………………」

若葉も翔子も、幸せで……涙出てくる。

29 同

川の字の3人で……。

30 カフェ「サンデイズ」・前（日替わり）

やってきた、若葉、翔子、みね、富士子と邦子。
みねが、邦子の車椅子を押していて。

翔子「ここで～す」
富士子「へぇ」
邦子「すご～い素敵」
みね「ですよね」
若葉「ふふん、どう？　ばあちゃん」
富士子「いいね。うん、いい」
翔子「見つけたの私です、私」
みね「はいはいはいはいはい、それずっと言う感じですか」
翔子「言うよずっと」
待っていた、賢太。
賢太「お疲れ様です」
富士子と邦子に、はじめましての挨拶をして。
賢太「どうぞ、中へ」

31 ファミレス「シンデレラムーン」・内

仕事している、サチ。
頑張っているけど、時計を気にしている。

田所「岸田さんいいよ、あとは俺に任せて」
サチ「え？　あ、でも大丈夫ですか？」
田所「大丈夫大丈夫、今日のことだけすごく気にしてたでしょ、大事な用事なんでしょ。ごめんね過ぎちゃって。もう大丈夫だよ。十分無理してもらってるから」
サチ「ありがとうございます。じゃ、ちょっとすみません」
田所「もうすぐ他店から応援来ることになったから」
サチ「あ、良かった」
田所「なんかさ、この一連の俺の感じでさ、なんかこういろんなこと帳消しっていうか、なかったことにとかになったりとかさ」
サチ「しないです」
と、帰り支度へ。
田所「はい」

32　道

自転車で駅へ走る、サチ。
慎重に運転。でも、気持ちは急いで。

33　カフェ「サンデイズ」・内

皆で中を見てまわっていて………。
少し内装修復など進んでいる感じで……。
初めて来た、富士子と邦子が興味津々で……。
みねが押した、車椅子……少し進みにくいところがあって……。

みね「ここ、ちょっとあれですね、きついですね」
邦子「そうだね」
賢太「あぁ。本当だ、ありがとうございます、さっそく」
邦子「ありがとうございます」

＊＊＊＊＊

富士子「(賢太を手で呼んで)」
賢太「はい」
富士子「カフェプロデューサーねえ」
賢太「あ、はい」
富士子「楽しそうな仕事」
賢太「はい、ありがとうございます、楽しいです」
富士子「ちなみに(小声で)いくら取るの？」
賢太「え？　あ、えっと(まいったなと思うけど………言うしかないかと耳打ち)」
富士子「ほぉ、はははは、よろしくねえ」
賢太「あ、はい、頑張ります」
二人で笑う。
賢太「(汗)」

34　駅前・商店街

急ぐ、自転車のサチ。

サチ「…………」
ふと道を見て……立ち止まる。
サチ「…………」
様々なお店、飲食店があって……。
サチ「…………」
ふっと笑って……走る。

35　カフェ「サンデイズ」・内

若葉と翔子は、二人とも結構真剣な表情で……。
店内を見てまわっていて……。
でも、外も気にしていて………。

若葉「…………」
翔子「…………」

そこへ、ダッシュでやってくる、サチ……。

若葉「あぁ」
翔子「あぁ」

と、サチ、二人と抱き合って………。
邦子に頷いて、富士子に頭さげて。
みねに、手を掲げて挨拶。

サチ「遅くなりました。すみません」
賢太「いえいえ、とんでもない………じゃよろしいですか？」
サチ「はい」
翔子「はい」
若葉「はい」
サチ「みね君」
みね「はい」

＊＊＊＊＊

仮に置かれたテーブルでの打ち合わせ。
離れて楽しそうにしている、富士子と邦子。

富士子「(小声で)こんなところ見れるなんて嬉しいわね」
邦子「はい、嬉しいです」

＊＊＊＊＊

スケジュールなどが書かれている計画表をもとに、これから決めていくこと、会社から提案されていることなどが書かれていて……。

賢太「店内のインテリア、照明などは、以前お話ししたように、こちらでご提案させていただきます。ただ、その通りにしなくてはいけないわけではありませんので、なんでも言ってくださいね」
サチ「はい」
賢太「あと、決めていくのが、こちらのリストになります。全部ご提案する用意はありますが」

皆で見て………。

サチ「あの、食器なんですけど」
賢太「はい」

サチ「自分で選ぶのはどうですか？　いいですか？　別に高級とかそういうことじゃなくて、なんだろ？　愛せる感じとか、選びたいなって思って……どう？」

翔子「いいね。あんまりガチガチに統一されてなくても可愛いよね」

若葉「私はエプロンは、やっぱり自分たちで決めたいです……みね君も似合うのがいいし」

みね「あ、はい。ありがとうございます、意外とね、なんでも着こなしてしまうタイプなんですよ」

翔子「なんでもだな、絶対だな」

みね「いやいやなんでもって、そういうことじゃなくて」

サチ「ここちょっとすみません、補欠争いしてて気にしないでください」

賢太「そうなんですね」

翔子「そうなんですね、じゃなくて」

みね「時間の問題だとは思ってます」

翔子「え？　何が？」

若葉「すみません本当に、気にしないでください」

賢太「はい」

みね「はいって」

賢太「すみません（笑顔）で、こちらが、仮のご提案のメニューになります。あくまで仮です。足したいものは……どんどん言ってください。で、メニューの講習が、あ、メニューが決まったらですけど、ありますので、よろしくお願いいたします。もちろんすべての手配はこちらでやらせていただきます」

サチ「はい、楽しそう。この人（翔子）ちょっと厳しめでお願いします」

翔子「だよね、頑張ろ」

みね「ちなみに私、手先は器用です、はい」

翔子「は？　何、挑んでんの？　私に」

若葉「楽しみ、授業が楽しみなんて人生初めて」

翔子「私も」

サチ「あ、それは私も」

みね「あ、僕もです」

賢太「…………それはわかります。学生だったときと違って…………自分で受けたくて受ける授業は楽しいです」

サチ「そうか、ですよね…………あ、富士子さん、これ見てください」

富士子「え？　あ」

サチ「お母さんも、ちょっと厨房の相談とかしないと」

邦子「あ、そうか、邦子カレーね」
サチ「え？　何それ、何メニューの名前決めてるの？
　聞いてない」
邦子「言ってない」
サチ「なんだそれ。いいじゃん、ね」
　皆、頷いて……。
富士子「この、カウンターの天板の部分。素材は何を使
　う予定？」
賢太「この建物にあわせて、天然木を使おうと思って
　ます」
富士子「そう、それはいいわね（親指立てて）」
　等々……話はつきなくて……。
　トイレを覗く、みね。
みね「…………」
　みね、皆を振り返り……。
みね「ここは任せていただきます」
みんな「おぉ」

36　古い団地・敷地内（夜）

　パンダの前に、みねがいて…………。
みね「…………」
　会話しているように見える、二人。
　みねは、見守り系の大先輩、パンダ様への敬
　意を伝え、極意と教えを乞うている感じ。
みね「…………」
　何度も頷いたりして……。

37　同・樋口家

　サチ、若葉、翔子の3人………。
翔子「何？　少しは楽になりそうなの？」
若葉「そうなんですか？」
サチ「うん少しね、状況よくなった」
翔子「よかったね」
若葉「よかったぁ、おだいり様、どうかなっちゃうん
　じゃないかと思いましたよ」
サチ「ごめんね、ま、でも全部は参加できないし、任
　せること多いけど、講習は絶対行くし、あ、食
　器も……エプロンも」
若葉「行きましょう3人で」
翔子「うん、行こう行こう」
サチ「うん。あ、今日さ、サンデイズ行くときね……
　お店ってたくさんあるんだなって思ってさ……

今まで考えたことなかったけど…………お店の数だけ？　今の私たちみたいな、夢っていうか、あったんだろうなと思った………そしたらなんか全部の店、応援したくなったんだ………同じ街なのに、なんか不思議な気持ちになった……面白いね」

38　道（日替わり）

飲食店の数々を見ている、自転車のサチ。

サチ「……………（微笑）」

39　別の道

走るタクシー。

翔子「…………」

飲食店たちを見て………。
サチの言っていた気持ちがわかった気がして。
嬉しくなって、つい、店を見てしまう。

翔子「………頑張ろうぜ…………へへ…………」

40　また別の道

バイト先のカフェへ向かう道で飲食店たちを見る、若葉。

若葉「…………」

連帯意識みたいなものが初めての気持ちで………くすぐったい嬉しさがある。

若葉「…………頑張りましょう、ふふ」

41　またまた別の道

自転車で走る、サチ。
新装開店の店を見たりして………。
店の人が嬉しそうに開店させている。

サチ「（なんとも言えない気持ちになる。心からエール………そして自分たちももうすぐだよと、言いたい）」

ガッツポーズを送って去っていく。走る、サチ。
（美しき働くものの連帯感の余韻の中）。

42　中華料理屋

博嗣「あ、いつものね。天津飯と天津麺、とろみ多め

田所　で、誠は？」
博嗣「誠って呼ぶな、あ、普通の方のチャーハンで五目じゃなくて」
田所「あ、帰りにいつものテイクアウトもよろしく」
博嗣「(溜め息)」
田所「どう？　サチ元気でやってる？　景気よさそう？」
博嗣「知りませんよ、景気いいかどうかなんて」
田所「だからほら、シフト？　そんなに働かなくていいですって言うとか」
博嗣「え」

＊＊＊＊＊

もうそんなには入らなくていいと言ったサチ。

＊＊＊＊＊

田所「いや、むしろ逆です、逆。シフト入ってます……っていうか、娘が景気良かったら、金せびろうとかってさ、クズすぎるでしょ」
博嗣「クズにクズって言われたくないね」
田所「クズにクズって言われたくないねってクズに言われたくないね」
博嗣「クズにクズって言われたくないねってクズに、クズって、あれ」
田所「(勝った)言っとくけど、私はクズじゃない、未遂だから未遂」
博嗣「一番のクズは自分のことクズじゃないと思ってるクズだから、俺は違うよ、ちゃんと認める、はいクズですが何か、博嗣ではなく、ひろくずですが何か、とか自虐だってしちゃうよ」
田所「なんだそれ。あんたは知らないんだよ、どんなに頑張ってるか、あんたの娘が。知らないからそんなひどいことがさ」
博嗣「じゃ誠の奥さんは知ってるのか、誠がアルバイトに何を提案したかを」
田所「誠って言うな(溜め息)なんであんなこと言ったんだろうな、俺は」
博嗣「一緒に考えようか？　誠」
田所「結構です。とにかくシフトはパンパンに入れてるよ、マックスだ、景気は悪い」
と、守ろうとする、田所。
天津飯届いてご機嫌な博嗣。
田所「(自分がわからない、何をしてるんだか………

でも言いたくない）」
博嗣「サチが頑張る奴なのは知ってるよ、伝説の７人抜き女だからな、あいつは。最下位だったクラスを優勝させた女なんだよ、大丈夫」
田所「ん？」
博嗣「なんとかしてくれる奴なんだよ、あいつは」
田所「いい話すんのかと思ったら、最低だな」
博嗣「最低な奴に最低って言われたく」
（無限ループなので省略）

43　食器店（日替わり）

サチ、翔子、若葉……見て回って……。
ノートには、必要な食器の種類と、数値などが書いてあって。
３人、お買い物モードの楽しさと店の食器を決める緊張感。
サチ「なんか迷うね。結構」
翔子「だね、自分だけなら、これ！とかノリで決められるけど……すごい数だしね」
若葉「でも、やっぱりこれを自分たちで決めるのは私、賛成です。一番触るっていうか、手に取るもので……お客さんの前に置くわけで、そのときに、今日のことずっと思い出すと思うんですよね。あ〜３人で決めたなぁって、どうぞ、可愛いでしょって思いたいし」
サチ「うん、いいね」
翔子「よし、頑張ろう」
若葉「はい」

＊＊＊＊＊

どんどん決めていく、３人。
その度に、３人で決定して……。
採用になる感じで。
その度に、達成感。メモにチェックを入れて……。

＊＊＊＊＊

どっと疲れている、３人。
サチ「決まったねえ」
翔子「決まった」
若葉「決まりましたねえ」

サチ「大変だけど、楽しいね」
翔子「うん。楽しい」
若葉「はい、楽しい。それに私、自信あります。絶対いいと思う」
翔子「そうだよね、いいよね」
サチ「うん」
でも、疲れて溜め息。
同時で、笑って…………。

44 エプロン店（日替わり）

そこには、みねも参加。
試着はみねばっかりで……いろいろ試す、みねで。
みね「あの…………なんで僕ばっかりなんですか？　皆さんが好きなのを選べばいいのに」
翔子「みねが似合うことが大事なの。男と女で色とかデザインとか変えたくないの、みねが似合うのと同じもので決める。文句言うな」
みね「…………はい……ありがとうございます」
サチ「これどうかな」
若葉「これいかがですか？」
と、次々に、つけさせられ、そのたびに写真を撮られて…………。
みね「…………」
皆で写真を見て…………。
サチ「これかな」
皆、合意して……。

＊＊＊＊

今度は全員でつけてみる。
翔子「いいねぇ！」
と、皆でハイタッチ……笑って。
みね「いいですね、あ、でもわりと予算オーバーです」
サチ「え？　マジで？」
若葉「うわ、そうかぁ」
みね「はい、ま、いいですかね、許容範囲ですかね」
翔子「そうだよ、いいだろいいだろ」
みね「よくないですよ」
若葉「よかったです、みね君がお金預かってくれて」
サチ「本当だよね、3人だったらやばかったと思う」
翔子「特に私でしょ？　あ、自分から言ってみた。自分でもそう思う、みねサンキュな…………ちょっ

みね　と焼肉行くか、エプロンも決まったし」
翔子「行きません」
みね「え〜〜」
「フードコートで、好きなもの2品！」
「いぇ〜〜！」
と、歓声が上がる（安上り）。

45　通帳

現在の残高。
ここ最近の出費が詳細入りで。

46　古い団地・樋口家（夜）

3人で、メニュー会議。
提案された長い名前の飲み物の案。

若葉「私、これ絶対好きだと思います。絶対………私ならこれ選ぶ、絶対」
サチ「え〜本当に？」
翔子「なんだこれ？」
若葉「え？　ダメですか？　え〜やだ、これがあって欲しい。魔法のねばーるコーヒーゼリーフラッペキラキラホイップクリーム添え」
サチ「わぶちゃんがそこまで言うならね」
若葉「やった、絶対人気出ますよ」
翔子「へぇ」

47　カフェ「サンデイズ」・内（日替わり）

待ちに待ったメニュー講習。
4人と見守りの賢太。
めちゃくちゃ楽しいけど………。
実は結構むずかしい。頑張る、3人。
カフェアートなどもやるが翔子はかなりレベル低い。

賢太「（ちょっと心配だけど微笑）」
サチ「落ち込むな」
みね「これはあれですね、一つの売りですね、翔子さんのラテアート。いったいこれは何なのか、お客さんに当ててもらうっていうのはどうですか？」
翔子「どんな店？」
賢太「ちょっと面白いかもですね」
若葉「大丈夫ですか？　賢い賢太さん、ちょっと壊れてきてませんか？」
賢太「あ、ちょっと、そうかも」
サチ「（笑って）」
　等々あって……それぞれの楽しそうな顔あって。

48　古い団地・岸田家

　カレーの試作づくりに忙しい、邦子と設計図を楽しそうに見ている、富士子。
邦子「あ」
富士子「？　あ、そうか」
　邦子、ラジオをつける。

49　カフェ「サンデイズ」・内

　皆してラジオを聴いていて………。
　賢太は初めてで………。

50　ラジオスタジオ

　『エレキコミックのラジオ君』が始まって……。
　いろいろあって。
やつい「というわけで、リスナー代表みね君から来ました。音声データ付きだって」
今立「マジで？」

51　カフェ「サンデイズ」・内

　ラジオを聴いている5人。
翔子「何送ったんだよ、みね」
みね「（照れ）へへ」
賢太「（楽しそうに見ていて）」
みねの声「やついさん今立さん、どうもです、みねです。実は漫才コンビを結成しました。音声データ送ります」
今立の声「みねくんが？　ちょっと聞いてみましょう」
みねの声「どうも、みねで～す」
富士子の声「ふじこで～す」
みね・富士子の声「二人合わせてみねふじこで～す」
みねの声「以上になります」
富士子の声「いい加減にしろ」
やついの声「最低だなこれ」
　皆で笑って………。

若葉　「ばあちゃん……」

52　古い団地・岸田家

二人、大興奮……。

富士子「ラジオ楽しいね」
邦子　「でしょ？」

53　カフェ「サンデイズ」・内

皆、笑っていて。

やついの声「最低だけど……なんかみね君、幸せそうだなぁ」

なんて聞こえている、日曜の夕方で……。

みね　「(微笑)」

皆笑顔で……。

賢太も楽しくて……。

第9話

1　古い団地・実景

夜が明ける。

2　同・敷地内（朝）

朝の光を浴びて、今、起きたみたいなパンダ。

3　同・樋口家

サンデイズオープンまで「あと16日」の日めくり的な、若葉のお手製カレンダー……。

サチが一枚めくる。今日は七夕。

女子3人の中、サチだけが起きていて身支度している。

サチ「……………」
若葉も翔子も起きて……。
サチ「あ、おはよう」
翔子「おはようっす」
若葉「おはようございます」
サチ「合宿所かここは」
若葉「(笑って)」
翔子「そっか早番か」
サチ「うん、下寄ってくね」
若葉「あ、大丈夫ですか？　私行きますよ」
サチ「あ、大丈夫、寄ってく」
若葉「了解です」
翔子「(微笑)」
サチ「ケンタ眠いんじゃないの？」
翔子「うん、眠いけど、行ってらっしゃい言いたい」
サチ「そっか、じゃ、行ってくるね」
若葉「行ってらっしゃい」
翔子「行ってらっしゃい、頑張って」
サチ「あ、ケンタ今日、よろしくね、配管とカウンター業者さん」
若葉「そうですよね、すみません、よろしくです」
翔子「うん、まかして」
サチ「(笑顔で手をあげて出ていく)」
またバタッと寝る、翔子。
若葉「(笑って)」

4　同・階段

4階から下りてくる、サチ。

サチ「…………」

5 同

3階の部屋の前通って。
「市川みね」と表札が貼ってあって。

サチ「どう見ても、ばあちゃんの名前だし」
と、微笑して、下へ。

6 同・岸田家・前

鍵をあけて、中へ。

7 同

入ってくる、サチ。

サチ「…………あ」
邦子も富士子ももう起きていて……。
何やら楽しそうに朝ご飯を食べるところ。

サチ「…………」
邦子「あぁ、サチ、おはよう」
富士子「ハーイ」
と、軽く手をあげる。

サチ「おはようございます。(苦笑)あ、もうできてるんだ？　早い(富士子に)すみません、いろいろやらせてしまって」
富士子「いいんだよ、私、いるんだから、そんなに気にしなくても、お母さんのこと」
サチ「あ、いや、でも、やれるときは」
富士子「そっか、そうだよな、ごめん」
サチ「(笑顔)いえ、そんな、ありがとうございます。おいしそう」
富士子「へっへっへっ」
邦子「サチの気持ちはわかるよ、なんだかんだ言ってもお母さんのことが好きだからね、会いたいよね」
サチ「………あのさ、そういうとこだからね」
邦子「そういうとこが何？　あ、そういうとこが好き？」
サチ「違う」
富士子「(二人の会話を楽しんでいる)」
邦子「わかった。そういうとこ以外は好き？」
サチ「は？　(意味としてはそうなるのかもしれないけど認めたくない)」
首を傾げて、でも、笑ってしまって。

邦子「正解？」

サチ「だからそういうとこだって言ってんの」
富士子「(笑ってしまって)」
邦子「(楽しそうで)」
サチ「あ、じゃ、よろしくお願いします、富士子さん」
富士子「はいよ」
サチ「行ってきます」
富士子「頑張って」
邦子「行ってらっしゃい、気を付けてね」
サチ「……(止まって微笑して)ごめんねって言わなくなったね」
邦子「え?」
富士子「(微笑しながら、?)」
邦子「そんなに私、ごめんねって言ってた?」
サチ「うん。正直ごめんねだけは嫌だった。返事しなかった。謝られるのいやだったから、お母さん何も悪くないし、なんか毎日、ごめんねは嫌だった」
邦子「そっか」
サチ「(微笑)」
富士子「(微笑)」
邦子「そっかそんなに言ってたか、いやだったか……ごめんね、あ」
サチ「…………」
邦子「こういうとこがね、可愛くて憎めないよね」
サチ「行ってきま〜す」
富士子「(笑っていて)」

8 同・敷地内

サチ、パンダの前を自転車で通り過ぎていく……。

サチ「(ウィンクして、親指たてて)」

通り過ぎる。

パンダ「(嬉しそうで)」

軽快に、走っていく。

9 同・岸田家

朝食を食べている富士子と邦子。

富士子「さっきみたいに、話してきたんだよな、邦子ちゃんたちは」
邦子「あ、はい、そこは意識して、とにかく喋ろうとしてましたね。二人ともお互いに喋らないと、誰とも会話しないで一日終わることになっちゃうし、やっぱり生きていくには、どうでもいいこと、とにかく喋るのは大事じゃないですか」
富士子「そうだな、わかるわかる」
邦子「あの子疲れてて毎日、それは仕方ないんですけどね、うるさいなとかは言わないんですよ。でも、うんわかってるとか、そうだねとか、どっちでもいいとか、そんなのばっかりで、めげそうにはなるんですけどね、こっちも。でも、わかってるでもいいから、何もないよりいいしと思って、鈍感になろうって決めたんです。うざくて結構とか思って……ずっとやってたら本当に鈍感になってしまったみたいで」
富士子「(笑って)」
邦子「ま。元からちょっとうざいっていうか、そういうとこあるんですけどね、二言多いみたいな、旦那も多分それで逃げましたし。でもそれが最強になっちゃったのかも」
富士子「(苦笑)そっか……うちもそうだったな、ほっとくと、若葉は誰とも喋らずに生きてることになってるみたいでさ。だからせめて喋ろうとは思ってた。でもウチの場合、むしろあの子の方かな、ばあちゃんばあちゃんって、私にね、何でも話してくれて。うん、そうだったな」
邦子「へぇ、皆、いい子たちですよね、今、楽しそうですよね、上、本当よかった」
富士子「そうだな……おかげ様でこっちも楽しいし……守らないとな、自分の手でちゃんと」
邦子「うん？」
富士子「(微笑)ううん」
その表情には、ある種の決意みたいなものがあって。
富士子「…………(自分を納得させるように頷いた)」

10 同・樋口家

朝ご飯などつくっている、若葉。
若葉「…………」
眠いのに匂いにつられて起きてくる、翔子。
翔子「うぅ」
と、うろうろ……。
若葉「ゾンビですか、ケンタさん」
翔子「だっていい匂いなんだもん…………うぅ」
と、ゾンビの真似。
若葉「(笑って)あ……(時計を見て)起きてるかな」

と、ライン、みねに「みね君、朝ご飯食べる?」
みねから「食べます!」
若葉「はやっ」
と思ったら、いきなり階段駆け上がってくる、みね。
ドア開いて。
みね「ども、おはようございます」
翔子「よ、みね」
みね「どうもです!」
若葉「手伝って」
みね「はいはい」
と、3人で並んで楽しそうで。
翔子「みね、なんか忙しそうだな、仕事、大丈夫か」
みね「そうなんですよ、でも、大丈夫です、皆と会えるんで。あ、ケンタさん今日、配管とカウンターの業者さん立ち合いすみません」
翔子「おう」
若葉「はい、これ、おだいり様がつくってってってくれた。感謝」
翔子「感謝」
みね「感謝」
3人「いただきます」
と食べて。
若葉「あ、みね君、バス何分乗る?」
みね「17分のつもり」
若葉「あ、じゃ一緒に行こう」
みね「はい」
翔子「私は寝る、朝ご飯食べて、寝る、最高」
若葉「太りますよ」
みね「間違いないですね」
翔子「………いい、それでも寝る」
3人で笑って……朝食を食べて。
みね「今度の日曜はあれですよね、全員集合なんですよね」
若葉「そう、貴重」
みね「ですよね、死守します」
翔子「おう頑張れ(食べて)あぁ……幸せ、ねむうま」

11 同・階段

若葉とみねが下りてきて、迷わず岸田家へ。

12 同・岸田家

若葉とみねが出かける前に顔を出す。

若葉「おはよう」
みね「おはようございます」
富士子「(手をあげて)」
邦子「おはよ〜」
富士子「じゃやるか」
みね「はい…………………どうもぉ」
富士子「どうもねえ」
みね「はい、みねで〜す」
富士子「富士子で〜す」
みね「二人合わせて」
二人「みねふじこで〜す」

面白いわけじゃないけど、若葉と邦子、笑ってしまって。

みね「こっから先がねえ出来ないですねえ」
若葉「みね君、もう8分」
みね「あ、やばい」
若葉「あ、ばあちゃん、これ荷物届いてた」

と、小さな段ボール。

若葉「何これ、何買ったの?」
富士子「内緒」
若葉「へぇ(笑顔)」
みね「わぶちゃん9分」
若葉「わ、じゃ行ってきます」
みね「行ってきます」
富士子・邦子「行ってらっしゃい」
若葉「(振り返って)ばあちゃん大丈夫?」
富士子「おう」

安心した顔で出かけていく、若葉とみね。
笑顔で送った、邦子と富士子。
富士子が持っている、段ボール。

13 同・敷地内

パンダの前を、若葉とみねが駆け抜けていくが駆け抜けながらも、パンダにはちゃんと手を振って。

若葉「(行ってきます)」
みね「(行ってきます)」
パンダ「(行ってらっしゃい)」

バス停に向かって走る、二人……。

14　同・樋口家

眠っていた翔子だが………。

翔子「(なんだかぱちっと目が覚めて)」

笑顔になって………。

翔子「眠いけど…………やっぱり起きる」

15　同・岸田家

やってくる翔子………。

富士子の箱。未開封で………。

翔子「お母さん、ばあちゃん」

邦子「あら」

富士子「来たな、ケンタ」

翔子「来た……昼前に出るんだけど。それまで一緒にいていい？」

富士子「いいに決まってる」

邦子「おいで」

翔子「へへ(でれでれ)」

富士子「散歩行くか」

邦子「行きますか？」

翔子「行く行く！」

3人、楽しそうに、散歩に出かける。

翔子「どこ行く？　どこ行く？　お母さんどこ行きたい？」

16　団地からの空

○タイトル

「日曜の夜ぐらいは…」

第9話

17　ファミレス「シンデレラムーン」・実景

18　同・内

休憩へ向かう、サチ。

サチ「休憩いただきます」

田所「はいお疲れ」

サチ「あ、そうだ、すみません、シフトなんですけど、もう人も補充されたし、大丈夫ですよね」

田所「大丈夫っていうのは？」

サチ「来月からちょっと減らしたいと思って………すみません、これ、メモにしてあるんで、お願いします」
田所「あ、はい」
と、開いて……。
サチ「はいお願いします」
田所「え？　こんなに少なくするの？」
田所「…………あ」
★シフトを楽にするということは、と言う博嗣★
田所「……気を付けて」
サチ「？　何を？」
田所「あ、いや、てことは、例の脅迫っていうか、シフト入れろ問題は、もうなかったことに？　終了？」
サチ「いえ、キープでお願いします」
田所「あ……キープ？」
サチ「はい、お願いします」
と、外へ出ていく……。
田所「(なんだか複雑で)」

19　古い団地・岸田家

午後、大きな鍋で大量のカレーをつくってい
る、邦子。
邦子「すみませんね、何度もカレーづくりに付き合わせてしまって」
富士子も手伝っていて……。
富士子「全然問題ない。飽きないしね、邦子カレー」
邦子「ありがとうございます。いつもと違ってお店で出す分量だとなかなか味が安定しなくて、不安で。看板メニューじゃないですかって私が勝手にそう思ってるだけですけど」
富士子「(笑って)」

20　同・外

博嗣がいる。
博嗣「……またカレーの匂いするわ……カレー屋でも開くのか？」
と、妙に微妙に鋭い。
博嗣「……(溜め息)」
別に何か目的があるわけではなく来ている、博嗣。
博嗣「何しに来てんだ、俺」
ふと歩いてくる顔見知りの人を見て。

博嗣「(わ！　しまった！　逃げられない)」

21　同・岸田家

外から話し声が聞こえてくる。

近所の人の声「あらぁどうしたんですか？」
邦子「…………」
博嗣の声「あ、いやいやいや、たまたまね、はは」
邦子「(博嗣だとわかる)」

声のする窓の方を見る…………。
確認したいけど、自分が窓から外を覗くことは出来ない。

富士子「どうした？」
邦子「あ、いえ……逃げた旦那がそこにいたらしくて」
富士子「え？」

と、邦子の代わりに、窓の外を見るが。

富士子「誰もいないね」
邦子「そうですか…………」

ちょっと考え込む感じの邦子。

邦子「…………」

22　ファミレス「シンデレラムーン」・裏

サチのスマホが鳴って……。

サチ「？」

邦子からで「最近お父さんに会った？」

サチ「あ……」

邦子ライン「正直に、嘘はなし、怒ってるわけじゃないから」
サチ、返信「会った……店に……来たから」

サチ「…………」

邦子ライン「いくら取られた？　ちゃんと教えてサチ」「教えなさい」

サチ「…………」

サチライン「3万」

サチ「…………」

邦子ライン「了解！」

サチ「…………」

23　道

富士子に車椅子を押してもらっている、邦子。

邦子「…………すみません」
富士子「(微笑)　いや、とんでもない」

邦子「(頷く)」
富士子「…………」
　邦子の表情を見ようとするが、なかなかよく見えない。
邦子「…………」

24　公園

　博嗣がいて…………。
　そこへ、邦子、富士子がやってくる。
博嗣「おぉ」
邦子「久しぶり、ごめんね、急に」
博嗣「いや、全然、暇だし、はははははは…………ん？」
　と、富士子を見る。
邦子「あ。こちら(ちゃんと紹介しようと思っている)」
富士子「ヘルパーの樋口と申します」
邦子「(ちょっと驚くけど、そのままに)」
博嗣「あぁ、なるほど（上から)、ごくろうさま」
富士子「(頭を丁寧にさげる)」
邦子「(富士子の意思がわかるようなわからないような)」
博嗣「で？　どうしたの？　急に」
邦子「サチに会ったんだってね、3万サチからもらったって？　ね」
　と、笑顔で言う、邦子。
博嗣「あ、なんだ、そのことか、はは、そうなんだよ、もうまいっちゃってな、いろいろさ、本当にな、大丈夫か？　日本経済って感じだよ」
邦子「そうなんだ？」
　と、笑顔で言う……。
富士子「…………」
　邦子の右手が怒りで震えているのを見て。
富士子「(博嗣に) あの」
邦子「？」
博嗣「どうしたの？　ヘルパーさん」
富士子「大変、さしでがましいお願いになるのかもしれませんが、岸田さんは車椅子にお座りになられてて。立ってる方とお話しすると、どうしてもこう見上げてしまいますので、首が疲れてしまいますし､話しにくいというのがございまして」
邦子「…………」
博嗣「おぉ。なるほど、で？」
富士子「できればしゃがんでいただいて、同じ目線の高さになっていただけると、話しやすいのではないかと」

博嗣「なるほどね、さすが、長いの？　ヘルパー歴」
富士子「はい、おかげさまで」
　邦子の前に博嗣がしゃがむ。
　富士子、邦子の右手をポンと優しくたたいて。
邦子「(富士子の意図を理解して、頷いて)………（博嗣に）ありがと」
博嗣「いやいや、ははは」
邦子「うん」
　と、右手で、思い切り、博嗣の頬を張り飛ばす。
博嗣「！」
　と、ふっとんで、倒れて………。
邦子「子供はやめなさい、絶対許さないからね、サチにたかるなんて最低なんだからね、私は、ダメな男を好きになった責任あると思うけど、サチにはないから！　何も悪くないから！　絶対許さない」
富士子「…………」
博嗣「(うなだれて)」
邦子「返しなさいね、サチに。月千円でいい。いや、千円だけでいい。あなたみたいな人は月千円返す、なんて恰好悪いから金が出来たらとか考えるけど、できないんだから、千円以上は返さなくていい。毎月千円返しなさい。わかったか！」
博嗣「俺だってさ、あんなことしたくないしさ、でもさ、どうしようもないんだよ、悪い方へ悪い方へ転がっていくんだ、どうしようもないんだ……どうしようもないんだよ」
邦子「(少しほだされそうになるが毅然と)悪いけど聞くつもりはない。とにかく、サチに対してだけは許さない。自分の力でなんとかしなさい。じゃ（富士子に）お願いします、樋口さん」
富士子「はい」
　と、車椅子を押して……去っていく。
　そのまま、転がるように、天を仰いだ、博嗣。
博嗣「…………」

＊＊＊＊＊

　去っていく、邦子。
　そして、富士子………。
　邦子、右手を見て……ちょっと泣いて……。
邦子「…………」
富士子「(見ないふりをしてやる)」

25　カフェ「サンデイズ」・実景

業者によってカウンターが設置されて……。
今、終わって帰っていくところ。

26　同・内

翔子「ありがとうございました！　ご苦労様でした！」
と、丁寧に頭をさげる。
設置されたカウンターを見て………。
翔子「すげぇ、なんだよこれ、お店だし！　ぎゃ〜っなんだよ、この感動一人かよぉ」
と、写真を撮りまくって……皆にがんがんラインを送って……でも返信はなくて。
翔子「あぁ、もうみんな忙しいのかぁ」
と、悶えて。
翔子「いいね！」
と、カウンターに頬をすりすりしたりして。
ペンギンみたいに。
翔子「きゃ〜〜〜」
そこへ、忘れ物を取りにきた業者。
翔子「あ」
固まった………。
翔子「大丈夫です、見てないですという感じで去っていく、業者。
翔子「（動けない。目をパチパチパチパチするしかない）」

＊＊＊＊

まだ椅子とテーブルの届いていない店内を一人見ている、翔子。
翔子「…………」
幸せな気持ちで見て。
翔子「…………」
でも、急にちょっと寂しくなってきて。
翔子「…………」
なんだか切なくなってる、翔子。
ドアが開く音がして。
翔子「？（怖い）」
入ってきたのはサチと若葉で。
翔子「え？」
サチ「わ、すごっ！　カウンター」
若葉「本当だぁ、すご〜い」
翔子「え？　あれ？」
顔を見合わせる、サチと若葉。

サチ・若葉「お誕生日おめでとう！」

と、食べ物とか、飲み物とか買ってきた二人。

いきなりクラッカー鳴らして………。

翔子「………え〜………」

サチ「はい」

と、パーティハットを被せて………。

翔子「ありがとう」

若葉「（笑顔で）」

サチ「あぁ、重かった、手伝って」

翔子「あ、うん」

飲み物と食べ物を、広げて。

若葉「普通、準備出来てるところに、本人が来て、わ〜〜ってなるんでしょうけど、なかなかそういう状況にならなくてすみません」

翔子「いや、そんな（首を振る）私、言ったっけ。誕生日……」

サチ「一緒にいろんな書類とか書いてるからさ、目に入るって、ね」

若葉「はい」

翔子「そっか」

サチ「はいはいはい、出来た出来た、乾杯しよ、乾杯………」

サチ「ていうか、サプライズに仕事の問題で遅刻するって、みね君らしくない？」

と、渡して………。

翔子「え〜（笑って、むちゃウケるけど泣ける）」

若葉「私もなんか笑ってしまいました、今ごろ、しょんぼり仕事してるんだろうなぁ、みね君」

翔子「（笑って、でもどんどん泣けてきて）」

サチ・若葉「おめでとう」

翔子「……ありがとう……嬉しい………みねもありがとう！」

3人で笑って………。

若葉「食べましょ食べましょ、やっぱりケンタかなと思いまして」

フライドチキンなど。

翔子「（笑って）」

サチ「あ、はい、メッセージ」

と、スマホを出す。

翔子「？」

動画の邦子と富士子で。

邦子・富士子「ケンタ！　誕生日おめでとう！」

邦子「いつでも毎日でも遊びに来てね、私はあなたのお母さんだと思ってるからね」

翔子「……………」
富士子「いつか二人で、峠攻めようぜ、な」
翔子「(笑って、嬉しくて)え〜でも、なんかすごい。二人とも今日会ったのに、全然わかんなかった」
サチ「そう?」
若葉「ものすごい統制がとれてましたから。つまり、サプライズはしたかったんですけど、例えばなんでしょう。ケンタさんがいないところで、内緒話したりとか? 今日よね、頑張って、し〜〜みたいなことを一切おだいり様の命令で禁じたので」
翔子「?」
若葉「そういう空気を、ケンタさんは絶対、感じとってしまうから。で、悪い風に考えて、凹んでしまうからって」
サチ「(微笑)」
翔子「…………(嬉しくて)」
若葉「もうだから大変ですよ、ケンタさんがいなくても一切そのことを口にせず、まるで特殊任務をあたえられた軍人のようでした。目配せすらしない」
サチ「(笑って)たしかに」
翔子「(優しさが嬉しくて)もう」
と、二人に抱きついた。
料理ひっくり返しそうになって。
「ひゃ〜〜〜!」

＊＊＊＊＊

若葉「でも私たちって、喧嘩したことないですね、一度も……これからすんのかな、やだな」
サチ「あぁ、どうだろ? なんかする気しないけど」
翔子「うん、そうだね」
若葉「ですよね、あ、バイト先のお姉さまたちに、女子3人で一緒に暮らしてカフェやるんですよって言ったら、えぇ、楽しそうって言いながらも、どこか懐疑的というか、でもいろいろ難しいこともあるよね、みたいな感じで」
翔子「そうなんだ?」
サチ「え? なんで喧嘩とか距離が出来たりするんだっけ。恋愛関係? 取り合うとか、誰かが恋愛すると、そっち優先になるとかそういう奴か」
翔子「あぁ、そうか、あるよね」
若葉「はい、あとは、社会的立場の違いが生まれて、人生が上手くいってる人と、そうでもない人とか。将来的には、結婚してる、してないとか？子供いる、いないとか？」

サチ「あぁ、なるほどね」

翔子「ふ〜ん、そうか」

サチ「でも、わかるけど、そうなのかもしれないけど…………今の私には、まるで遠い国の出来事みたいに感じる」

若葉「（笑って、なんか嬉しくて）はい」

翔子「そうだね、あるのは、わかるし、知ってるけど…………遠い国のね」

サチ「うん」

翔子「それに私、あの、わぶちゃんの、あれ、プロポーズだなと思ってるから。一緒に生きていきたい、一緒に使いたいって奴」

若葉「え？」

サチ「あぁわかる」

翔子「プロポーズの言葉としていけてると思うんだよね、よくない？　男がさ、一緒に頑張ってお金稼いで、で、一緒に使いたいってちょっとよくない？」

サチ「いいよね、うん、嬉しいかもね」

若葉「あ、本当ですか？　あぁ、そうか、ははは、はい、プロポーズ受けていただいて感謝です」

サチ「あ、恋愛ってことじゃないけどさ、問題として、みね君なんだけどさ」

若葉「はい」

翔子「みね？」

サチ「いや、たとえば自分以外の、どっちかとみね君が恋に落ちてしまったとか、なったら、ちょっとやりづらいかも」

翔子「あぁ…………それはそうだね、なんかちょっと困るかも」

若葉「たしかに……あ、じゃこうしましょう。みね君独占禁止法という法律をつくりましょう、はい」

サチ「（笑って）法律？」

翔子「いいね」

若葉「はい、略して、みね禁法ということで」

3人で笑って……。

サチ「じゃあれだね、唯一の問題はクリアだね」

翔子「した」

若葉「しました」

サチ「はいクリア！」

と、拳を突きあげた。

翔子・若葉「クリア！」
翔子「無敵！」
若葉「最強！」
　そこへ、バタバタ走ってやってくる、みね。
みね「あぁすみません！」
サチ「あ、みね君」
若葉「みね君」
翔子「みね禁法」
みね「え？　なんすか？　みね禁？？？」
翔子「なんでもない」
　3人笑って………。
みね「あ、すみませんでした、遅くなってしまって」
　花束を渡して。
みね「お誕生日おめでとうございます」
翔子「え～～ありがとう」
　と、受け取って………。
翔子「嬉しい………サンキュ、みね」
　と、抱きしめた。
みね「（微笑）」
翔子「あ、（法に触れた？）」
　「セーフ」と伝える、サチと若葉。
みね「ん？　ん？」
翔子「（笑って）」

＊＊＊＊

　4人で座っていて………。
　店内を見ている…………。
みね「もうすぐですねえ」
翔子「うん」
サチ「うん」
若葉「うん」
みね「むっちゃ順調ですよね、何の問題もない」
翔子「うん」
サチ「うん」
若葉「うん」
　サチと若葉には、かすかな不安が混ざってい
　て。
みね「（は感じていて）あ、これが一応、今の状態です」
　と、通帳を見せる。
　3人覗いて………。
　それぞれ頷いて。
みね「…………あの、ちょっとだけ偉そうに語っ
　ていいですか？」

翔子「？」

サチ「ん？」

若葉「？」

みね「おだいり様と、わぶちゃん、二人ともどっかで心配してるんですよね。わぶちゃんはお母さんがいつかやってくるんじゃないか、おだいり様も、お父さんに知られるんじゃないか………ですよね」

翔子「(そうかと思って二人を見る)」

サチ「(苦笑) うん」

若葉「………はい」

みね「心配いらないですよ、だって二人とも、せびられたってお金持ってないじゃないですか。僕なんで管理してるの。なので大丈夫です。もしお金とか言うんなら、一応4人の全員合意がないことにはお金は一円たりとも下ろせないんで、会議にかけますと言ってください。だから心配するのやめましょう」

サチ「………………」

若葉「………………」

翔子「(微笑……みねいい奴だな、すごいなと思う)」

みね「もし僕に迷惑かかるようなことがあったら嫌だなと思ってるなら、大丈夫ですから僕は。敵だと思ってるので断固として渡したりしません。言い方難しいですけど、なんだろ、おだいり様も、わぶちゃんも、あとケンタさんもですけど」

3人とも「？」となって。

みね「僕は大切な人を守りたいです、そう思ってます。そうするつもりです。3人と、邦子さんと富士子さん………大切な人を守りたいと思ってます。だから皆さんを傷つけたり、悲しい思いさせたりする人は僕にとっては敵です。それぞれにはそれぞれの事情や歴史があって、冷たく出来なかったり、いろいろあるんだと思います。あ、ケンタさんの場合は、どっかで自分が悪いのかもって思ってるのかもしれない。でもどんな理由があっても、僕にとっては敵です。大切な人を苦しめる人は敵とみなします。すみません。心が狭くて。すべての人が守れるとは思えないので。大切な人だけ守ろうと思います。なので、大丈夫です、ご心配なく」

翔子「(二人を見る、どこか自分は違うかもと思ってるところもあったから) ………………」

若葉「…………(泣けてしまって)」

サチ「(泣けて、苦笑)」
みね「すみません、また突然長く喋って」
サチ「なんだよ、もうみね君はさ、もう」
と、叩いて。
若葉「そうですよ、もう」
翔子「だよな」
と、叩いて。
サチ「みね禁法があってよかったよ、もう」
みね「なんすか、それ、なんすか」
翔子「教えねえ」
若葉「(泣き笑いで)」

27　古い団地・岸田家

邦子はもうベッドへ………。
そして富士子。
小さな包みをあける………。
富士子「…………」
それはスタンガン。
富士子「………(自分に言い聞かせるように頷いて)」
と、セッティングして………。
バッグの中に入れる。
富士子「…………」
また頷いた。

28　日曜の朝の空

29　カフェ「サンデイズ」・内

４人と賢太。
ついに最終段階でインテリアが揃う。
椅子とテーブルなど………。
じんわりと、４人とも感動してしまって………。
搬入を見届けた。
帰っていく、配送のバイト３人組。
サチ「ありがとうございました」
バイトの３人組、４人に深々と頭をさげられて……驚いて恐縮してしまって……。
バイト１「あ、すみません、そんな」
みね「バンドやってんすか?」
バイト２「え?　あ、わかります?」
若葉「わかります、どう見てもそう」
バイト３「あ、すみません、いい店すね」
サチ「ありがとう嬉しい」

バイト1「頑張ってください」
翔子「そっちもな」
バイト1「はい！　頑張ります！　ありがとうございました！」
と、嬉しそうに帰っていく。
賢太「(楽しそうに、やり取り見ていて)」
4人、顔を見合わせて……キャーキャーと椅子に座ってみたりとか。
賢太「(微笑)」

30　同

業者がたくさん並べたアイスを見ている、4人。わくわくで。試食中。
若葉「んま！」
翔子「なんだこれ！」
サチ「どれ好き？　自分だったらどれにする？」
4人、指さして……全員が違って……。
サチ「へぇ」
みね「せっかくだから4つ重ねたのを食べてみませんか？　4人が集まるとどんな味か」
「おぉ」。
賢太「(微笑してなるほどと思っている)」

＊＊＊＊＊

カップに4種類入っていて……。

4人で食べて……。

なんだか楽しそうな4人。

賢太「なんか面白いですね、そういうの。友達アイス？　違うか、皆が好きなものを少しずつ重ねるとどんな味になるか、とか、どうですか？」

4人「おぉ」となるが。

サチ「あ、面白いけど、一人で来てたら、なんかそういうノリ、ちょっと寂しくなっちゃうかも」

皆、納得した顔をしていて……。

賢太「あぁ、なるほど(笑顔で頷き)勉強になります」

サチ「いや、そんな、すみません」

賢太、ノートに「誰にも寂しい思いをさせない」と、書いた。

賢太「(笑顔)」

31　同

4人プラス賢太で打ち合わせ中。

賢太「じゃ開店までのプロセスはそういうことでよろしくお願いします、ネット関連は15日に解禁で行きましょう」

4人「よろしくお願いします」

賢太「メニューなんですが、いいですね、アイスも、いい感じの値段設定だと思います。ほんのちょっと贅沢な感じがして、いいと思います。えっと一つだけ………欲を言うと、デザートかな、ちょっと癖のあるというか特徴のあるというか、なんだろこれ？　気になる………みたいなメニューがあるといいかなと思うのですが……どうですか………今のままでも全然大丈夫なんで、これじゃダメだってことではないんですけど、欲を言えばって感じかな………ま、まだ間に合うんで、これは宿題ですかね」

みね「宿題」

翔子「宿題かぁ」

サチ「楽しいね」

若葉「はい、先生宿題頑張ります」

賢太「あ、先生も考えます」

皆、楽しそうで………。

32　動画サイト「WABUUUチャンネル」

NO CHIKUWABU NO LIFEのTシャツ着た、野々村。

キッチンテーブルの上に並んだ、ちくわぶデザートたち。ちくわぶカヌレとか。

野々村「はいどうも、というわけで始まりました。WABUUUチャンネル、合言葉は『わぶ〜〜〜〜！』記念すべき第1回目でございます。私、野々村食品、野々村社長と申します。よろしくです。『わぶ〜〜〜』本日はなんとわが社がというか私が新たに開発した、絶品ちくわぶデザートをご紹介したいと思います。『イェイ、わぶ〜〜〜〜！』というわけで、きっかけは、少し前に我が社でアイドルのように、皆に愛された女子社員がご家庭の事情で退職することになりまして、そのお別れ会を盛大に行ったのですが、はい、そのときに、辞めたくなかったんでしょうね、本当に今まで楽しかった、感謝しかない、皆さまの幸せを祈り続けます。どうか今まで通り、良いちくわぶをつくり続けてください、応援していますぅなんて言ってくれましてね。皆で泣きました。で、彼女は私に、先代の味を引き継いだ経営手腕を尊敬していました、社長の企業努力なしには、野々村食品は成立していなかった。素晴らしい、でも、社長はもっともっとできる人だ、今はまだ先代に遠慮してるけど、ほらその頭の中で考えてるビジネス、実現してください。あなたならできる、なんて言われましてね、いやいやいやいやいや、なんで俺の心の中を知ってるんだこの子は、なんて思ったりもしたわけですが、はははは、『わぶ〜〜〜〜』で、こちらを開発しちゃいましたわぶ！」

その瞬間動画が一時停止される。
思い切り変な顔で、一時停止された野々村の顔。

33 古い団地・樋口家（夜）

若葉「…………」
チベスナ（チベットスナギツネ）みたいな顔になっている、若葉。
横で一緒に見ていた、サチと、翔子も、かなりのドン引きで。

若葉「どう思います？　これ」
サチも翔子も、若葉の顔に驚くけど、そこには触れず。

サチ「これ、あんときのわぶちゃんのこと、だよね」
若葉「はい、そうですね、おそらくこいつの中ではこんな風に変換されて記憶保存されてるのだと思われます」
翔子「マジで？　こわっ！　何それ、いかれてんな」
若葉「はい、いかれてます、そういうやつです」
サチ「へぇ、すごいね、なんか……」
翔子「わぶちゃんねるって、わぶちゃんとかぶってるしね」
若葉「やめてください、もう腹立つ。目がチベットスナギツネから戻らなくなってしまいました」
翔子「ほい」
と、ぷにゅっと目をさげて戻してやる。
若葉「ありがとうございま〜す」
サチ「あ、でもさ、いや、記憶の変換はね、いかがなものかと思うけど」
若葉「はい」
翔子「？」

サチ「でも、わぶちゃんに言われて企業努力しようと思ったんだね、このバカ社長」
翔子「あぁ、そうか、たしかに」
若葉「そうなんですよ、私が今、何に一番腹が立ってるのかと言いますとね、これが、こいつが開発したものこそが、今、私たちに求められている宿題の正解なのではないかと思ってしまった、ということなんです」
サチ「え？」
翔子「そこ？」
若葉「はい、だって見てくださいこれ！」
と、動画の続きを………。
ちくわぶカヌレ等のデザートたち。
美味しそうで………面白くて………。
宿題にピッタリで……。
サチ「おぉ」
翔子「なるほど」
若葉「あぁもう、悔しい！　腹たつ！　わぶ〜〜〜！」
サチと翔子、笑ってしまって。
サチ「わぶ〜〜！」
翔子「わぶ〜〜！」
翔子「わぶ〜〜〜〜！」と、3人で笑って………。

34　日めくりカレンダー

あと10日。

最終話

1　古い団地（夜）

2　同・樋口家

サチ、翔子、若葉の3人。
コンビニで買ってきたアイスを食べていて。

サチ「でも、さっき高いアイス買いながら思ったんだけど、私たちさ、やっぱり恵まれてるじゃん？　お金手に入れたし、仲間とカフェやるなんて夢みたいなことしてるし、ま、だからといってしんどいことがないわけじゃなくて、ごめん、何言ってるかわかんなくなってきた」

翔子「高いアイス食べる資格がないんじゃないかってこと？」

サチ「あ、うん、そういうこと」

若葉「そんなことないです。辛さに資格なんてないです。どんな立場にいる人にも辛さはあるわけで、どっちが辛いとか、そういうの意味ないです。辛さに順列なんてないです」

サチ「そうか、うん、そうだね、そうだよね。実はずっと胃が痛くてさ、お客さん一人も来なかったらどうしようとか思って」

翔子「わかる。怖いよね。ていうか、わぶちゃんっていったい人生何度目？」

若葉「あぁえっと（指を折り始める、1から5まで行って、6、7………）」

翔子「わ、折り返した」

若葉「へへ、なんか変ですよね、私、思考回路っていうか言語化の仕方が。あの、日記をね、ずっと書いてたんですね、子供の頃、ずっと膨大な量」

サチ「へぇ」

若葉「ばあちゃん以外、誰とも話さずの生活だったので、思ったこととか、感じたこととか、日記に書くんですね、喋らずに。だからいまだに最初にこう、喋る言葉じゃなくて日記に書く言葉が頭に浮かぶ人になってしまって、日記にこう書こうみたいな」

サチ「なるほどね」

翔子「日記ってとってあるの？」

若葉「（首を振る）毎日寝る前に、はさみで、シュレッダーみたいに細かく切って、ごみの日に捨ててました。死んだとき読まれたくなかったので」

サチ「はぁ、なんかすごいな」

若葉「でも、高いアイス売る人になるとは思いませんでしたよね」

3人で笑って……。

翔子「本当だよね、こうやって食べながらさ、これ原価いくらかなとか思ってしまう自分が結構好き」

また笑って……。

サチ「あ、聞いてくれる？　今日さ」

3　回想・ファミレス「シンデレラムーン」・裏

千円むき出しで、サチに返す、博嗣。

博嗣「ちゃんと返そうと思ってな。うん、無理のない返済計画でな、だから千円ずつな、じゃ」

サチ「……（千円見て、ちょっとだけ嬉しくはあるけど）え？　………ってことは、あと29回来るわけ？」

博嗣「（笑顔で手を振って去る）」

サチ「いやなんだけど……29回（とちょっと脱力笑いだけど、違う気もする。首を傾げる）」

4　古い団地・樋口家

サチ「いや、でもさ、ちょっと納得できないんだよね。最低だったわけであの人、それがちょっといい人だったみたいなの、なんか違う気がする」

若葉「そういうのわかります。ドラマとかでも、悪のかぎりを尽くした悪党が、ちょっと猫の頭撫でただけで、なんだいい奴だみたいなの、ちょっと腹立ちます。納得できないですよね、普段黒い感情とかを飲み込んで耐えて生きてる人からしたら」

翔子「あぁ、でもそのパターン、ヤンキーものに多いかも。鉄パイプで人を殴るけど、女には純情みたいな、結構好き」

サチ「あるね」

若葉「ありますね」

サチ「あれ何の話だっけ？」

と、笑って。

翔子「みね、どうしてるかな、楽しんでるかな」

5　屋台みたいな店

みねと、賢太。二人で飲んでいて。

店は男ノリな感じでもなく、ほっとしている、みね。

賢太「素敵ですよね、市川さんと岸田さんたちとの関係」

みね「そうですか？　ありがとうございます、はい、僕の自慢だし、誇りです」
賢太「へぇ、なんかうらやましいなと思って、なかなかあそこまで女性となんというか友達？ってない気がして、私なんかは、頑張って理解しようとしているけど女性のこと」
みね「あぁ、なるほど、そうか、でも、賢太さんは皆に愛されてるっていうか、ね」
賢太「そうですかね」
みね「(顔見て、なんか感じるものがあって）あ、違ってたらごめんなさい。いわゆるイケメンだからいいよなとか、言われる感じですか？」
賢太「(苦笑）あ……はい、そうですね、自分で言うのは恥ずかしいですけど。仕事の中身だけで評価されたいって思います。もちろん好感持っていただける顔立ちに産んでくれた親には感謝してますけど、でも、ね」
みね「そっか、皆、いろいろありますね」
賢太「ありがとうございます」
みね「でもね、もちろんイケメンみたいなのあるかもしれないけど、人に愛されるのは、生きてきた賢太さんの力だと思いますよ、仕事ぶりも含めて、中身が素敵だからだと思います」
賢太「ありがとうございます、嬉しいです、嬉しい」
みね「(微笑)」

＊＊＊＊

みね「え？　ちょっと待って？　甲子園を目指してて。キャッチャーで。なんか最近聞いたなそんな話」
賢太「あ、はい、聴かせていただいて以来、ラジオ聴くようになって、こないだ初の投稿が読まれまして」
みね「え？　え？ ひょっとしてラジオネーム、キャッチャーぷーくん？」
賢太「あ、はい、そうです」
みね「え？　あの、プレイボールの瞬間に力が入ると、必ず大きな音のおならをしてしまうという、バッターと審判が笑ってしまってという、キャッチャーぷーくん？　プレイボール！　ぷ〜〜〜って」
賢太「あ、はい、あれ私です」
みね「え〜〜〜〜〜〜〜〜！」
と、大ウケで……。

6 古い団地・敷地内

歩いて帰ってきた、みね。

みね「…………」

パンダ前で待っていた、サチ、翔子、若葉。

翔子「よ」
サチ「お疲れ」
若葉「お帰り」
みね「あ（嬉しくて）ただいま」
サチ「どうだった？　みね君」
若葉「楽しかったですか？」
翔子「どうだった？　優良賢太さん」
みね「最高にいい奴でした。あ、聞いてくださいよ」
翔子「え？　嘘マジで？」
みね「まだ言ってないです」

皆で笑って…………。

パンダ「…………」
若葉「え？　キャッチャーぷーくん？　あの賢太さんが？」
サチ「マジで？　うっそ〜、あの……ぷ〜〜〜」
みね「本当です」
翔子「（爆笑）ウケる！」

と、4人で盛り上がって…………。

7 同・岸田家

サチたちの声、聞こえていて。

ベッドの邦子。

邦子「（微笑……そして祈るように）カフェうまくいきますように」

＊＊＊＊＊

8 夜明け

富士子「…………」

バッグの中のスタンガンを手に持って。

富士子「来るなよ……来るんじゃないぞ……まどか」

と、唇をかむ。

9 古い団地・樋口家（日替わり）

日めくりが「開店」。

10　カフェ「サンデイズ」・実景（早朝）

本日オープンの札。

開店まではまだ時間がある。

誰も人はいない。

11　同・内

皆、すでにお揃いのエプロンをしていて……。

各々最終チェックしている。

＊＊＊＊＊

全員で円陣を組んで……。


サチ「いいカフェにしましょう、お客さんを幸せに。そして私たちも……幸せになるぞ」

「おぉ」と、円陣といて……。

そして、サチ、若葉、翔子が、入り口のドアを開けに向かう。

極度のびびりモードで、動けない、3人。

サチ「……」
翔子「……」
若葉「……」
怖くて動けなくて……。
賢太「大丈夫ですか？　……開けましょうか？」
サチ「あ、いえ、ありがとうございます、ドアは自分たちで開けようと思います」
賢太「（微笑）はい」
離れているみねを見て……。
サチ「みね君」
と、呼んで……。
みね「はい」
と、3人と一緒になって……。
邦子「……」
富士子「……」
賢太「（微笑）」
サチ「行くよ」
翔子「うん」
若葉「はい」
みね「はい」
サチがドアを開けて、外へ……。
サチ「！」
皆の表情が驚きへ……。

12　同・前

大勢の人が開店を待って並んでいて……。
先頭には普通の女性たちがいて……。
その後ろくらいに、エレキの二人。
4人、お客さんたちを見て……もう感動で動けなくなってしまって……。
泣いて泣いて、動けなくて……。
震えるように泣いて……。
4人の嬉し泣きの顔……。

13　おやき体験会場（1話シーン42）

サチの声「ダメなんだけどな、こういうの……楽しいのダメなんだけどな……だって楽しいことあると、きついから……きついの耐えられなくなるから。私はきついだけの方が楽なんだよ……」
サチのこの言葉の中に、それぞれの、孤独で寂しい表情のみが重ねられて。

14　カフェ「サンデイズ」・内

泣いて動けなくなっている感じのサチたち。
そこへ。
やつい「ごめん、ごめん、本当ごめん、申し訳ない！」
今立「どうしたんだよ」
やつい「すみません、もう無理、トイレいかせて」
今立「お前、いきなり失礼だろ、開店の瞬間なのに」
やつい「ここで漏らした方がもっと失礼だろ……ごめんね！」
と、中へ……。
4人、ポカンと見てしまって……。
やついの声「え～～何これ！　トイレ！　すげぇ！」
と、聞こえてきて。
顔を見合わせて。
みね「最初がそれ？」
笑って……。
4人「いらっしゃいませ、ようこそサンデイズへ」と、頭をさげる。
そして、客を案内して……。
サチ「（今立さんを見て）あ」
今立「ん？　どうしたの？　おだいり様」
サチ「いえ（ぷっと笑って）すみません」
今立「ん？」

15 同・同

今立さん見て、邦子。

邦子「あ」
今立「え？」
邦子「（にっこり）」
みね「（今立さんに）キャッチャーぷーくんです」
と、賢太、紹介。
今立「マジで？」

＊＊＊＊＊

客で満員が続いて………。

皆、大忙しだけど、幸せで…………。

＊＊＊＊＊

猫田さんからのハガキが飾ってある。猫風。

それを見るサチ、頑張ろうと思う。

ハガキ「開店おめでとう、そちらには行けないけど応援しています。一緒に頑張ろうにゃ〜」。

16 カフェ「サンデイズ」・内（日替わり）

働いている、サチ。


サチ「…………」

幸せそうで。

それぞれの話に合わせて映像が重なる。


サチのN（ナレーション）「開店して、1か月が経った。売り上げはかなり好調……わぶちゃんはサンデイズ専任で働いてくれている。私、ケンタ、みね君は仕事は継続……私とケンタはシフトを減らして働いているけど、みね君は会社員なので土日が中心………母と富士子さんは、2日に一回くらいの疲れない範囲で。ケンタはもともと車が好きでタクシーの仕事をしてきたわけだから、辞めるのはもったいないし………まだ全員がそれで食べていけるつもりになるのは危険で………とくに私はお金に臆病だから………まだ、働いている。でも………いつかゆくゆくはと思ってもいる………でも極めて慎重で」

17 同・同

通帳。激しい動き。

家賃、給与などの名目………。

4人で確認し合う、会議などあって。

サチのN「いろんなことが起きた時間だった、まず、一番なんだかなぁと思う出来事が」

18 ファミレス「シンデレラムーン」

サチ「おはようございます、よろしくお願い（で固まる）」
厨房を覗くと。
そこには、働いている、博嗣。
博嗣「おはようございま〜す」
サチ「は？　…………はぁ？　え？　何これ」

＊＊＊＊＊

サチ、博嗣、田所。
サチ「（腕組み、怒り）どういうことですか？」
田所「こっちがね、聞きたいですよ、なんで俺は親子2代にわたって、働かせろっていう脅迫をされてるわけなんですか？」
サチ「はい？」
博嗣「日本がそういう国になってしまったということじゃないかな」
田所「…………違うと思う」
サチ「（いやだありえない嫌だ嫌だと首を振りながら、その場を離れていく）ありえないありえないありえないありえないありえない」
博嗣「さ、頑張りますか、ね！」
田所「（溜め息）」

19 同・裏

休憩中。

みちるの動画を見ている、サチ。

20 みちるの動画

大人になったみちる。

みちる「サチ、久しぶり、お店の案内いただいたのに行けなくてごめんなさい。私は今、カナダで暮らしています。結婚して、娘も一人（動画少し動いて、横の夫と娘、笑顔で手を振って、幸せそう）夫と娘です。サンデイズオープンおめでとう、必ずいつか行くからね。すごいねやっぱりサチは。伝説の駅伝7人抜き優勝だもんね、でもあれは、サチは勝ちたいとか、負けないとか、そういうことじゃなかったよね。私はわかってる。一番手で走ったのは私で……私、結構速かったはずなのに、転んで、大差でビリになっちゃって……もうわんわん泣いてて私………だから、サチは私の失敗？　マイナスを………なしにしてくれようとした。私の、それからクラスの仲間のマイナスをゼロにするために、優勝してくれた、7人も抜いて………サチはそういう人だよ。こっからだね、サチ、おめでとう」

　見ていた、サチ。

サチ「(泣けてしまって、嬉しくて)」

サチのN「こんなこともあった、その日は富士子さんのいない日だった、よりによって」

21　カフェ「サンデイズ」・内（日替わり）

　その日は、女子3人シフトで。
　午後のちょっと暇な時間……。
　客に、ちょっと声の大きい、男性が交じっていて。
　悪い人ではないけど、若葉は無理で……。
　奥に隠れている、感じで。
　客が帰って。
　客が誰もいなくなって。
　奥で………。

若葉「すみませんでした」

サチ「何言ってんの」

翔子「そうだよ、問題なし」

若葉「(笑顔）はい」

　そこへ、入り口のドアが開いた音がして。

サチ「あ、大丈夫、私行く」

若葉「お願いします」

　入ってきたのは、まどか。

まどか「…………」

　店内を見回す……まどか……。

まどか「………（素敵だなと思っているけど、表には出さない顔で)」

　対応したのは、サチで。

サチ「いらっしゃいませ」

まどか「…………」

誰だこいつ、みたいな目で見て。

サチ「こちらいかがですか？」

と、言われて、わざとのように違う席に座る、まどか。店の中を見ながら……奥にも視線を向けて……。

まどか「…………」

席に座って………。

メニューを見て………。

まどか「…………ふ〜〜ん」

と、見て。

サチ「(微笑)」

まどか「…………」

しっかりメニュー見て。

まどか「魔法のねばーるコーヒーゼリーフラッペキラキラホイップクリーム添え」

と、若葉が好きな飲み物を頼んだ。

サチ「(それが嬉しくて) かしこまりました、少々お待ちください」

と、頭をさげて、若葉の元へ………。

サチ「(楽しそうに) 魔法のねばーるコーヒーゼリーフラッペキラキラホイップクリーム添えお願いします」

翔子「え？」

若葉「え〜、ついに来た！　嬉しい！　そのお客さん、私が運びます、女性ですよね」

サチ「うん、綺麗な人」

若葉「へぇ (嬉しい)」

＊＊＊＊

わくわくしながら、飲み物を運んできた、若葉。

若葉「(笑顔) お待たせいたしました………あ」

そこで、まどかであることに気づいて……。

若葉「…………(固まってしまって)」

まどか「客だけど」

若葉「え……あ……はい……お待たせしました」

と、テーブルの上に置く。

まどか「…………どうも」

若葉「…………」

若葉の様子が気になって (盛り上がってるのかと) 覗いた、サチと翔子。

なんか変な空気に顔を見合わせる。

若葉、二人に頷いてみせて。

サチ「…………」

翔子「…………」
　　大丈夫と、もう一度頷いてみせて。
若葉「なんで？」
まどか「なんでって？　………あぁ、この時代、すぐに探せるんだよ」
若葉「あ、そうじゃなくて……なんで？　その飲み物」
まどか「は？　そこ？　一番うまそうだからに決まってるし………（飲んで）うまいし」
若葉「…………」
　　泣きそうになるのを堪える、若葉。
　　心配そうな、サチと翔子。
サチ「…………」
翔子「…………」
　　泣きそうな、若葉に。
まどか「泣くなよ、泣くな女は。泣く女嫌いだ。あのばあちゃんの孫だろ、あんたは、泣くな」
若葉「（こらえて、睨みつける）泣いてない」
　　まどか、通帳と印鑑の入った袋を置いて。
まどか「これ、ちょっと使ったけど、返す。なんか貯金の仕方が重いし、それに、大金持ちのバカ男捕まえてやったんで、金はしばらくいらないし」
　　飲み物をちゃんと飲んで。
まどか「うん………じゃ………また来るかもしれないけどねぇ………あればいいけど、そんときまで」
若葉「あるよ、絶対………ある」
まどか「ふふん…………じゃ、あ、これで払っといて」
　　と、通帳さして………。
　　サチと翔子の方を一瞥して………。
サチ「ありがとうございました」
翔子「ありがとうございました」
　　肩をすくめて………。
若葉「………ありがとうございました！」
まどか「…………」
　　出て行った………ドアが閉まる音。
若葉「…………」
　　やっぱり堪え切れないけど。
　　サチと、翔子が抱きしめてやる。

22　どこか（日替わり）

　　富士子の前に、若葉。
富士子「へぇ」
　　と、通帳を見ていて………。
若葉「ちょっととか言ってたけど、だいぶ、使ってるし」

富士子「へぇ」
若葉「しかもちょっとずつ引き出してる」
富士子「ふ〜ん……そうか………（溜め息）ごめんな……そっちにいきなり行くとはな………それに、わかんねえ、私には。これで安心だとも思えないし……わかんねえんだ娘なのに………ごめんな若葉」
若葉「いいよ、別に、わかんなくたって。娘のことはわかんないかもしれないけど、ばあちゃんは孫の私のことなんでもわかってるじゃん。そんなばあちゃんなかなかいないし」
富士子「…………（その言葉が嬉しくて、泣けてくる）うん……うん…………ありがとな」
若葉「うん」

23 同・同

空を見ている、富士子。
富士子「…………」
幸せそうな表情に見える。

24 カフェ「サンデイズ」・内（日替わり）

働いている、翔子。
翔子「いらっしゃいませ」
と、ドアが開くと、どこか期待している目。
見守っている、サチ。
サチのN「ケンタのお母さんは来なかった。そっと……夜、実家のポストに案内を入れたのに………やっぱり来なかった」
入ってきた客は、仲のいい母と娘で……。
翔子「………（微笑）」
そして、サチの方を見る。
翔子「（大丈夫と、笑顔）」
サチ「（微笑）」
サチのN「壊れてもとに戻れない家族もあるんだと思う。悲しいし、辛いことだけど。それは仕方のないことなのかもしれない。でも私たちがケンタの新しい家族になればいいんだと思った」
サチ「（笑顔）」

25 どこか（日替わり）

サチ、翔子、若葉、みね。

スーツ姿の賢太がいて…………。

サチ「本当にいろいろ、ありがとうございました」

と、花束を渡す。

賢太「ありがとうございます。時々様子見に来ますし、いつでもなんでも言ってください」

みね「ありがとうございます」

翔子「マジで？」

賢太「え？（不安）あ、いや、なんでもって言うのは………言葉のあれで」

若葉「（笑って）怯えてるじゃないですか、ぷーくん」

賢太「（笑って）」

翔子「あの、本当、まぁないとは思うんだけど、マジで………ないのはわかってるんだけど、確認ね、確認………ないとは思うけど」

賢太「はい、なんでしょう？」

翔子「いや、ピンポイントでさ、ピンポイントで……ずっと、ずっと、待っていた、みたいなことある？自分の名前をさ、タトゥー彫ってくれるような女の子が好きで、いや、そうでないと好きになれなくて、でもなかなか出会えなくて、出会うのを待っている、みたいなことある？　確認ね、確認、ある？」

皆、苦笑して。

賢太「え？」

翔子「え？」

賢太「なんで………それを………どうして」

翔子「え〜〜〜！」

皆、驚いて…………。

固まって。

賢太「あ、すみません、ないです」

翔子「え〜〜〜（やられた）」

サチ「こういうとこある、この人こういうとこあるよ、うん、ある」

若葉「そうなんですね、意外性の多い人だ、ぷーくん」

賢太「（苦笑）すみません」

翔子「あ〜びっくりした」

賢太「ん？（最後までわかってはいない）」

皆で笑って………。

翔子「（明るくて）」

そして、改めて皆で、賢太をハグする。

「ありがとう！」。

26　実景（日替わり・夜）

日曜の夜………。
サチのN「日曜の深夜営業はとても好評で………その日は4人とも揃うことが多い」

27　カフェ「サンデイズ」・前の道

どんよりした顔で歩いている、OL風の女性。
眠れなくて散歩している風。
コンビニに行った帰りっぽくて………。
サンデイズの明かりを発見する。
女性「…………え…………」
と、立ち止まって………。
女性「…………」
引き寄せられるように中へ……。

28　同・内

サチ「いらっしゃいませ」
若葉「いらっしゃいませ」
翔子「いらっしゃいませ」
みね「いらっしゃいませ」
温かみのある空間。
同じように、眠れないでいる仲間たちが思い思いに過ごしていて………。
なんだか泣きたくなってくるほど、嬉しい、女性。
笑顔で「わかってる」と言葉にはしないで接してくれる、サチたち。
翔子「?」
その客はタクシーで泣いていて、エレキコミックのラジオを教えてくれた人で。
翔子「…………」
でも言わない、翔子。
女性「ちょっとだけ高いアイス…………ください」
若葉「かしこまりました」
サチのN「そう日曜の深夜営業は好評で、眠れないでいる人たちがたくさん来てくれる………でも、私たちは……ちょっと眠い」
若葉、あくびしそうになって。
すぐにあくびは伝染しそうになって。
笑ってしまう、4人。
サチのN「そうそう、サンデイズ最大の出来事であり、最大のピンチもあった、あれは驚いた」

29　同・内（夜・日替わり）

閉店後。
サチ、翔子、若葉、みね、邦子。
少しくつろいでいる。

30　同・前

怪しい男……中を覗いていて……。

男「……………」

31　同・内

男がナイフなど持って、飛び込んでくる。
不意をつかれてあまりの驚きに固まってしまう皆。
何とか皆を守ろうと立ちはだかる、みね。

男「金よこせ………早くしろ！」

なんだか皆、怖いのもあるけど悲しくなってきてしまって。

売上金……渡したくない、溜め息。
トイレから出てきたところだった富士子。
死角にいて……。

富士子「（どうしたものかと）」

そして「あ」と思い出して
バッグをそっと開ける。
そして、富士子。
そっと出てきて……。
若葉が、目で出てくるなという顔をするが。

富士子「（微笑）」

男は気づかない。

富士子「…………」

皆が目で、来るなと富士子に合図を送るが。

富士子「…………」

まったく動じずに男の背後から近づいて……。
皆が「！」となった瞬間。

若葉「（ばあちゃん！）」

そして男が、富士子の方を振り返ろうとした瞬間。

富士子「…………」

スタンガンをお見舞いする。

男「！」

と、倒れた。

富士子「…………」

皆「え〜〜〜〜〜〜」となって……。

若葉「ばあちゃん、なんでそんなもの、持ってんの？」

富士子「これか？（微笑）腐った世界からお前らを守るのが私の使命だからな、ふん」

と、得意げで……。

皆「はぁぁぁぁ」となって……。

からからと笑う、富士子。

サチのN「ま、そんなところが、サンデイズの出来事」

32 古い団地（朝・日替わり）

サチが自転車で出かけていく。

33 同・敷地内

自転車で出かけていく、サチ。

パンダに笑顔で片手をあげて挨拶。

通り越していく。

サチ「…………」

サチのN「ここから先は、私の想像……こんなことがあったらいいのになっていうこと……」

自転車で走っていく、サチ。

34 道

タクシーを運転する、翔子。

翔子「え」

翔子の母がタクシーを停める。

翔子「…………」

タクシーを停めて……。

ドアを開け、笑顔の母が乗り込む。

＊＊＊＊

母「頑張ってるんだね、翔子……良かったね」
翔子「…………（泣きそうで）」
母「ねえ」
翔子「ん？」
母「もっと話したいから……成田とかまで行こうか、ね。湾岸ミッドナイト？」
翔子「（泣いてしまって）うん」
と、アクセルを踏んだ……。

35　どこかのカフェ

店主「え？」

まどか「だから。魔法のねばーるコーヒーゼリーフラッペキラキラホイップクリーム添えはないのかって聞いてんの。ないわけ？　うわ。マジで？　終わってるわ、ないわぁ残念」

店主「え……………」

まどか「東京の吉祥寺にあるサンデイズってカフェ行って勉強してきな」

36　カフェ「サンデイズ」・内

開店前、一人で踊るように準備を楽しんでいる、若葉（誰もいないと思っていて）。

若葉「あぁもうまいったな、楽しい〜〜〜（踊りながら）生きててよかったよ〜！」

と、ミュージカルみたいに、ぐるぐる回って、両手を高くひらいた瞬間、ドアが開いた音。

37　道

若葉「あ（すごいところを見られた………照れ）」

自転車で走る、サチ。

サチ「（想像して笑顔で）」

38　カフェ「サンデイズ」・内

無茶苦茶できる男風の決めポーズの賢太。

サチのN「サンデイズの大成功で、カフェプロデューサーとして賢太さんは大注目」

かなり決まりすぎなポーズ、ウィンク。

39　同・同

邦子が、邦子カレーで何やら賞をとったらしく、金のメダルとか、ぶらさげて。

取材とかされていて………。

サチのN「邦子カレーは大人気で母はこんなことに」

邦子「あ、美味しくなるコツですか？　歌ですね、つくりながら歌を聞かせてあげるの…………る〜〜るる♪」

40　同・同

富士子に対してカメラのフラッシュ。
サチのN「女子が3人いるのに、女性誌に注目されたのは、富士子風ファッション」
富士子「あ、これか？　輪ゴム（とカラカラ笑って）」
サチのN「おまけに富士子さんは、こちらでも注目の的」

41　写真

みねふじこの宣材写真。

42　道

自転車で走る、サチ。
サチ「（想像して笑って）」

43　ファミレス「シンデレラムーン」

仲の良い、博嗣と田所。
サチのN「ここには特になし」

44　猫田の動画

猫田「猫田さんだよ！　なんかね、入院したら、めちゃくちゃ元気になっちゃってさ、まいったね、もう、だからサンデイズ新しくできた友達と行くよ！　予約だにゃ〜」

45　道

走る自転車。
サチ「（微笑）」

46　古い団地・敷地内

スーツ姿で引き出物の袋を持って……。

どこか寂しそうに立っている、みね。

みね「…………」

翔子の声「みね！」

振り返る、みね。

みね「え」

ウェディングドレス姿の3人。サチ、翔子、若葉が駆けてきて……どうやら3組で合同で結婚式をしていたけど（みねも出席）、新郎を捨てて逃げてきたようだ。

サチ「やっぱ無理だわ」
翔子「だね」
若葉「無理です」
みね「え」
翔子「やっぱ、みねがいいわ」
サチ「そうだね、みね君だね。やっぱ」
若葉「そうですね、みね君だけでいいです」
みね「…………（笑って）でしょう？」

「いぇ〜〜い」と4人で盛り上がって………。

パンダ「（ひきつった笑い………（;^_^A みたいな顔）」

47 道

走る自転車。

サチ「（吹き出しそうに笑っていて止まらない）」
サチのN「神様なのか、この世界の偉い人なのか、この国の偉い人なのかわからないけど………言いたいことが私にはある。今……2023年、令和5年にこの世界に生きてる人は、皆、傷だらけで戦ってる、戦士みたいなものだと私は思う。すべての戦士たちの心に休息を……せめて日曜の夜ぐらいは……皆が一度深呼吸できますように……でないと……戦えないよ……どうか……よろしくお願いします……戦士代表、岸田サチ」

自転車で前方を走る人を発見。

サチ「（目で数える）7人か」

サチのスイッチが入って……。

サチ「…………」

笑顔でがんがん自転車を漕いで………。
どんどん抜いていく。
そして、7人抜いて………。

サチ「（笑顔で心の中でガッツポーズ）」
サチのN「生まれ変わったとしても、うん」
みね「（笑顔）僕」
若葉「（笑顔）私」
翔子「（笑顔）私」
サチのN「…………私だね」

走っていくサチで………。

○メインタイトル
「日曜の夜ぐらいは…」

終わり

特別対談

脚本家 岡田恵和 × プロデューサー 清水一幸

Special conversation

ドラマ『日曜の夜ぐらいは・・・』で描きたかった奇跡

単独制作では28年ぶりとなるドラマ枠を日曜夜10時に創設した朝日放送テレビ。第1弾を岡田惠和さんにオファーしたのは、この番組の企画・プロデュースを担当した清水一幸さん。ともにつくりあげた作品への想いをうかがった。

取材・構成：立花もも

清水　岡田さんと仕事をご一緒することは、僕の長年の夢だったんですよ。ただ、どのテレビ局もすでに何作品かで脚本家とプロデューサーがタッグを組んでいることが多く、以前在籍していたフジテレビでは僕がご依頼する隙がなかった。2021年4月に転職して朝日放送に再入社して、ドラマ枠を新設する話がもちあがったときは、今がチャンスとばかりにご依頼にあがりました。

岡田　そのときは「今どきの子を書いてほしい」というお話でしたね。

清水　そうしたら岡田さんのほうから、「女性3人の話はどう？」と。そのときはまさか、前クールに『ブラッシュアップライフ』（2023年／日本テレビ系）が放送されるなんて思いもしなかったので、確かに最近そういうのは少ないですね、なんて話をしたのを覚えています。

岡田　それが、僕にとっていちばん書きやすいかたちだったんですよね。4人だと二つに割れるし、二人きりだと関係が密になりすぎる。3人というのは、キャラクターを配置するうえでもバランスがいい。だから、シスターフッドなんて言葉が生まれるより前から、『彼女たちの時代』（1999年／フジテレビ系）などの女性3人の物語を僕は描いてきました。なぜ男性ではないかというと、自分に近い登場人物はあまり書きたくないから。脚本家のタイプにもよるだろうけれど、僕は、自分とは違う人たちを書いていくのが仕事だと思っているふしがあるので。

――〝今どきの子〟にはどんなイメージを抱いていたんですか？

岡田　それもまた、いろんなタイプがいると思うんですけど……〝今〟を考えたときに、日本は圧倒的に貧しくなったよなあと思いましたね。女性3人の物語といえば、山田太一先生が『想い出づくり。』（1981年／TBS系）というドラマを書かれたけれど、これは、女性は結婚して家庭に入ると自由がきかなくなるからその前に想い出をつくりたいというお話なんですね。そこでは、独身の女性がクリスマスケーキなんて呼ばれていた時代の25歳という年齢に対する焦りや、人生で大事なことは結婚だけなのかという問いを描いていて、どちらも当時の女性たちにとっては切実なテーマだったけれど、今の世の中は景気が悪すぎて、恋愛・結婚どころじゃない。それで、友達と一緒に買った宝くじがあたって山分けする、という設定を思いつきました。お金をどう使って生きるか、という姿を描くことで、今の子たちなりの正義が浮かび上がってくるんじゃないかな、と。

途中で恋愛が始まっちゃったらどうしようかと思いました（笑）

——3人の出会いをラジオ番組のバスツアーにしたのはなぜだったんでしょう。

岡田　僕の知人が、もともとエレキコミックのやついさんのファンで、夏休みのたまたま空いた日に、飛び込みでバスツアーに参加したことがあるそうなんですよ。そこで出会った二人の友達と、今も親友と呼べる仲なんだとか。ずいぶん前に聞いたその話が頭にあったのと、僕自身がラジオ文化で育ち、かつ、ちょうど日曜日の夕方にラジオ番組のMCをしている、というのも大きかったですね。

清水　エレキコミックの二人も実際にドラマにも出演してもらえることになって……。ありえない、と思うような優しい出来事が、現実に起きることはやっぱりあるんだなあと思いました。岡田さんの書く脚本は、基本的にどれも優しいのが僕は好きで。例えば、宝くじが当たる物語の場合、そこからどんどん不幸が訪れて人間関係も壊れていく、というのがセオリーだと思うのですが、そうではなく堅実に山分けして、人生における大切なパートナーを見つけていく3人を描きたいというお話をうかがったときも、心惹かれるものがありました。

岡田　ドラマの中でも言っているけれど、3000万というのは微妙な額なんですよね。一生遊んで暮らせるわけでもなければ、タワーマンションを買えるわけでもない。ちまちま使っていたら、あっというまになくなってしまうような額。だから実は、サチにとっては分配する前の独り占めしている状態が、いちばん不幸なんですよ。どう扱っていいかわからず、何か良くないことが起きるのではないかと疑心暗鬼になって、途方に暮れるしかないから。でも「そうだ、分ければいいんだ」と思いついた瞬間、彼女はほっと解放される。山分けしたあとの3人も、一人でそのお金を抱え込んでいるときは、やっぱりあまり幸せではないんだけれど、「みんなで一緒に使えばいいんだ」と思いついてからは、幸せな方向に物語が転がり始めるんです。まあ、実際に宝くじに当たったら山分けなんてしない人が多いだろうし、僕もするかどうかわからないけれど（笑）、3人の姿を見て「なんかわかる」と思ってもらえたらいいなあ、と。

清水　これは岡田さんには言わなかったんですけど、途中で恋愛が始まっちゃったらどうしようかと思っていました。第1話に翔子がケンタという運命の相手を探す、みたいな話があって、実際にケンタ（賢太）という名の青年が登場したときは、友情だけの物語ではなくなっていくのかな？と。一人だけ恋愛に走ると、絶妙なバランスで積みあげられていた3人の関係が崩れてしまうんじゃないか、と懸念していたんです。杞憂に終わりましたけど。

岡田　脚本にも、誰かが恋愛優先になったとたん女性同士は距離ができやすい、みたいなセリフを書いて、実際にはそうとは限らないと思うんですけど、このドラマに関してはあえて恋愛を描かなくてもいいかなあ、と、わりとはやい段階で思っていました。〈恋愛なんか奇跡じゃない。友情こそが奇跡だ。〉とキャッチコピーをつけられたときは、退路が断たれたなとびっくりしましたけど（笑）。

清水　たとえ最終的に恋愛が描かれたとしても、3人の友情が得難いものであることは間違いなく、そこが主軸のドラマだと思ったので。……いや、ちがうな。退路を断ったんでしょうね（笑）。僕自身が、そういうものを観てみたかったから。

この人ならきっと演じられる――希望どおりのすごいキャスティングが叶った

――3人の関係を絶対壊さない、みねくんという存在も魅力的でした。

岡田　彼は、一般的なジェンダーのカテゴライズから零れ落ちてしまう人だと思うんですよ。性的マイノリティではない、けれど男社会になじめる精神性でもない。そういう人たちが、今、社会から弾かれてしまっているような気がしたんです。それぞれの生きづらさを抱えた3人と連帯することで、みねくんも少し生きやすくなるんじゃないかな、と思いながら書いていました。

清水　岡山（天音）くんのキャスティングは、絶妙でしたよね。

岡田　主役３人と同時に探し始めて、けっこう早めに決まったんじゃないかな。恋愛にならない３＋１を演じられるのは彼しかいない、と。独特な品があるんですよね、岡山くんは。なじもうと無理しなくても３人のなかになじめる、自然体の柔らかさもある。

清水　みねくんは、本当に岡山くんありきでしたね。まあ、他の登場人物もほとんど、キャストが決まってからのアテ書きでしたけど。

岡田　サチはかなり頑なで不器用な子。最初はそうとう暗い雰囲気を醸し出しているけれど、それでも凛とした佇まいを失わず、少しずつ力強さを身にまとっていく彼女を、清野（菜名）さんなら演じられるだろうと思いました。第１話冒頭の描写は、清野さんに決まってからだいぶ修正しましたね。お母さんがいちいち「ごめんね」と言うのがいやで、絶対に返事をしない感じもふくめ、ファミレスに到着するまでセリフがほとんどないなかで、彼女がどういう子なのか、清野さんの演技を通じて視聴者に伝わるものがあるだろう、と。

清水　フィジカルの強い感じも、サチらしかったですよね。彼女は一人でお母さんを支えて働き続けているわけだから。

岡田　自転車の漕ぎ姿は、めちゃくちゃカッコよかったですね。

清水　翔子役の岸井（ゆきの）さんは、３人の誰かにキャスティングしたいと思っていました。彼女はきっと、どの役もそれぞれに演じ分けてくれるだろうという安心感もありましたし。

岡田　でもやっぱり、翔子を演じてもらえてよかったですね。素の岸井さんは翔子とはまるで違うタイプの方だし、３人の中で唯一、背景が明確に描かれないキャラクターだったから、役作りもそうとう大変だったと思うんですよ。お兄ちゃんは登場するけど、どんな家族なのか、視聴者も想像するしかできない描き方をしていますから。母親が事故で車椅子生活になったサチや、自分勝手な母親のもと生まれてしまった若葉と違って、翔子の場合は、彼女のほうが家族を傷つけた側かもしれない、と匂い立たせる表現を、一人でしてもらわなきゃいけなかった。でもそれを、彼女は見事にやりきってくれましたからね。

清水　キャスティングしたあと、日本アカデミー賞で最優秀主演女優賞を受賞されて、世の中の人たちがみんな、彼女の演技に注目しているのだなと改めて思いました。同じときに清野さんは優秀助演女優賞、生見（愛瑠）さんも新人俳優賞を受賞して、すごいキャスティングが叶ったのだなと。生見さんは、たまたま僕も岡田さんも、ドラマ『石子と羽男 ─そんなコトで訴えます？─』（２０２２年／ＴＢＳ系）を観ていたんですよね。で、打ち合わせのときに「彼女めちゃくちゃよかったですよね」と。生見さんに決まってから、若葉のキャラクターがよりいっそう生き生きとし始めて、お願いできてよかったと思いました。

岡田　若葉は、言語感覚が独特な子で、それは祖母以外の誰ともコミュニケーションをとらずに生きてきたので、しゃべり言葉ではなく、日記に書くための言葉が脳内に浮かんでしまうからだということを、最終回では書きました。誰よりも客観性をそなえた彼女が、ようやく自分の言葉を受け止めてくれる二人のお姉ちゃん的存在に出会い、安心しきっている姿というのは、生見さんだからこそいっそう浮かんだ、というのはあります。実際、清野さんと岸井さんとの関係性にも共通するものがあって、二人にかわいがられる彼女がいることで、解きほぐされていくものもあるだろうなあ、と。

清水　宮本信子さんとの二人芝居も、普通は、そうとう緊張すると思うんです。でもカメラのまわっていないところでも、おばあちゃんと孫みたいな空気感でしたからね。ちくわぶ工場を辞めるシーンを撮ったあと、宮本さんは「今日はアドレナリン出まくってるから、ゆっくり休みなよ」とか言って、最後まで生見さんを気遣ってくださっていました。

多くは望まないけれど、手に届く範囲の大切な人は守りたい

岡田　宮本さんに依頼をするときは、こちらも一種の覚悟が必要とされるんですよ。若者の群像劇を描くとき、つい家族を物語に都合のいい存在として扱ってしまいがちなんだけど、宮本さんに〝たまに出てきていいことを言うおばあちゃん〟みたいな役は絶対にお願いできない。サチの母親を演じた和久井（映見）さんもそうですが、3人と同等の存在として描きたかったし、性別や世代をこえて人と人とがつながる共同体を、彼女たちとなら描けるんじゃないかと思いました。キャラクターの組み

合わせを変えても、その都度、そこにしかないドラマが生まれる。それが、僕が今の若い子たちに対して感じる優しさでもあるので。

——どんなところで、その優しさを感じるんですか？

岡田　そうですね……。たとえば僕の次男は今年で30歳、サチたちと同じくらいの年齢なんですが、18歳という多感な時期に東日本大震災を経験しているんですよね。人生には何が起きるかわからないのだから、自分にとって大切なものはちゃんと守りたい、という意識が、彼らには無意識かもしれないですけれど、芽生えたような気がするんです。あの当時、絆という言葉がやたらと使われて、今は食傷気味になっていますが、そういうものを信じたいという気持ちを世の中全体が共有していたことも確かだと思うんです。

——その想いが、第9話の「僕は大切な人を守りたいです。（中略）すべての人が守れるとは思えないので。大切な人だけ守ろうと思います。」というみねくんのセリフにつながるわけですね。

岡田　そうですね。全員が同じ団地に住むなんてことはなかなかないだろうけれど、物理的な距離は関係なく、半径は狭いかもしれないけれど手の届く範囲のつながりを大切にしよう、という想いがあるのではないかなと思います。多くは望まない、だけどせめてこれだけは、という優しさ。彼女たちの着地点をカフェ経営にしたのも、そういうつながりを意識したからというのもあります。現実にはそんなに美しいことばかりは起きないし、人にいやな思いをさせられることだってある。自分だって、一歩間違えればいやな人になってしまう。それでも、彼らの優しさを描くことで光をあてたいなと思いました。

——ドラマで描かれる関係はあまりに理想的で、おっしゃるように、現実ではなかなか手に入れられないかもしれない。だけど、少しでもそうあれたらいいな、と願わずにはいられない希望みたいなものが、このドラマには溢れていた気がします。

岡田　ありがとうございます。わりとここ数年、事件が何も起きないドラマを書くことは、ネガティブに評価されがちだったんですよ。みんないい人ばっかりで甘い、みたいな。ところが今作では「頼むから何も起こさないでくれ」という声が視聴者から多くあがったことに驚きました。

清水　サチの父親を演じた尾美（としのり）さんと、若葉の母親を演じた矢田（亜希子）さんへのアンチコメントがすごかったですね（笑）。宝くじが当たったことを知らずに、二人が子どもたちに金をせびりにいく場面を描いた、第3話あたりかな。僕が取材を受けた記事が出始めたんですが「明日から頑張ろうと、観てくれる人の背中を押せる枠になれば」と言いながら、「内容は全然違うじゃないか、こんなんじゃ頑張れないよ」という声がわりと聞こえてきて。続きを観てくださいという一心でした（笑）。

岡田　長年、連ドラに携わってきた身とすると、こういうしんどさが今の人たちは耐えられなくなっている、という感触が新鮮で面白かったです。僕らの世代にとって、尾美さんが演じるようなダメ親父はわりと典型というか、まったくしょうがない奴だな、と受け入れやすいんです。矢田さんの演じた母親も、奪った額は大きいけれど、まあ、いるよねこういう人も、という感じ。どちらも、許せない最低な人間、という書き方をしたつもりはないんですが、思った以上に視聴者からは忌避されてしまった。清水さんの言うとおり、続きを観てもらえれば、多少、感情におさまりがつくはずなんですけれど、じりじりしながら次回を待つ、ということも今はストレスなんだな、と。例えば、韓国ドラマなんかはもっと極悪な描写もたくさんありますけど、配信で一気に観ているから、すぐに解消できるんでしょうね。

清水　こちらとしては、多少の動きをつけないと物語にならないと思うんですが、このドラマに関しては、第4話以降はとくに、頼むから不幸を描かないでくれ、みんな最後まで幸せでいてくれ、と願うように観ている方が多かった印象です。

『日曜の夜ぐらいは…』と『はじめてのおつかい』を観るときの気持ちは似ている?!

岡田　僕の事務所に、珍しく苦情が来たそうです。「サチの父をもう出さないでほしい」「サチに会わせないで」って（笑）。それだけ尾美さんの芝居がうまかった、ということでもあるんですけど、驚きました。最初に、サチの勤めるファミレスに来たとき、ジャンパーにシミがついていたじゃないですか。これはいやだな、って僕も思いましたもんね。

清水　衣裳合わせのときに、尾美さんみずから、「汚しといて」って。

土下座のシーンで額に小石がつくのも尾美さんの発案で、わざわざくっつけてくれたんですよ（笑）。

岡田　いやですよねえ、離婚して出ていったお父さんに、あの感じで土下座されるの。お母さんが歩けなくなったときに助けなかったのはお金がなかったからで、かわりに一緒に泣いてあげたじゃん、っていうあのクソみたいな理屈も含め、彼は書いていて楽しかったですね。山田太一イズムだな、と自分では思っています。ファミレスで、娘が置いていった３６１円を細かく数える感じとか、ものすごくいやだなあ、楽しいなあ、って（笑）。

清水　その積み重ねで、苦情が（笑）。

岡田　普段は基本的に、人の闇か悪とかネガティブな側面に蓋をして脚本を書いているんですけど、それは開けると身も蓋もなくなってしまうから、というのがあるんですよ。エンターテインメントとして消化しきれないくらい、どんよりとしたものを描いてしまう。だから、お父さんのちょっといやな感じくらいが、ちょうどいいんです（笑）。でも実は、尾美さんも矢田さんも、ひどいことをしたのは一回だけなんですよ。過去には何度かあったんだろうけど。

清水　ドラマで描かれるのは一度だけ。しかも、矢田さんは92万奪っているけど、尾美さんは３万だけ。

岡田　サチたちの人生において重石ではあるんだけれど、しょっちゅう来る存在ではないんですよね。このドラマを通じて感じたのは、みなさんがしんどさに耐えられないということ以上に、ドラマにおける不幸に慣れすぎている、ということでした。だから、こちらが想定している以上に、汲み取って、想いを巡らせてくれるんです。それは、たとえるならば、『はじめてのおつかい』（１９９１年〜／日本テレビ系）を観るときに似ている。あの番組に悪い人なんて一人も出てこないし、つらい出来事も絶対に起きない。だけどみんなが固唾をのんで見守ってしまうのは、世界は危険でいっぱいなのだということを知っているから。だから、子どもたちがただ買い物をして無事に帰ってくる姿を見るだけで、ああよかったと感動できる。それと同じように、ドラマを観ている方々も、メインキャラクター以外は敵だらけで、社会には落とし穴が無数に隠されているということを、無意識下にすりこまれているのだろう、と。

清水　最終回を迎えるまで、賢太が詐欺師なんじゃないか、みねくんがお金を持ち逃げするんじゃないか、と疑う方もいましたね。ドラマを考察しながら観る人が増えているというのもあるんでしょうけど、世の中は悪い人がたくさんいるものだし、事件が起きてこそのドラマだと思っていらっしゃる方が多数いるんだな、と僕も思いました。

岡田　最終回で、視聴者の方々が、ああよかったと胸をなでおろしてくれたらいいですね。『はじめてのおつかい』と同様に、このドラマもただ友達と出会ってカフェをオープンさせるというだけの物語なんだけど。

すべての人の事情を描いてしまったら逆にご都合主義に寄ってしまう

――登場人物の事情を明確に描かないのもドラマに余白を生んで、視聴者の想像力を喚起させたのかなと思います。サチのお父さんはきっと、家を出ていったあと、リストラか何かされたんでしょうけれど、どうしてあの状態になったのかは、わからないままですよね。

岡田　第1話に、翔子の「人生なんてね、すべてが過去との戦いなのよ」というセリフがあるように、このドラマでは、メインとなる3人全員が過去と戦っている最中なんですよね。それ以外のみんなにもそれぞれ事情があるんだ、ってことを描いてしまうと、3人が自分のつらさを差し置いて誰かを慮らなきゃいけなくなるし、ご都合主義に寄りすぎてしまうんじゃないかな、と思ったので、今回は描く過去を絞りました。みねくんだけは、わりとちゃんと語らせましたけど。

清水　賢太についても少しだけ回想シーンが描かれて、驚きました。ドラマづくりの現場ではときどき「どうして」をとにかく知りたがるプロデューサーがいるんですよ。過去から、その後キャラクターがどうなるのかまで、すべてつまびらかにしようとする。それもドラマ脚本を作っていくうえでの一つのかたちだとは思いますが、僕はわからないままだからこそ観る人に委ねられるものもある、と思っているので、このドラマの塩梅はとても好きでした。翔子の過去も、何があったのか明確に描かれすぎないからこそ、先ほど岡田さんがおっしゃっていた「翔子自身が傷つけた側かもしれない」という可能性が痛切に浮かび上がってきたので。

岡田　翔子は、3人の中ではいちばん生まれ育ちに恵まれていて、お金に困ったこともなかった。それがウィークポイントなんですよね。最初から「ない」のではなく、振り返ったら誰もいなくなっている、何もかも失っているんじゃないかという恐怖を抱えているからこそ、一人になるのが誰より怖い。複雑なものを抱えながらふだんはケラケラ笑い飛ばしている、という彼女の内面性を、岸井さんがものすごく上手に表現しながら、描かれなかった過去を埋めてくれました。本当に、この作品は役者と演出に恵まれました。第1話で、宝くじを買っているシーンを過剰に煽らなかったのが僕はよかったなと思っていて。

清水　とくに意味のなさそうな感じで。あれは、このドラマの方向性を決定づけたシーンの一つでもありますね。

3人がただ幸せに過ごしている姿をずっと見守っていたい

岡田　そういえば、第8話では、編集で構成を変えたじゃないですか。僕が書いていた脚本では、最初に若葉のお母さんが騙されて偽の引っ越し先に誘導されてしまう、という場面があって、サチからみんなへのメッセージを若葉が語る場面はそのあとだったんです。でも仕上がりを観たら順序が逆になっていた。なるほど、確かにこのほうがいい、と感心したのですが。

清水　事後承諾で進めて申し訳なかったです。最初は脚本通りに編集をしたのですが、つながった画を見たときに、「あれ？　はじめにまず、3人の姿が観たかったはずなのに」って思っちゃったんです。もちろん、お母さんの話は若葉にも関わる大事なことなんだけど、僕は「3人が一緒に過ごしているところを観ていたい」と思っていましたし、視聴者の方も同じなんじゃないのかな、と。それと、みんなへの想いが溢れたサチの語りがあまりに秀逸だったから、というのもあります。カフェがオープンする直前の、泣きたいくらい幸せな情景をまず頭にもってきて、それと対比するように、一人取り残されてしまった若葉のお母さんを見せたほうがいいのかな、と。

岡田　いや、素晴らしかったです。シナリオのセオリー的には、時系列が乱れているので不正解なのですが、まったく気にならなかったし、確かにあの構成だからこそ響くものがありました。僕にとってもひときわ好きなエピソードになりました。

清水　あのシーン、サチは本当にみんなのことをよく見ているなあ、と……台本を読んだとき、泣いてしまいました。あれだけ周囲を思いやれる優しい人だからこそ、大切な人ができてしまうこと、楽しい日々を得ることをあれほどおそれていたんだな、と伝わってきて。

岡田　本来なら中心にいるはずのサチが不在で、若葉が代わりとなって、彼女の言葉をみんなに伝える。このシーンを書けたのは、先ほども言ったように、キャラクターの組み合わせを変えるたびに面白いものが生まれるドラマになっていたからですね。無意識だったんですけれど、後半になるにつれ、サチがセリフの最後に「わぶちゃんは？」「みねくんは？」と発言していない人に水を向けるようになっていて。その瞬間、ものすごく嬉しそうな顔をする若葉を見ながら、こうやってこの子たちは関係性を築いていったんだなあ、と感慨深くもなりました。

問題が解決しなくても、先送りにしてもいいからラクになってほしかった

清水　組み合わせを変えたら、どこまでも続けていけますよね。何も起こらないかもしれないけど、彼らがそこでおしゃべりしているだけで幸せな気持ちになれそうです。

岡田　何かを解決したり、目に見える成功を手に入れたりするのではなく、問題を先送りにしてもいいから、登場するみんなが心をラクにしていってくれたらいいな、と思いながら書いていました。若い世代の人たちの悩みって、半分はいつの時代も変わらない普遍的なものだと思いますが、残りの半分はやっぱり、今を生きる人にしかわからない切実さを孕んでいると思うんです。僕が若い頃だってしんどいことはたくさんあったけど、その記憶だけで今の子たちを〝最近の若い奴は〟とひとくくりにすることは、到底できない。気持ちはわかるよ、とも言えません。だって、令和5年を生きる子たちは、その子たちなりのしんどい思いをしていると思うから。

清水　その想いが、最終話の〝皆、傷だらけで戦ってる、戦士〟という言葉につながっていくんですね。あのモノローグは、最初から決めていたんですか？

岡田　どうだったかな。清野さんが演じるサチに引っ張られたところも大きいと思います。今作は本

当に、役者のみなさんのおかげで書けたことが多いですね。

清水　台本を読んだとき、今どきの若者を描きたいなんて言っていた自分を反省しました。ああ、岡田さんはもっと上を見ているんだ、と。例えば、主題歌は物語の始まりとは逆に、思い切り明るいものにしようとお話ししていたんです。彼女らの幸せも、物語も、主題歌のようにだんだんと明るくなっていって、と。それが、全話終わってみたら、歌詞に重ねるように〈生まれ変わったとしても〜私だね〉というセリフで終わっていた。めちゃくちゃ感動しました。素晴らしいドラマをご一緒できて、本当に嬉しいです。

岡田　こちらこそ、書けてよかったです。ありがとうございました。

清水一幸（しみず・かずゆき）
1973年生まれ。1996年、朝日放送に入社。2005年、フジテレビに中途入社し、『のだめカンタービレ』『最高の離婚』『昼顔〜平日午後3時の恋人たち〜』『問題のあるレストラン』など数々のドラマをプロデュース。2021年、朝日放送に再入社。現在、コンテンツ開発局長。

番組制作主要スタッフ

脚本 ……………………… 岡田惠和
音楽 ……………………… 日向　萌
主題歌 …………………… 「ケセラセラ」Mrs. GREEN APPLE
（ユニバーサルミュージック/EMI Records）
企画・プロデュース ……… 清水一幸
プロデューサー ………… 山崎宏太　山口正紘　郷田悠（FCC）　浅野澄美（FCC）
演出 ……………………… 新城毅彦　朝比奈陽子　高橋由妃　中村圭良
制作協力 ………………… FCC
制作著作 ………………… ABCテレビ

本書は、テレビ朝日系にて放送された『日曜の夜ぐらいは…』（2023年4月30日〜7月2日）のシナリオブックです。

岡田惠和　おかだ・よしかず

1959年、東京都生まれ。ライター、音楽評論家、ラジオDJ等を経て、1990年にドラマ『香港から来た女』で脚本家デビュー。テレビドラマを中心に、映画、舞台の脚本を手掛ける。1999年『彼女たちの時代』で芸術選奨文部大臣新人賞、2001年『ちゅらさん』で橋田賞、向田邦子賞、2015年『さよなら私』で芸術選奨（放送部門）文部科学大臣賞、2018年『ひよっこ』『最後の同窓会』で橋田賞受賞、ほか受賞歴多数。2019年紫綬褒章受章。主な作品に、ドラマ『ビーチボーイズ』『おひさま』『最後から二番目の恋』『泣くな、はらちゃん』『奇跡の人』『ファイトソング』『にじいろカルテ』など、映画『いま、会いにゆきます』『8年越しの花嫁 奇跡の実話』『いちごの唄』『メタモルフォーゼの縁側』などがある。NHK-FM『岡田惠和 今宵、ロックバーで～ドラマな人々の音楽談義～』ではパーソナリティを務める。

日曜の夜ぐらいは…　シナリオブック

2023年8月4日　初版発行

著者　岡田惠和
発行者　園部 充
発行所　株式会社ABCアーク
〒105-0004
東京都港区新橋 6-22-6 JOYOビル 4階
電話　03-6453-0640［代表］
　　　048-485-8685［注文］
https://abc-arc.asahi.co.jp/

印刷・製本　株式会社シナノパブリッシングプレス

Printed in Japan
ISBN:978-4-910473-02-4